FERRER
le POISSON

ANDREW GREY

FERRER
le POISSON
ANDREW GREY

Publié par
DREAMSPINNER PRESS

5032 Capital Circle SW, Suite 2, PMB# 279, Tallahassee, FL 32305-7886 USA
www.dreamspinnerpress.com

Ferrer le poisson
Copyright de l'édition française © 2018 Dreamspinner Press.
Titre original : Setting the Hook
© 2017 Andrew Grey.
Première édition : mai 2017
Traduit de l'anglais par Lily Carey.

Illustration de la couverture :
© 2017 L.C. Chase.
http://www.lcchase.com
Les éléments de la couverture ne sont utilisés qu'à des fins d'illustration et toute personne qui y est représentée est un modèle

Édition e-book en français : 978-1-64080-608-5
Édition imprimée en français : 978-1-64080-609-2
Première édition française : janvier 2018
v 1.0

Édité aux États-Unis d'Amérique.

I

LE RÉVEIL de Mike Jansen sonna à quatre heures du matin, l'heure habituelle pour une journée de travail. Il repoussa sa légère couverture et sortit du lit, instantanément réveillé, ayant depuis longtemps appris à être alerte et dispo dès qu'il ouvrait les yeux. L'air conditionné envoyait une brise fraîche dans la pièce, mais avait tout de même du mal à faire face à la chaleur humide d'Apalachicola. C'était encore une autre chose qu'il dorlotait jusqu'à ce qu'il puisse se permettre de la remplacer. C'était l'histoire de sa vie : réparer et rafistoler jusqu'à ce qu'il réunisse l'argent pour renouveler ce qui était vieux et usé. Il y avait des exceptions, bien sûr, et l'une d'entre elles était son gagne-pain.

Il se précipita sous la douche, se lava avec efficacité et effectua sa routine matinale sans y penser. Dès qu'il fut présentable dans son short couleur crème et son tee-shirt bleu clair, que Carrie avait choisis pour lui parce qu'elle l'aimait bien, il enfila ses chaussures antidérapantes et quitta la pièce. Avant de partir, il s'arrêta devant la chambre de sa fille, ouvrit lentement la porte et entra.

Carrie était la lumière de sa vie, le plus beau des accidents, il n'avait jamais eu le moindre regret. Sa tête reposait sur sa taie d'oreiller rose, détournée de lui, ses cheveux blonds lumineux à la lueur de la licorne qui brillait près de son lit. Il se pencha pour embrasser tendrement sa joue, avant de ressortir et de refermer la porte.

Le riche parfum du café suspendu dans l'air l'attira dans la cuisine, heureux de s'être souvenu de régler le programmateur. Il se versa une tasse, puis l'emporta avec lui tandis qu'il préparait sa glacière avec de l'eau – beaucoup d'eau – du soda, parce qu'il finirait par avoir besoin de caféine, ainsi que son déjeuner. Il remplit son thermos avec le reste du café fort et ouvrit la porte arrière.

La chaleur l'écrasa, l'accueillant dans son humidité familière. Pas que cela importait ; il y était si habitué que s'il devait remarquer quelque chose, ça serait son absence, pas sa présence. Quand la chaleur retombait en hiver, souvent, il ne savait pas quoi faire sans elle et était frigorifié jusqu'à l'os, même s'il faisait près de quinze degrés Celsius. Il posa son repas sur le plancher de son pick-up et retourna à l'intérieur afin de récupérer la glacière d'encas qu'il avait toujours avec lui, pour ses clients.

La lumière du porche s'alluma, alors qu'il finissait de préparer son équipement. Il referma la portière du véhicule et se tourna vers sa mère, qui se tenait sur le pas de la porte, dans sa chemise de nuit.

— Je ne sais pas à quelle heure je vais rentrer ce soir.

— Je sais. Conserve un œil sur le temps. Cette tempête ne me dit rien qui vaille.

Sa mère se considérait comme une pronostiqueuse de premier ordre. Elle n'écoutait jamais la météo, sauf pour savoir ce qu'ils disaient afin de les critiquer et de prédire qu'ils auraient tort. Le truc, c'était qu'elle avait plus souvent raison qu'eux.

— Je le fais toujours, répondit-il en s'avançant pour lui faire un câlin. Dis à Carrie que je l'aime.

Sa mère hocha lentement la tête.

— Je l'emmène à Tallahassee aujourd'hui. Elle veut acheter des livres et le groupe de jeunes de la paroisse a prévu une sortie à la capitale, alors j'apporte mon aide.

— Merci de t'occuper d'elle.

Il lui aurait été impossible de continuer de travailler si elle n'était pas là.

— Je ferais n'importe quoi pour elle. Tu le sais, dit sa mère en secouant ses cheveux sombres teintés de gris. Elle est ce qui nous est arrivé de mieux, je veux m'assurer qu'elle obtienne les chances que je n'ai pas pu te donner.

Elle lui tapota la joue.

— Tu t'es bien débrouillée, maman. Mieux que bien, si tu veux la vérité.

Mike sourit et se retourna. Il devait y aller ou il allait devoir hâter ses préparatifs et il détestait cela.

— Amuse-toi bien en ville aujourd'hui et dis à Carrie que je la vois ce soir.

Il descendit les marches de la petite maison qu'ils partageaient tous les trois et courut vers son pick-up. Il grimpa dedans et parcourut la dizaine de kilomètres qui le séparaient de la marina, se garant à sa place habituelle.

Le soleil n'était pas encore levé alors, il resta dans la lueur projetée par les lampadaires, se frayant un chemin avec sa glacière en direction de *Décisions…, son bateau charter.*

Mike aimait son bateau et lui prodiguait plus d'attention qu'il ne le devrait, mais c'était son gagne-pain et il voulait faire bonne impression sur ses clients. *Décisions...* faisait trente pieds, avec beaucoup de puissance là où il le fallait. Durant la semaine précédant l'été, il l'avait mis en cale sèche, nettoyé et avait repeint la coque avant de le remettre à l'eau.

Il monta à bord et arrima ses affaires dans la petite cabine à l'avant. Il devait faire attention à ne pas se cogner la tête en descendant l'escalier raide en échelle. Sur son bateau, tout avait sa place, alors il posa sa glacière à l'endroit approprié et fit ses vérifications du matin afin de s'assurer que tout était prêt.

Son second, Gordon, monta à bord au moment où il allait sortir de la cabine.

— Bonjour, boss, le salua-t-il, comme il le faisait toujours.

— Bonjour, Bubba. Donne-moi ton matériel, je vais le ranger.

Gordon lui passa sa glacière. Mike la posa près de la sienne, puis sortit de la cabine et ferma la porte. Sa mère l'avait assisté pour démonter les coussins d'assise et les recouvrir d'épais tissu imperméable. Tout dans ce bateau indiquait qu'il avait été bien utilisé, mais il était bien entretenu.

— Combien de personnes avons-nous aujourd'hui ?

— Seulement deux. William a réservé le charter, mais j'ai reçu un appel d'un gars la semaine dernière qui voulait sortir et William a dit qu'il était d'accord pour qu'il nous rejoigne.

Le simple fait de prononcer le prénom de William lui donna des papillons dans le ventre.

— J'imagine que c'est la période, commenta platement Gordon, sortant leurs deux meilleurs cannes et moulinets afin de les préparer. À quelle heure les attends-tu ?

— D'un moment à l'autre. William a dit qu'il serait là à six heures.

Mike aimait les excursions que William réservait. Même s'il ne comptait pas dessus, William apportait toujours une énorme glacière pleine de nourriture, de boissons et de tout ce dont ils pourraient avoir besoin pour une journée mémorable et il partageait toujours. Bon, il était évident que William l'apportait juste pour la partager. Il transformait toujours la journée de pêche en un événement joyeux, plutôt que le moyen de subsistance de Mike et Gordon. Certains clients qui réservaient le bateau les traitaient comme s'ils n'étaient guère plus que des serviteurs. Ils étaient rares, Dieu merci. La plupart des gens étaient gentils et passaient une bonne journée sur l'eau. Mais les journées avec William étaient les meilleures.

Une demi-heure plus tard, alors qu'ils terminaient les préparatifs, William s'écria du quai :

— Salut, les gars ! Vous êtes prêts à remplir ce bateau de poissons ?

— Évidemment, répondit Gordon.

Il sauta sur le quai et parcourut les planches en direction de la luxueuse voiture de location de William.

Mike vérifia son détecteur de poissons et son équipement de navigation, s'assurant que tout était en état de marche. Gordon hissa la glacière de William à bord et ce dernier les salua avec un immense sourire excité.

— Qu'y a-t-il en cette saison ?

William ne s'en souciait pas vraiment, tant qu'il passait du temps sur l'eau avec une canne et un moulinet. Souvent, Mike et Gordon rentraient chez eux avec une partie des poissons qu'ils avaient attrapés. Pour William, il s'agissait d'expérience et d'amusement. En réalité, pêcher du poisson n'était pas en tête de sa liste de priorités.

— Des mérous et des vivaneaux. Malheureusement, nous devons rejeter les rouges.

C'était un sujet délicat pour Mike, mais il était inutile de rouspéter à ce propos. Il ne pouvait pas changer les lois de l'État ; il devait juste vivre avec elles.

— C'est cool.

William grimpa à bord, puis leur serra la main.

— Utilisons-nous des appâts vivants cette fois ?

— Si nous trouvons les pièges, répondit Gordon.

— Nous attendons une personne de plus et on dirait bien qu'il est là.

Des phares éclairèrent la zone avant qu'elle redevienne sombre. Mike espérait que c'était bien le quatrième homme de leur voyage.

— Dean, appela-t-il dès que l'homme sortit de son véhicule et celui-ci lui adressa un signe de la main tandis que d'autres voitures se garaient dans la marina.

Mike avait toujours aimé partir tôt et lever l'ancre avant que les autres capitaines de bateau arrivent et décident qu'eux aussi voulaient sortir.

— Mike et Gordon, l'accueillit-il tandis qu'il l'aidait à embarquer sur le bateau qui tanguait légèrement.

La dernière chose qu'il voulait était qu'un passager tombe par-dessus bord.

— Mais vous pouvez l'appeler Bubba.

Mike prit la glacière de Dean et la plaça sur le pont, près de celle de William. Visiblement, personne n'allait mourir de faim.

— Je suis William, salua-t-il Dean en lui serrant la main. Avez-vous déjà pêché ?

— C'est ma première fois, avoua-t-il, un peu hésitant.

Il avait l'air d'avoir la quarantaine, portait des baskets, un short kaki et une chemise vert anis, et avait des cheveux aussi clairs que ceux de Carrie, ainsi qu'une carnation très pâle.

— Je n'ai pas passé beaucoup de temps sur un bateau. Je suis venu à Tallahassee pour le travail et j'ai toujours voulu faire quelque chose comme ça. Puisque j'avais un jour supplémentaire dans mon agenda, j'ai décidé de franchir le pas. J'espère que c'est d'accord.

— C'est super. Plus on est de fous, plus on rit.

William s'assit, sa jambe rebondissant d'excitation, et Mike regarda ce membre bronzé battre comme un métronome, au même rythme que les battements de son cœur.

— Nous ferons de notre mieux pour vous rendre cette sortie mémorable, dit Mike. Nous allons lever l'ancre alors, installez-vous. Il va nous falloir une demi-heure pour arriver à l'endroit où nous irons chercher les appâts vivants, puis une heure ou deux de plus jusqu'à notre point de pêche. Nous allons partir du point le plus éloigné et nous rapprocher. Nous pêcherons et, si c'est un bon endroit, nous y resterons. Sinon, nous continuerons.

Mike démarra le moteur, qui rugit instantanément. Gordon largua les amarres et Mike recula de la cale, détourna le bateau du port protégé et se dirigea vers la haute mer.

— Mon Dieu, s'exclama Dean, le doigt pointé en direction du Golf, dix minutes plus tard. Le soleil se lève. Je n'ai rien vu de si beau.

La fascination de Dean était époustouflante. Mike contemplait cette vue presque chaque fois qu'il prenait son bateau, mais il ne s'en lassait jamais, car il la voyait toujours à travers les yeux de ses clients.

— Mettez vos lunettes de soleil, pour ne pas vous blesser les yeux. Dans quelques instants, lorsque les premiers rayons briseront l'horizon, ce sera très lumineux.

Une fois, un client avait ignoré son conseil et il s'était fait mal à regarder le soleil trop longtemps.

Dean et William attrapèrent leurs lunettes tandis que l'horizon s'éclaircissait et les premiers rayons percèrent, faisant scintiller les vagues. C'était à couper le souffle et Dean resta assis, à fixer le lever de soleil.

— Alors, comment ça va ? demanda William en s'installant dans le siège le plus proche du fauteuil de capitaine de Mike, tandis que celui-ci regardait l'horizon et le GPS. Carrie va bien ?

— Oui, répondit Mike. Elle et ma mère passent la journée ensemble.

Il tourna un peu le gouvernail pour garder le cap. Son travail était de piloter le bateau là où ils voulaient aller, pendant que Gordon s'occupait des clients. Ils travaillaient ensemble depuis presque six ans maintenant et, souvent, ils savaient ce que l'autre allait faire bien avant qu'il ne le sache lui-même.

— Elle a dix ans maintenant, c'est ça ?

— Oui. Son anniversaire était la semaine dernière.

Mike ne put s'empêcher de sourire.

— C'est ce que je pensais.

William attrapa le vieux sac à dos en toile qu'il prenait toujours à bord avec lui, en sortit un cadeau emballé de papier rose et le lui tendit.

— Je lui ai acheté des livres. Tu m'as dit qu'elle aimait lire. Ceux-ci ont été écrits par des amis à moi.

Mike prit le présent.

— Merci. Je suis sûr qu'elle va les adorer.

Il le posa sur le tableau de bord derrière le GSP embarqué, là où il resterait au sec jusqu'à ce qu'il puisse le ranger avec le reste de ses affaires.

— Tu n'avais pas à faire cela.

William sourit, se contentant de hocher la tête.

— Je me suis dit qu'elle pourrait les aimer.

Il n'avait jamais rencontré Carrie, mais Mike avait suffisamment parlé d'elle durant ses précédentes excursions.

— C'est quoi, ton huitième voyage avec moi ? demanda Mike, tentant de se souvenir.

— Je crois. Deux fois par an, ces quatre dernières années. C'est difficile à croire.

— Pourquoi si souvent ? s'enquit Dean et Mike se tourna pour voir comment il allait.

Dean avait l'air verdâtre. Mike ouvrit la glacière qu'il gardait pour les invités et lui tendit une bouteille d'eau.

— J'aime passer du temps sur l'eau, alors je viens pêcher ici deux fois par an. Pas de téléphone, pas de télévision, pas d'Internet – rien. C'est la meilleure façon que je connaisse de tout laisser derrière soi durant quelques heures et de passer du temps avec la nature, juste vous, le bateau et le poisson.

William ouvrit son sac et lui tendit un petit paquet.

— Regardez l'horizon, buvez un peu d'eau et prenez-en un. C'est un anti-nauséeux. Ça aide contre le mal de mer.

— Je savais que j'aurais dû prendre quelque chose, mais je n'ai jamais eu le mal des transports.

— Ça arrive tout le temps, le rassura Mike.

Dans presque chaque charter, quelqu'un était malade.

— Respirez lentement et régulièrement, remplissez vos poumons d'air et faites de votre mieux pour vous détendre et ne penser à rien.

Dean hocha la tête et resta immobile.

Mike garda un œil sur lui et, bientôt, il reprit des couleurs.

— Ne mangez pas pendant un certain temps.

— Merci.

Dean resta assis dans la partie couverte du bateau tandis que Mike restait à l'affût des flotteurs blancs qui indiquaient là où se trouvaient les pièges.

— En voilà un, Mike, dit William.

Évidemment, avec son regard d'aigle, il l'avait vu.

Mike se dirigea droit dessus et maintint le bateau immobile tandis que Gordon hissait le piège. Il ajouta de l'eau dans l'une des boîtes à appâts et y jeta les poissons vivants. Mike l'aida à remettre le piège à l'eau et ils continuèrent leur route.

— Détendez-vous. Nous allons prendre un rythme de croisière pendant un moment.

Il poussa le moteur et ils dérapèrent sur l'eau, tanguant un peu et envoyant un jet d'eau derrière eux tandis qu'ils brisaient les vagues. Mike aimait cette partie du voyage, l'anticipation de ce qu'ils allaient attraper. Ça jouait aussi sur son amour de la vitesse pure.

William se tenait près de lui, regardant par les vitres avant, l'énergie débordant de lui.

— Comment va Dean ? demanda Mike, le regard rivé sur le système GSP et les vagues devant lui.

— Mieux. Je pense que quand il aura autre chose à faire que de se demander s'il va être malade, il ira bien.

— Bien.

Il détestait quand ses clients passaient un mauvais moment. Il voulait qu'ils s'amusent, ce qui était difficile à faire en étant malade.

Mike continua à pleine vitesse pendant une heure. Puis il ralentit et alluma le détecteur de poissons, dérivant jusqu'à ce qu'il voie ce qui ressemblait à une empreinte prometteuse sur le sol du Golfe. Gordon jeta l'ancre et Mike s'arrêta, attendant que le bateau se stabilise avant d'aller l'aider à tout préparer.

— Où vas-tu pêcher ? demanda Gordon à William en lui tendant la canne qu'il lui avait montée.

— Ici, c'est bien, répondit-il en indiquant un endroit et prenant la ligne offerte.

Gordon resta avec Dean pour lui apprendre comment se servir de l'équipement tandis que Mike s'avançait vers William, qui était prêt à se lancer.

— Tu te souviens comment utiliser ton pouce pour empêcher la ligne de partir ? demanda-t-il tout en attachant un morceau de poisson, que Gordon avait coupé, à l'hameçon de William.

— Bien sûr, répondit ce dernier en relevant sa canne et lançant sa ligne dans l'eau.

Elle coula, puis William la posa. Quelques secondes plus tard, il tira et moulina rapidement tandis qu'il remontait sa première prise de la journée.

Dean avait lui aussi une touche.

— Mouline rapidement, lui dit Gordon.

Le poisson de William brisa la surface en premier, un petit mérou que Mike retira de la ligne et mesura avant de le glisser dans le casier à poissons et de jeter de la glace dessus.

— C'est une beauté, dit Mike, appâtant à nouveau l'hameçon afin que William puisse réessayer.

Dean pêcha un vivaneau rouge, que Gordon décrocha et enfila sur un support avant de le lui rendre.

— Avez-vous votre téléphone ?

Dean lui remit en souriant.

Mike prit de nombreuses photos de Dean et de sa première prise avant de remettre le poisson dans le Golfe. Dean n'était que grands sourires et excitation, prêt à relancer son hameçon dans l'eau, son mal de mer oublié maintenant que le frisson et le plaisir se faisaient sentir.

William pêcha un autre poisson, mais ils durent le relâcher. Il retomba dans l'eau, tête la première.

— Qu'est-ce que c'est, Bubba ? demanda Dean, quelques secondes plus tard, le doigt pointé vers l'eau.

— Le poisson que nous avons relâché. Ils ont des vessies natatoires internes et quand nous les arrachons de plus quatre-vingts pieds, la plupart ne le supportent pas.

— L'État ne nous laisse pas garder le vivaneau rouge parce que ce n'est pas la saison, mais nous finissons par les tuer presque tous quand nous les relâchons. C'est stupide, mais c'est la loi.

C'était un tel gâchis, mais s'ils pouvaient les garder, tout le monde pêcherait spécifiquement les vivaneaux… Parfois, c'était nul de suivre les règles.

— Remontez vos lignes, nous allons partir.

Gordon remonta l'ancre et ils redémarrèrent. Ils avaient encore du chemin à faire, mais Mike voulait leur donner un avant-goût de ce qui était à venir. Tandis qu'il pilotait, il mit ses écouteurs et se régla sur les prévisions maritimes.

Le vent et les vagues dans le Golfe devraient diminuer. Le vent a décliné à dix nœuds et les vagues de deux à quatre pieds passeront à un à trois pieds vers la fin de l'après-midi. Dans l'Atlantique, l'ouragan Marshall menace la côte est et l'on s'attend à ce qu'il atteigne Cap Canaveral avant de dévier au nord. L'évolution exceptionnellement rapide de cette tempête devrait s'intensifier au cours des prochaines heures.

Ça semblait être une belle journée pour naviguer dans le Golfe et catastrophique pour la côte Atlantique de l'État.

Mike reposa ses écouteurs et frotta ses oreilles déjà en sueur.

— Vous vous sentez mieux ? demanda-t-il à Dean, qui avait pris quelques minutes pour s'allonger sur le grand coussin au-dessus du couvercle du carter moteur.

C'était une grande surface plane sur le bateau, principalement utilisée comme siège.

— Oui. Je me suis dit qu'un peu de repos pourrait aider.

— Bonne idée. Nous serons à notre prochain lieu de pêche dans une demi-heure.

Mike continua de piloter, faisant de son mieux pour stabiliser le bateau.

— J'aime être ici, dit William tandis qu'il le rejoignait à l'intérieur de la cabine ouverte. Dean, vous devriez mettre un peu de crème solaire. Même à l'ombre, il y a assez de réflexion pour que ça brûle.

Dean attrapa son sac et commença à s'enduire. William l'avait déjà fait, il sentait la noix de coco et le luxe, une odeur douce que Mike reconnaîtrait n'importe où. Il garda son attention là où elle devait être, mais William tiraillait ses sens.

Mike savait qu'il était attiré par lui. Il le pensait depuis la première fois que William était arrivé pour une excursion. Il avait jeté un coup d'œil à ses larges épaules et à sa taille fine, moulée dans un tee-shirt qui aurait pu être une taille trop petite. Son cœur s'était mis à battre la chamade. Il fantasmait encore au sujet de ce tee-shirt blanc qui avait dévoilé les ondulations de son ventre et la façon dont ses tétons ressortaient d'une manière parfaitement délicieuse. Il avait été difficile pour Mike de garder son attention là où elle devait être, et maintenant, même quatre ans plus tard, ce n'était pas plus facile. William était le genre d'homme dont Mike pourrait tomber amoureux. Mais cela n'allait pas arriver. La liste de raisons était si longue qu'elle pourrait atteindre le fond du Golfe.

William était un homme sophistiqué du nord-est, travaillant dans l'entreprise familiale qui fabriquait des pièces de moteur pour les tracteurs, les grues, les bulldozers, et toutes sortes de moteurs spéciaux. Il vivait en périphérie de Providence et était bien éduqué. Il était impossible qu'un homme comme lui s'intéresse à un homme comme Mike. D'ailleurs, Mike le voyait deux fois l'année, la majeure partie de la journée, quand William venait pêcher. Leurs vies et leurs mondes ne pouvaient pas être plus différents, alors, quelle que soit l'attirance que Mike pouvait avoir pour William, elle ne resterait que cela – de l'attirance. Pas d'action, et certainement rien de plus que de l'amitié. Le fait que William ait amélioré le moteur de son bateau afin qu'il aille plus vite était sans importance. Il vivait à Apalachicola, une ville de deux mille habitants qui faisaient leur vie dans le Golfe et dont la plupart avaient de la famille ici depuis plusieurs générations. Pour autant qu'il en savait, il n'y avait pas de gays en ville et Mike n'avait aucune intention d'être le seul et unique et que les gens le regardent différemment.

— Mike, appela Gordon, le sortant de ses pensées. Est-ce que nous approchons ?

— Ouais.

Il vérifia leur position et alluma le détecteur, ralentissant, scannant ce qui se trouvait sous eux.

— Va jeter l'ancre.

Il ralentit davantage leur vitesse et Gordon les ancra.

Ils s'arrêtèrent, le bateau tanguant sur les vagues tandis que les gars se préparaient. Mike laissa Gordon faire ce qu'il avait à faire et, rapidement, Dean et William tiraient en titubant.

— J'en ai une grosse ! s'exclama William, sa ligne sifflant en se déroulant.

— Mike ! cria Gordon. Ça a cassé le moulinet !

Il se précipita tandis que le fil arrivait à la fin, manquant d'arracher le moulinet de la main de William.

Mike arriva juste derrière lui, attrapant la canne et s'appuyant contre le dos de William.

— Va chercher la grande bobine de fil. Nous pouvons le remonter à la main.

Il ne voulait pas bouger, mais il mit quand même de la distance entre eux, reconnaissant pour la distraction. Peu importe que William soit grand et fort. Gordon lui passa des gants qu'il enfila, puis il tira encore et encore sur la ligne. Centimètre par centimètre, elle fut remontée et la prise de William se rapprocha de la surface.

— Un requin ! s'écria Dean en indiquant le grand corps de couleur or qui apparaissait sous la surface de l'eau.

— C'est un requin-nourrice, lui apprit Gordon. C'est étrange d'en attraper un durant la journée.

Mike acquiesça d'un signe de tête.

— Je dirais qu'il fait dans les deux mètres.

Il recula tandis que le requin émergeait près du bateau.

— Que quelqu'un prenne une photo.

Il tint la ligne et Gordon le mitrailla. Tout comme Dean. Puis Mike coupa la ligne et le requin retomba dans l'eau.

— Pensez-vous qu'il va survivre ? s'enquit William.

Mike haussa les épaules, observant les vagues, et, Dieu merci, le requin ne refit pas son apparition en flottant.

Dean retourna à sa ligne, eut une touche et pêcha un mérou de belle taille, qui alla dans le casier avec davantage de glace.

— Allons-nous-en.

Gordon leva l'ancre et ils cherchèrent une autre destination.

La matinée s'écoula avec quelques belles prises. Dean et William déjeunèrent à l'ombre tandis que Mike tentait de localiser un endroit où il avait déjà eu de la chance. Par habitude, et à cause de l'avertissement de sa mère, il vérifia à nouveau les conditions météo.

Le vent sur le Golfe devrait toujours diminuer, tout comme les vagues. Cependant, l'ouragan Marshall poursuit son rythme rapide en direction de Space Coast, ne montrant aucun signe de dévier vers le nord. Il prend de la vitesse et touchera probablement terre près de Daytona Beach. On s'attend à ce qu'il prenne le nord et remonte vers le centre de l'État et la Géorgie.

Mike soupira et retira ses écouteurs. Le temps n'était pas menaçant, mais il vérifierait à nouveau dans une heure. Il était moins préoccupé d'être pris dans la tempête que par le fait qu'elle entre dans le Golfe et attise les vagues.

Il trouva un bon emplacement et Gordon jeta l'ancre. Tandis que les hommes pêchaient, Mike déjeuna, puis échangea avec Gordon afin que lui aussi puisse manger et William leur offrit ce qu'ils voulaient dans sa glacière débordante.

Les heures suivantes furent la routine pour Mike et Gordon, interrompues par d'occasionnels fantasmes au sujet de William. Mike vérifia la météo toutes les heures. Le suivant eut peu de nouvelles informations, mais celui de quatorze heures fut perturbant.

L'ouragan Marshall a touché Daytona Beach et a été rétrogradé en tempête tropicale. L'œil est actuellement à une trentaine de kilomètres d'Orlando. Il continue de se déplacer vers l'ouest-nord-ouest et l'on s'attend à ce qu'il entre dans le Golfe en tant que tempête tropicale, mais il pourrait se renforcer en atteignant l'eau. Restez à l'écoute pour d'autres bulletins d'information.

L'estomac de Mike se contracta et il regarda vers l'est. Il n'y avait aucun nuage dans le ciel et la tempête était à des centaines de kilomètres. Habituellement, il restait jusqu'à dix-huit heures, puis rentrait à la marina.

William et Dean étaient étourdis par leurs dernières prises.

— Cet endroit est incroyable, dit William en se tournant vers lui avec un sourire qui rivalisait avec le soleil.

— Alors, continue de pêcher, répondit Mike, distraitement.

— Que se passe-t-il ? demanda Gordon quand les deux hommes eurent leurs lignes à l'eau.

— La tempête ne prend pas la direction du nord. Elle continue vers l'ouest, elle approche d'Orlando. Si les vents atteignent le Golfe, les vagues vont rapidement monter. Il semblerait qu'ils aient renoncé à tenter de prédire ce truc et qu'ils improvisent.

Gordon se tourna vers l'eau.

— Donnons-nous quelques heures de plus et nous rentrerons. C'est inutile de prendre des risques et ils auront beaucoup de poissons à ce rythme-là.

— Je suis d'accord.

Si la tempête venait dans leur direction, Gordon et lui allaient avoir besoin de temps pour tout sécuriser.

— J'écoute toutes les heures de toute façon.

Mike reprit le travail et Gordon aida William et Dean à remplacer leurs appâts grignotés. Mike les emmena dans différents endroits, tous plus près de la côte. Deux heures plus tard, il vérifia à nouveau les prévisions. La tempête poursuivait sa voie.

— Très bien. C'est notre dernier arrêt. Nous allons rester ici environ une quinzaine de minutes, puis nous rentrerons. La tempête qui était supposée se diriger vers le nord dans l'Atlantique ne le fait pas. Elle traverse la Floride et touchera le Golfe dans quelques heures. Nous ne voulons pas être dehors quand ça arrivera.

L'ambiance à bord changea immédiatement. Mike commença à rassembler les choses tandis que Gordon aidait les hommes à pêcher. Ils attrapèrent principalement des vivaneaux rouges, qu'ils rejetèrent à l'eau. William prit un petit requin-récif, que Gordon assomma suffisamment pour lui enlever l'hameçon, avant de le laisser retomber dans l'eau. Ce qui mit fin au voyage. Mike pointa la proue vers les terres et mit les gaz.

Gordon récupéra tout l'équipement et commença à tout ranger.

— Désolé de devoir couper court, les gars.

— Tout va très bien, dit Dean avec un large sourire. Il vaut mieux prévenir que guérir et c'était une journée incroyable. Je m'en souviendrai longtemps.

Il s'assit à proximité et William prit le siège juste derrière lui. Mike était très conscient de sa présence, il savait que William le regardait.

Le vent forcit légèrement en chemin, même si, heureusement, la surface de l'eau restait calme. Ce qui ne durerait pas quand la tempête passerait au-dessus de la Floride.

— Quelqu'un a-t-il un signal sur son téléphone ? demanda Mike.

13

— Je vais regarder, répondit William derrière lui. J'en ai, mais pas assez suffisamment pour faire quelque chose de bien. Je pourrais passer un appel si nécessaire, mais...

William ne put finir sa phrase, le moteur perdit de la puissance.

— Feu ! hurla Gordon.

Mike coupa immédiatement les commandes. De la fumée noire se déversait des bouches d'aération du compartiment moteur. Mike sauta sur ses pieds, attrapa l'extincteur et repoussa précipitamment Dean et William aussi loin que possible. Gordon se mit en position et tira sur la corde qui soulèverait la trappe, Mike prêt à éteindre les flammes.

Il n'y en avait pas, juste d'énormes volutes de fumée.

— Tu vois quelque chose ? demanda Gordon tandis que le vent emportait la fumée vers l'eau.

— Oui. Le turbocompresseur est séparé du moteur.

Mike posa l'extincteur, heureux qu'il n'y ait pas réellement le feu et couru vers la cabine afin d'aller chercher sa caisse à outils.

— Refroidissons-le, cria-t-il en rejoignant Gordon, qui jetait un œil au compartiment moteur.

— Vous pouvez réparer ? demanda Dean.

— Oui, répondit Gordon. Il faut juste que je les reconnecte.

Il commença à changer les pièces tandis que Mike contactait le port et les garde-côtes par radio. Il expliqua leur situation, disant qu'il les appelait pour qu'ils se tiennent prêts.

— Puis-je t'aider à quelque chose ? s'enquit William.

— Tu connais ce moteur ?

William se mit à rire.

— C'est l'entreprise de ma famille qui a construit les pièces.

— Tout ce que tu pourras faire sera apprécié.

Mike termina avec les garde-côtes, tandis que Gordon et William se mettaient au travail sur le moteur, le bateau tanguant dans les vagues.

— Le connecteur est mort, dit William et il se mit à l'œuvre avec ceux que Mike avait à bord.

Il finit par coller deux pièces ensemble et Gordon les passa autour du connecteur et les serra.

— Je pense que ça va le faire, dit-il en reculant et rabaissant la trappe.

Quand tout fut clair, Mike redémarra le moteur et accéléra doucement.

— Ça tient.

14

Mike hocha la tête et mit les gaz, les rapprochant de la terre aussi rapidement que possible.

Une rafale traversa la cabine et Mike se mit à espérer que la réparation tienne. Ils avaient perdu une heure à réparer le moteur et, pendant ce temps, le temps avait commencé à tourner. La tempête en elle-même se trouvait encore à des heures de là, mais si elle entrait dans le Golfe, ils seraient les premiers dans tout l'État à la ressentir.

Le vent augmenta. Pas à un niveau menaçant, pourtant suffisamment pour causer des vagues, et la mer, qui était calme une demi-heure plus tôt, devenait plus rude de minute en minute.

— Je veux que tout le monde s'asseye, dit Mike. Il nous faut encore environ une heure avant d'entrer dans la protection canal. Je n'ai pas envie que quelqu'un passe par-dessus bord.

Il ne voulait pas non plus ralentir, à moins que ce soit nécessaire.

Il vérifia la météo une fois de plus, mais n'avait pas besoin des informations pour connaître ce qu'il savait déjà. Alors que le gros de la tempête n'avait pas encore atteint le Golfe, les vents propulsaient l'eau et alimentaient les vagues.

Le Golfe était immense, mais il avait également beaucoup en commun avec une baignoire, alors la partie perturbée allait être ressentie par le reste du plan d'eau. Les vagues faisaient dans les quatre pieds à présent, mais grimpantes, les plus lourdes s'écrasant sur la proue. Mike ne pouvait penser qu'à une chose : la réparation devait tenir et il devait ramener tout le monde, ainsi que son bateau, au port aussi rapidement que possible.

Le soleil brillait toujours, il n'y avait que quelques nuages à l'horizon, mais les vagues approchaient les cinq pieds tandis que le rivage était en vue et devenait de plus en plus distinct.

Mike n'avait jamais été aussi heureux de revoir la maison.

Alors qu'il entrait dans l'embouchure du port, la protection des terres fit son travail et l'eau devint aussi calme que dans un verre. Mike ralentit le bateau, coupant son sillage tandis qu'il remontait le courant, de plus en plus proche de la cale. Ses mains tremblaient lorsqu'il tourna son bateau afin de le caler, puis Gordon commença à attacher les amarres. Mike coupa le moteur et éteignit tout avant d'aider les gars à charger leurs poissons dans leur glacière et débarquer leur matériel.

— Vous avez des endroits sûrs où aller ? Qui sait comment tout cela va finir, mais il faut vous éloigner de l'eau.

— Qu'en est-il du bateau ? demanda William. Si ça se gâte, que lui arrivera-t-il ?

— La crique est protégée et je dois compter dessus, peu importe l'amarrage supplémentaire que Gordon et moi pourrons faire pour le protéger.

Mike aurait souhaité pouvoir faire plus, mais c'était l'un des risques de travailler sur l'eau. Il n'avait pas le matériel pour le soulever et le transporter alors, il devait se contenter de la protection que le port lui offrait. En outre, il payait de lourdes primes d'assurance pour couvrir les dommages.

— Y a-t-il quelque chose que nous puissions faire pour aider à vous préparer contre la tempête ? demanda William tandis qu'il descendait sa glacière du bateau et la posait sur le quai.

— Je ne crois pas. Trouvez-vous un endroit sûr et sécurisé. Je ne sais pas si la tempête va s'intensifier ou non.

Mike lui serra la main, se demandant, comme il le faisait à chaque visite, si c'était la dernière fois qu'il voyait William. La pensée que ce soit le cas le perturba, mais il ne pouvait rien y faire et il avait depuis longtemps accepté qu'il doive probablement passer sa vie seul.

— C'est le dernier ? l'interrogea Gordon lorsque Mike revint vers le bateau.

— Oui, Bubba. Vidons le bateau autant que possible. Sors tout le matériel de pêche et mets-le à l'arrière du pick-up. Les coussins peuvent rester dans la cabine. Nous ne pouvons rien laisser sur le pont qui pourrait s'envoler avec le vent ou abîmer les autres bateaux.

Ils avaient déjà effectué cet exercice et se mirent au travail. Mike emballa l'équipement électronique et l'emmena, avec le reste du matériel, dans son pick-up. Il l'empila à l'arrière et y retourna. La glacière fut la suivante et Gordon rapporta davantage d'équipement. Ils travaillèrent rapidement tandis que les nuages jetaient une brume sur le soleil. Mike savait que c'était la première étape et que le temps allait se dégrader de plus en plus. Sa mère avait eu raison de s'inquiéter, il aurait dû savoir qu'il y avait davantage que du stress.

— Les cordes sont sécurisées et tout ce qui a de la valeur n'est plus sur le bateau.

— Détache l'auvent et mettons-le aussi dans la cabine. Au moins, le vent aura moins de prise dessus.

Mike dénoua les cordes et les enroula tandis que Gordon pliait la voile et l'ajoutait aux éléments arrimés. Dès qu'ils eurent fini, Mike attrapa le cadeau de Carrie avant de fermer et de verrouiller la cabine.

— Je pense que c'est tout ce que nous pouvons faire.

— Oui. Éloignons-nous de l'eau.

Gordon inclina son chapeau et courut vers sa camionnette, recula et décampa. Il vivait à dix minutes de là, mais étant donné qu'il était plus près de l'eau que Mike, il devait préparer sa maison contre la tempête.

Mike lança un dernier regard à son bateau, son gagne-pain, et espéra que, si la tempête venait dans cette direction, il survivrait aux vingt-quatre prochaines heures.

Il se détourna tandis que les autres capitaines arrivaient. Il leur fit signe et la plupart lui répondirent. Son premier instinct fut d'aller les aider à se préparer, mais Carrie était à la maison et il avait besoin de la voir et de s'assurer que tout était sécurisé.

Le vrombissement d'un moteur qui ne démarrait pas attira son attention et il se dirigea vers la voiture de location de William.

— Cette satanée chose ne démarre pas.

William sortit en claquant la portière derrière lui.

— Il faut que j'appelle la compagnie, voir ce qu'ils disent.

— Jetons un coup d'œil, proposa Mike et William ouvrit la portière et tira sur la manette du capot.

Mike souleva le capot et vit immédiatement le problème, se doutant que William le voyait aussi.

— Les fils du démarreur ont grillé, alors le moteur ne reçoit pas le signal pour démarrer.

Ce n'était pas quelque chose qu'il pouvait réparer.

— Où séjournes-tu ?

— Je suis venu de Géorgie pour la journée, je prévoyais de rentrer à mon hôtel, puis de rentrer à Atlanta demain pour des réunions.

William sortit son téléphone tandis que Mike refermait le capot de sa luxueuse voiture. Il faisait les cent pas, patientant probablement, devenant de plus en plus agité à mesure que les minutes s'écoulaient.

— Enfin ! Ma voiture de location ne démarre pas – il donna toutes les informations – je me trouve sur la jetée d'Apalachicola.

Mike s'appuya à la voiture, attendant que William termine son appel.

— Vous me faites marcher !

William continuait d'aller et venir, ses pas devenant des piétinements.

— J'ai bien conscience que la tempête a dévié de son chemin et que tout le monde se prépare. Je suis près de l'eau avec une voiture de location qui ne démarre pas. Je sais que vous pouvez la remorquer, mais comment puis-je en obtenir une autre ? Je vois… Je ne vous remercie pas.

William raccrocha, continuant ses cent pas.

— Pas d'autre voiture.

— L'emplacement le plus proche est à l'aéroport de Tallahassee, mais c'est impossible, car ils n'ont plus de véhicules. Il semblerait que tout le monde essaie de quitter Dodge et qu'ils montent dans n'importe quel véhicule disponible pour se diriger vers le nord, ce qui est exactement ce que j'allais faire, expliqua William en passant la main dans ses cheveux.

Mike n'allait pas le laisser ici.

— Peux-tu te trouver un hôtel quelque part ? Je vais t'y emmener.

— Je vais essayer. Merci.

William reprit son téléphone et, d'après ce qu'il entendit, cela ne donna rien.

— On dirait que je suis au point mort. Il y a tellement de gens bloqués que les hôtels sont pleins, dit William en recommençant ses allées et venues. Peut-être que je peux louer un jet privé ou une limousine pour me ramener à mon hôtel.

Mike ouvrit la portière de son pick-up.

— Nous allons transférer tes affaires dans la voiture, tu peux venir à la maison avec moi. J'ai une petite chambre d'ami, si ça ne te dérange pas que Carrie s'en serve pour ses poupées ou autre. Elle dispose d'un lit, tu pourras attendre que la tempête passe.

William sourit.

— Vraiment ? Merci. J'apprécie.

Mike attendit que William charge son matériel, puis quitta le parking.

William sentait divinement bon et le pick-up se remplit de sa chaleur terreuse, même avec la climatisation, ce qui ne faisait rien pour rafraîchir la chaleur qui s'élevait en lui. Il gagna la route principale, puis l'intérieur des terres, s'éloignant du front de mer, vers la partie la plus abordable de la ville, se demandant comment il allait pouvoir garder ses distances avec William sous son toit plutôt petit.

II

WILLIAM WESTMORELAND soupira, il essayait de ne pas regarder Mike trop souvent. Il aimait pêcher, il aurait pu y aller n'importe où. Mais c'était Mike qui le faisait revenir à Apalachicola, année après année. Mike était un homme bon, c'était évident, mais il était aussi incroyablement séduisant. William savait qu'il était profondément attaché à la Floride, mais, quand il fermait les yeux et laissait son esprit vagabonder librement, une fois les lumières éteintes, il s'imaginait avec Mike. Même s'il n'avait pas l'intention de faire quoi que ce soit à ce sujet.

Mike avait une fille, ce qui signifiait qu'il avait probablement été marié à un moment donné, donc qu'il aimait les femmes. Pour couronner le tout, William avait la mauvaise habitude de laisser ses sentiments courir librement vers les hommes qu'il ne pouvait pas avoir, pour différentes raisons. Il rencontrait tout le temps des hommes et ceux qui étaient généralement disponibles ne retenaient pas son intérêt, alors que ceux qui étaient mariés ou liés d'une manière ou d'une autre l'attiraient comme du miel attirait une abeille.

— As-tu toujours voulu faire ta vie sur l'eau ? demanda William en chemin.

Il remarqua les jointures blanchies de Mike, là où il serrait le volant.

— J'ai grandi ici, le Golfe fait autant partie de moi que ma chair et mon sang. Être loin d'ici serait comme être loin d'un ami que j'ai connu toute ma vie.

Les mains de Mike se détendirent, tandis qu'il continuait à conduire à travers la pinède.

William regarda les rangées étroites d'arbres de chaque côté d'eux.

— Bizarrement, je me suis toujours imaginé que tu vivais près de l'eau.

Mike gloussa, puis soupira.

— Il y a quelques années, oui. Mais, quand mon père est mort, j'ai hérité de la propriété familiale et il y avait une maison sur le terrain. Je l'ai retapé afin de pouvoir donner à Carrie une vraie maison au lieu d'un appartement dans l'un de ces petits immeubles modernes et hideux qu'ils construisent au bord de l'eau et qui bloquent la vue de tout le monde.

— Je pense aussi qu'ils sont hideux. Je suis passé devant un certain nombre et je me demande pourquoi on a autorisé ces constructions, grimaça William.

— L'argent. La ville encaisse les impôts et il y a toujours quelqu'un à qui graisser la patte et qui trouve une faille dans les codes du bâtiment. Ça arrive tout le temps, si tu connais la bonne personne. Non pas que je blâme quelqu'un. Cette région n'est pas riche, les gens ont besoin de ce que les touristes peuvent leur apporter.

— Je le suppose. Mais c'est dommage qu'une zone comme celle-ci doive vendre son avenir et celui de ses ressources pour survivre. Parce que quand c'est fini, c'est fini.

— Oui.

Mike tourna dans une allée de sable que William aurait complètement manquée, les conduisant dans les bois, vers une maison dans une petite clairière.

— C'est chez moi, annonça Mike en coupant le moteur. Ce n'est pas grand-chose et je suis sûr que ce n'est pas ce à quoi tu es habitué.

— C'est charmant, Mike.

William ne plaisantait pas. La maison était bien entretenue, peinte en un joli jaune pâle qui se démarquait du vert persistant des arbres. Elle semblait joyeuse et dans l'esprit de William, un endroit qui abritait l'amour. Lui avait vécu dans une grande maison en pierre qui était davantage un haut lieu destiné à impressionner que de mener une vie véritablement confortable.

— Est-ce une sorte de code ? demanda Mike, clairement sceptique.

— Non, répondit-il, ignorant délibérément le sentiment d'insécurité de Mike.

Il se targuait de sa franchise.

— Veux-tu que je t'aide à sortir toutes ces choses ?

Mike sortit de son pick-up.

— Rentrons d'abord, tu vas t'installer, répondit-il en le conduisant à l'intérieur, après avoir monté les marches.

— Papa !

Une tornade blonde dépassa William à toute allure et se jeta dans les bras de Mike.

— Mamie m'a dit que le temps se dégradait.

— C'est vrai. C'est pour ça que je suis rentré tôt, dit Mike en s'agenouillant pour la prendre dans ses bras. Carrie, voici William. Il était sur le bateau avec moi aujourd'hui et sa voiture n'a pas démarré. Il va rester avec nous jusqu'à ce que la tempête passe. Penses-tu pouvoir ranger ta salle de jeu ?

Mike sourit et Carrie réfléchit un moment avant de hocher la tête.

— D'accord.

Mais elle resta là où elle était.

— Maintenant, s'il te plaît. Lui et moi allons tout rentrer. Où est mamie ?

— Elle surveille le temps. Elle dit que nous avons assez de tout pour survivre au Second Avènement, peu importe ce que ça veut dire.

Carrie leva les yeux au ciel, comme seule une enfant de dix ans pouvait le faire.

— Va ranger la chambre, je vais rentrer mes affaires.

Mike lui fit un câlin, puis William le suivit à nouveau dehors. Le vent se levait, pas violent, mais de mauvais augure, comme s'il indiquait qu'il y avait beaucoup plus en chemin. Ce qui contracta le ventre de William.

— Est-on en sécurité ici ?

— Oui. Cette maison a survécu à bon nombre d'ouragans et nous sommes suffisamment dans les terres pour être loin de l'eau. Le plus important est de rentrer tout ce que nous pouvons et d'attendre. Il y aura des coupures d'électricité, parce que nous sommes trop loin pour que ce ne soit pas le cas, mais il y a un générateur dans le garage que je brancherai demain matin, il prendra en charge l'essentiel, comme la pompe et le réfrigérateur. Ça devrait aller.

Mike sortit une caisse de son pick-up.

— Amène tes sacs à l'intérieur, pose-les dans le salon pour le moment. Et si tu pouvais mettre les glacières sur le porche, ça m'aiderait, demanda Mike tandis qu'il partait avec le reste de l'équipement en direction du garage.

William posa les glacières comme Mike l'avait demandé, puis amena ses affaires à l'intérieur, les posant contre le mur vert clair du salon. Il ne savait pas ce qu'il était supposé faire maintenant. Il était dans une maison étrangère avec quelqu'un qu'il connaissait peu et sa famille, et, en même temps, il avait peur de ce qui allait se passer. Il était résolu à ne pas laisser les pièges de son ancienne relation lacérer son cœur une fois de plus. Il était l'invité de Mike, c'était tout. Au matin, quand la tempête serait passée, il récupérerait une autre voiture et se rendrait à sa réunion d'affaires.

21

— Je pense que nous sommes prêts, dit Mike en entrant, la moustiquaire claquant derrière lui.

— J'ai tout ce qu'il nous faut pour quelques jours, annonça une femme d'une soixantaine d'années en entrant dans la cuisine.

Elle avait le regard le plus lumineux que William ait jamais vu, comme si elle savait des choses que le reste du monde ignorait.

— William, voici ma mère, Dolores. Maman, la voiture de William est en panne et ils ne pouvaient pas lui en fournir une autre.

— Je suis contente que vous soyez ici et en sécurité. Cette tempête va s'intensifier et revenir à un ouragan. Et il vient droit sur nous, nous devons être prêts.

Dolores quitta la pièce et Mike leva les yeux au ciel.

— Maman voit des choses. Ne me demande pas comment, mais elle les voit.

Les portes s'ouvrirent, se refermèrent, et Dolores revint avec une boîte, la jetant sur la table.

— Fournitures d'urgence. Nous avons assez de lampes, de piles et de tout ce dont nous pourrions avoir besoin.

— La tempête va-t-elle vraiment être aussi mauvaise ? demanda William en jetant un coup d'œil dans la boîte, qui contenait assez de matériel de survie pour une petite armée.

— Ce n'est pas la tempête. Nous pourrions rester une semaine sans électricité.

Elle se tourna et quitta la pièce.

— Elle va regarder la météo pour voir à quel point ils ont tort.

— J'ai rangé la chambre, papa, dit Carrie.

Mike la remercia et lui donna le cadeau que William lui avait offert sur le bateau.

— C'est un cadeau d'anniversaire de la part de William.

— Merci.

Elle s'installa à table et déchira l'emballage, puis poussa un cri et serra les livres contre elle avant de le remercier à nouveau et de se précipiter dans sa chambre.

— Où est-elle partie ?

— Dans sa chambre pour lire. C'est ce qu'elle préfère, elle ne ressortira probablement que lorsqu'elle aura dévoré ses livres.

Le regard de Mike brillait d'une fierté pure.

— Je ne sais pas de qui elle tient cela, mais ce n'est certainement pas de moi.

Il souleva le sac de William, alors ce dernier attrapa son sac en toile.

— Allons t'installer et je verrai si j'ai des vêtements que tu peux m'emprunter jusqu'à ce que le temps s'éclaircisse.

Mike le conduisit dans un petit couloir, puis dans la chambre la plus girly qu'il ait jamais vue.

Des étagères peintes en blanc bordaient l'un des murs de la pièce et chacune d'elles était remplie de poupées de toutes sortes. Des murs roses et une petite table de travail dans un coin complétait le lieu. Même le lit dans le coin avait un couvre-lit blanc et rose.

— Je ne jette pas Carrie hors de sa chambre, n'est-ce pas ?

Mike se mit à rire et posa le sac qu'il portait sur le lit.

— Il y a beaucoup de rose, pas vrai ? En fait, cette chambre est à Carrie et à ma mère. Au début, elle servait de pièce de couture pour maman, puis c'est devenu leur pièce de projet et maintenant, c'est la salle de jeu de Carrie. J'essaie de contenir tout le rose ici, même s'il a tendance à se répandre parfois. La chambre de Carrie est à côté, alors tu ne mets personne dehors.

William posa son sac à dos sur le lit.

— Merci. J'apprécie que tu me permettes de rester ici.

— Évidemment. Je n'allais pas te laisser en pleine tempête.

William croisa le regard intense de Mike, ses incroyables yeux marron s'écarquillant tandis qu'ils se fixaient. William cilla, mais ne pouvait se détourner, pas quand Mike le regardait ainsi. Cela ne dura qu'une seconde, peut-être deux, mais cela lui parut plus long. William réprima un gémissement lorsque Mike se lécha les lèvres. Il se retourna et se pencha pour fouiller dans son sac, tentant de dissimuler le fait que son visage brûlait d'embarras. Son cœur tambourinait, alors que tout ce que Mike avait fait, c'était de le regarder quelques secondes.

— La salle de bain est de l'autre côté du couloir, si tu as besoin de quoi que ce soit, dis-le-moi.

Mike se tourna et s'éloigna à grandes enjambées.

William le regarda partir, jetant même un œil dans le couloir pour le suivre des yeux. Puis il s'assit sur le bord du lit, faisant le point des rares possessions qu'il avait avec lui. Il avait une tenue de rechange, au cas où il se mouillait, alors il était couvert. Dans son petit sac, il avait son kit avec lui.

Mike revint, posant un tee-shirt et un short sur la chaise près de la porte.

— Tu peux les utiliser pour dormir, si tu veux. Ma mère prépare le repas, alors il devrait être prêt dans très peu de temps.

— Merci. Je descends tout de suite, répondit-il en se levant.

C'était la dernière chose à laquelle il s'attendait durant ce voyage. Il était venu pêcher – du moins, c'était ce qu'il s'était dit. L'idée qu'il se faisait de Mike... Il savait que c'était stupide et que tomber amoureux d'un autre homme indisponible était la pire idée au monde, mais curieusement, Mike s'était incrusté dans son esprit. À présent, il était chez lui, avec sa famille, pour au moins une journée... Il dut repousser les palpitations dans son ventre. Il ne pouvait pas agir en conséquence.

William quitta la pièce et retrouva les autres dans la cuisine. Carrie mettait la table, pendant que Mike travaillait à ce qui ressemblait à des factures et que Dolores était devant la cuisinière. La pièce embaumait les épices et une touche de chaleur.

— C'est peut-être le dernier repas chaud pendant un moment, alors je voulais qu'il soit bon.

— J'ai le grill, maman. Ce n'est pas comme si nous allions mourir de faim, plaisanta Mike, mais, de toute évidence, cela ne suffisait pas pour elle. Assieds-toi, reprit-il en poussant une chaise en direction de William, qui s'installa.

Mike sentait bon, comme si l'air frais et la mer l'avaient imprégné de propreté. Ses cheveux bruns partaient dans tous les sens, comme les avait laissés le vent. William fit de son mieux pour ne pas le dévisager, regardant autour de lui à la place. La cuisine était petite, avec des placards blancs et des murs jaune pâle, qui complétaient le salon attenant.

— À quoi ressemble votre maison ? Est-ce qu'il y a beaucoup d'arbres, comme ici ? demanda Carrie, le regard fixé par la fenêtre, regardant le vent souffler.

— Pas comme ici, non. Je vis dans le nord, à Providence, Rhode Island, alors c'est très différent.

— C'est un Yankee ? demanda Carrie, sans chaleur.

— Oui, confirma Mike en continuant de parcourir les papiers devant lui. Mais c'est un bon Yankee.

Il fit un clin d'œil à William.

— Nous avons d'immenses érables et des chênes que mon grand-père a plantés sur la propriété quand il a bâti la maison et une rangée d'épicéas bleus qui protègent notre maison de celle d'à côté. Les branches de ces arbres vont jusqu'au sol, je jouais dedans lorsque j'étais enfant. C'était comme un fort naturel.

— C'est une grande maison ? poursuivit Carrie.

— Oui. Je suppose.

Il n'y avait jamais vraiment beaucoup réfléchi. C'était chez lui, ça l'avait toujours été, mais… oui, elle était grande.

— Mes parents y vivent et j'ai une partie de la maison. Comme ma sœur, Rachel, et son mari.

Cela faisait beaucoup de gens, mais ils étaient tous occupés et se voyaient rarement.

— Vous vivez tous là-bas ?

— Oui. Tu vois, nous avons une piscine et j'ai aménagé la piscine intérieure en appartement. C'est là que je vis. J'ai un peu d'intimité.

— Qu'est-ce que vous faites comme travail ? Papa pilote un bateau. Mais vous le savez déjà.

Carrie semblait être une source intarissable de questions.

— Je gère les finances de l'entreprise familiale. C'est très ennuyeux et pas aussi amusant que ce que fait ton papa. La plupart du temps, je suis assis à un bureau toute la journée et m'assure que les gens font ce qu'ils sont censés faire.

— Ça a l'air dégueu.

Elle fit la moue et William ne put qu'être d'accord avec elle. Son travail aurait pu être passionnant, mais c'était aussi ce que son père voulait qu'il fasse, il l'avait formé pour cela depuis l'adolescence. Il était allé à l'université, avait été diplômé, étudiant ce dont son père avait dit que sa famille avait besoin. Bien sûr, cela signifiait avoir un emploi après son diplôme.

— C'est prévisible.

C'était l'histoire de sa vie. La prévisibilité culminait en haut de sa routine.

— Ça a l'air toujours dégueu.

Elle posa les mains sur ses hanches, comme si c'était le dernier mot sur le sujet et William dut se détourner pour ne pas glousser. Il *était* d'accord avec elle. Son travail était son travail ; ce n'était pas vraiment ce qu'il voulait faire de sa vie. C'était ce qu'on attendait de lui, alors il l'avait fait, au lieu de faire des vagues, pour ainsi dire.

— Ce n'est pas gentil, Carrie, intervint Mike en fronçant les sourcils. Va aider mamie à finir de préparer le dîner.

Quand elle s'éloigna de la table, il poursuivit :

— Je suis désolé. De bien des manières, Carrie a pris beaucoup de sa mère. Lizzie ne savait pas comment garder pour elle ce qu'elle pensait.

— Alors, tu étais marié… ?

Dolores cogna une casserole, ce qui fit sursauter William.

— Mikey et Lizzie n'ont jamais été mariés. Elle voulait vivre en ville plus qu'elle voulait être mère. Dès que notre Carrie est née, elle l'a confiée à Mike et elle est partie.

— Maman.

Pas d'amertume, de toute évidence. William fit de son mieux pour ne pas lever les yeux au ciel à son propre sarcasme.

— Ça suffit. Lizzie voulait sa propre vie et je n'aurais renoncé à Carrie pour rien au monde.

Visiblement, c'était une vieille conversation qui avait été rabâchée maintes et maintes fois. William regretta d'avoir questionné Mike sur sa vie personnelle. Il essayait seulement de faire la conversation.

Le vent soufflait dehors et la pluie éclaboussait les vitres. Mike rassembla ses papiers et se leva. William le suivit dans le salon, où la chaîne météo couvrait la tempête en boucle. Les radars montraient que les bords extérieurs arrivaient sur eux, se déplaçant rapidement dans leur direction. L'on s'attendait que la tempête touche à nouveau les terres près de là où ils se trouvaient.

— La nuit va être longue.

— J'imagine. Combien en as-tu vécu ? demanda William.

Il avait essuyé quelques ouragans sur la Côte Est, ce qui avait été déconcertant, mais ils apportaient principalement de la pluie, les tempêtes avaient semblé l'éviter jusque-là. Mais celle-ci était proche de le toucher directement. L'image radar se tordait et bougeait dans le coin de l'écran de télé. Il était clair pour William que la pluie allait empirer près du cœur de la tempête, là où un œil essayait de se former.

— Quelques-unes. Nous avons des tempêtes ou autres, mais il y avait un moment qu'un ouragan ne nous avait pas touchés. Ne t'inquiète pas. Celui-ci se déplace rapidement, il n'a pas beaucoup de temps pour se renforcer. Ça pourrait tourner en ouragan, mais pour le moment, ce n'est qu'une forte tempête tropicale. S'il se déplaçait plus lentement, ce serait différent.

— Tout le monde est météorologue amateur dans ta famille ? plaisanta William.

— En vivant avec ma mère, tu apprends certaines choses. Nous pensons qu'elle devrait travailler pour le National Hurricane Center. Son instinct est meilleur que n'importe quel modèle d'ordinateur qu'ils utilisent.

William pouffa de rire et Dolores les appela pour le dîner. Il suivit Mike et remercia Dolores tandis qu'il prenait une chaise.

— Je sais que vous ne vous attendiez pas à une personne de plus.

— Sottises, objecta-t-elle, posant un plat de poulet grillé.

Bon sang, il était beau et sentait bon ! Les salades suivirent, ainsi qu'un pichet de thé glacé.

— Maintenant, bon appétit, tout le monde.

L'implication sous-entendait que les choses allaient être différentes les prochains jours.

Le poulet était le plus croustillant et le plus juteux qu'il ait jamais mangé.

— Où avez-vous appris à cuisiner comme ça ?

— Avec ma mère. Elle me disait toujours que si je voulais retenir un homme, la meilleure façon était de l'appâter avec du poulet, expliqua Dolores en souriant. Bien sûr, elle ne m'a jamais parlé du véritable appât que possédaient les femmes. Pas comme maintenant, où les gens ne parlent que de ça.

Elle attendit que le plat ait fait le tour de la table pour se servir.

— Cuisinez-vous comme cela souvent ?

Une purée de pommes de terre arriva, suivie d'une salade et de haricots verts. C'était un festin, un des meilleurs qu'il ait mangé.

— Parce que c'est quelque chose.

— De la nourriture qui tient au corps. C'est comme ça que ma mère l'appelait. C'est ce que je prépare habituellement pour Mike quand il pêche. C'est un travail fatiguant et il ne prend qu'un déjeuner léger, alors généralement, il a faim lorsqu'il rentre.

Le vent souffla à nouveau, envoyant davantage de pluie sur les vitres. Peut-être était-ce dû au fait qu'il savait que ça allait arriver, pourtant ça le perturbait.

— Voyez cela comme une grosse tempête. Nous en avons parfois et les météorologues en font toute une histoire et les gens écoutent ce qu'ils disent. Si elle était plus forte, nous devrions partir d'ici. Mais tout ira bien.

Elle lui tapota la main, puis reporta son attention à son repas, comme si c'était quelque chose qui arrivait tous les jours.

William mangea et débarrassa son assiette quand il eut fini, de la même manière que le firent les autres. Carrie fit la vaisselle et Mike et William retournèrent au salon. La tempête se rapprochait, le vent dehors était plus fort, plus régulier. Il semblait loin, jusqu'à ce que Mike aille dehors pour vérifier quelque chose. Dès qu'il ouvrit la porte, un rugissement constant envahit toute la maison, pénétrant jusque dans les os de William. Non seulement il l'entendit, mais il le ressentit, comme un mur de sons qui n'en finissait jamais.

Les lumières s'éteignirent, puis se rallumèrent. William s'attendait à ce qu'elles coupent à nouveau, mais elles restèrent allumées. Mike revint et ralluma la télévision. Ils regardèrent les informations tandis que le centre de la tempête se rapprochait de plus en plus du point sur la carte indiquant Apalachicola.

Dolores les rejoignit, tout comme Carrie, qui grimpa sur les genoux de son père. Il passa ses bras autour d'elle et Carrie se lova contre son torse. Une vague de jalousie balaya William. Bon, peut-être pas de la jalousie, même si le monstre aux yeux verts était présent, mais l'envie d'avoir ces mêmes bras autour de lui. Ça faisait trop longtemps qu'il n'avait pas eu un homme dans sa vie.

Le vent rugit à l'extérieur, le bruit atténué par les vitres, mais devenant de plus en plus fort chaque seconde. Carrie écarquilla les yeux, serrant son père plus fort.

— Ça va aller, mon ange la réconforta Dolores tandis qu'elle s'installait dans un rocking-chair, se balançant comme si ce n'était qu'un jour comme un autre devant la télévision.

Ce n'était certainement pas le cas pour William.

— Pourquoi n'irais-tu pas te coucher ? proposa Mike en se levant, emportant Carrie avec lui. Lorsque tu te réveilleras, tout sera fini et tout ira bien.

Mike l'emmena hors de la pièce et William se tourna vers Dolores, qui semblait tout aussi calme.

Le cœur de William tambourinait de plus en plus vite. Il n'y avait aucun moyen qu'il puisse aller au lit et dormir. Alors il fixa l'écran jusqu'au retour de Mike, puis Dolores déclara qu'elle allait se coucher aussi. Elle quitta la pièce au moment où l'électricité se coupa. William se tint immobile, souhaitant qu'elle revienne, mais ce ne fut pas le cas. L'obscurité et la tempête avaient statué à ce stade.

Mike alluma une lanterne à piles et la posa sur la table. Sa lueur créa un cercle de lumière au centre de la pièce, qui s'affadissait vers les angles.

— Comment peux-tu être si calme ?

— Ce n'est qu'une tempête et la maison a été construite et renforcée pour supporter plus que cela. En plus, nous avons la couverture des arbres. Si nous étions à découvert, la maison subirait davantage les conséquences, mais le pire du vent est plus haut dans les arbres et ils sont conçus pour plier, mais ne pas se casser.

Au moment instant, un crac – assez fort pour faire sursauter William – fendit l'air.

William se figea, à l'écoute, espérant que ce qui s'était cassé ne traversait pas le toit ou l'une des fenêtres.

— Tu disais ?

— Ce n'était qu'une branche. Ça arrive, répondit Mike, toujours très calme. Alors, comment sera la vie, de retour à la maison ?

De toute évidence, il essayait de détourner son esprit de la tempête, ce dont William fut reconnaissant.

— Mon père est président de l'entreprise familiale, et ce, depuis la mort de son père. On attend de moi que je prenne la relève et, chaque année, mon père se décharge un peu plus de ses fonctions sur moi.

William en était plutôt fier, sachant qu'un jour, au moins, il serait responsable de sa destinée.

— Est-ce vraiment ce que tu veux ?

William soupira. Avec un peu de chance, pas assez fort pour qu'il soit entendu par-dessus le vent.

— Je ne sais pas. Depuis toujours, on m'a inculqué que c'est ce que je devais faire. Alors je le fais.

— Comment peux-tu faire cela ?

Mike semblait choqué.

— Si l'on te dit quelque chose assez souvent et que l'on ne te donne pas le choix en la matière, parfois, il est plus simple de s'y conformer. Mon père a payé afin que j'aille à l'université, mais il m'a aussi dit ce que j'allais étudier, car c'était les compétences dont l'entreprise avait besoin. Alors j'ai pris des cours de finances d'entreprise.

— Oui, mais si tu pouvais, que ferais-tu ?

29

William ferma les yeux et réfléchit, tandis que le vent continuait de souffler.

— Je ferais ton travail. J'achèterais un bateau – d'une belle taille, peut-être un peu plus grand – avec une cabine de couchage et j'emmènerais les gens pêcher, comme toi, mais, quelques semaines dans l'année, je passerais du temps dans les Keys [1], allant de place en place pour voir ce qu'il y a à voir, m'imprégner de l'ambiance, vivre sur la mer autant que possible.

Mike se mit à rire.

— Alors, si tu le pouvais, tu serais un glandeur des plages.

— Tu as raison. Je pense que je pourrais dépérir à Margaritaville un moment, puis revenir et emmener des gens à la pêche. Passer la journée sur l'eau avec le soleil au lieu d'être dans un bureau aux murs blancs et aux séparateurs cubiques gris. Seigneur, il n'y aurait rien de mieux.

William renversa la tête en arrière, imaginant sa vie sans la pression de l'entreprise familiale et les plans que quelqu'un d'autre avait pour lui.

— Tu sais, les choses ne sont pas aussi roses que tu les dépeins. C'est un travail difficile, tu fais de longues heures, expliqua Mike en se penchant en avant. Je passe mes journées loin de ma famille et la pêche n'est pas aussi plaisante quand c'est quelqu'un d'autre qui pêche et que tu es celui qui amorce l'hameçon. Ne te méprends pas. J'aime ce que je fais, mais il y a des moments… Un bateau coûte de l'argent, beaucoup d'argent.

— Je sais. L'argent, j'en ai. C'est le temps et les gens avec qui je veux le passer que je n'ai pas.

Bon sang, venait-il vraiment de dire cela ? William gémit, souhaitant avoir gardé la bouche fermée.

Mike resta silencieux un moment et une légère tension s'installa entre eux.

— J'imagine que c'est le contraire pour moi. J'ai des amis et des gens que j'aime dans ma vie, mais je peux à peine joindre les deux bouts et, après cette tempête, qui sait ce qui va me rester. Le bateau ce serait bien. La marina est protégée, mais si le vent souffle fort, il ramènera la tempête vers la baie et tous les paris sont ouverts.

Pour la première fois, William vit le stress de Mike clairement affiché. Oui, la tempête rendait William nerveux. Mais ce n'était rien comparé au

1 Les Keys sont un archipel situé à l'extrémité méridionale des États-Unis, dans le détroit de Floride qui relie l'océan Atlantique au golfe du Mexique en séparant la péninsule de Floride et l'île de Cuba.

fait que, même s'ils étaient sains et saufs, le moyen de subsistance de Mike était en jeu et qu'on ne pouvait rien y faire à part attendre et espérer.

William ne savait pas quoi ajouter. Il essaya de trouver quelque chose d'anodin dont il pourrait parler pour apaiser la tension.

— Carrie est vraiment spéciale.

— Elle a beaucoup pris de sa mère d'une certaine façon, répondit Mike en souriant.

— Comment était Lizzie ?

Mike laissa échapper un petit rire.

— Mon Dieu ! C'était une farceuse. Nous sommes sortis ensemble au lycée, mais elle n'a jamais eu l'intention de rester ici. Dès qu'elle a eu quinze ans, elle disait qu'elle partirait aussi loin que possible d'ici. Elle en avait assez de la ville et de tous ces gens qui sentaient le poisson. Du moins, c'est ce qu'elle disait.

— Je suppose que tu l'as aimée puisque vous avez eu Carrie.

Mike secoua la tête, alors qu'une rafale cognait contre la vitre, essayant de rentrer. Mais il ne sembla pas le remarquer.

— C'était ma meilleure amie. J'étais l'enfant que ne cadrait pas la plupart du temps. Lizzie ne se laissait emmerder par personne. Nous sommes allés au bal de promo ensemble, puis nous avons fini sur le bateau de mon père et… eh bien… une chose en entraînant une autre, j'ai eu Carrie. Dès qu'elle est née, Lizzie est partie en Arizona.

— C'est là qu'elle se trouve maintenant ?

Mike regarda autour de lui et baissa la voix.

— Ma mère la déteste parce qu'elle est partie. Je lui ai demandé de m'épouser, mais elle a refusé. Elle a dit qu'une erreur n'était pas une raison pour en faire une autre. Ma mère ne sait pas que j'ai gardé le contact avec elle et que je lui ai envoyé des photos de Carrie. C'est aussi sa fille.

Quelle décision incroyablement réfléchie !

— J'ai fini le lycée et je me suis engagé dans la Navy. Ma mère a pris soin de Carrie pendant que j'étais déployé, ainsi, je pouvais subvenir à leurs besoins. Je suis revenu à la vie civile il y a six ans, j'ai pris mes économies et j'ai acheté un bateau pour commencer les excursions.

— Carrie a-t-elle déjà vu sa mère ?

Mike secoua la tête.

— Lizzie a rencontré quelqu'un dont elle est tombée amoureuse. J'étais heureux pour elle, mais le gars était méchant et elle a tenté de s'enfuir. J'ai eu de ses nouvelles il y a quelques années, elle vivait dans un foyer pour femmes battues. Elle disait qu'elle s'était libérée de l'homme avec qui elle était et qu'elle essayait de prendre un nouveau départ. Elle m'a demandé si je pensais que ce serait étrange si elle revenait à Apalachicola. Je lui ai dit de rentrer à la maison. Ses parents étaient ravis. Ils voient parfois Carrie et la considèrent comme leur petite-fille, même si c'est difficile pour eux. Puis nous n'avons plus entendu parler de Lizzie pendant longtemps.

— Oh, non.

Ce n'était pas une étape difficile à franchir que de comprendre ce qui était arrivé.

— Ouais. Elle n'est jamais rentrée à la maison. Visiblement, Hank l'a retrouvée et s'est assuré qu'elle n'irait plus nulle part. Son père m'a dit qu'il s'était servi d'une batte de baseball pour faire valoir son point de vue.

— Est-ce que ta mère et Carrie sont au courant ?

— Oui. Mais maman n'a pas changé d'avis. Elle pense toujours que Lizzie et moi aurions dû nous marier pour le bien de Carrie, mais nous n'aurions jamais été heureux.

— Pourquoi ? demanda William.

Mike déglutit et ne répondit pas tout de suite.

— Nous étions de bons amis, mais elle et moi voulions des choses très différentes.

La tension augmenta et William se demanda pourquoi. Il avait espéré que le sujet était sûr, mais ça l'avait mené à un bourbier. Mais cela n'expliquait pas le pic d'énergie qui vibrait dans la pièce.

— As-tu eu quelqu'un de spécial ? demanda Mike.

— Oui, il y a quelques années.

William ne savait pas jusqu'où il pouvait être franc, alors il décida de contourner un peu la question.

— Ça n'a pas fonctionné. Nous voulions des choses très différentes et je n'allais pas soutenir une autre personne dans le style de vie à laquelle elle était habituée.

— Ah… tu penses qu'elle n'en voulait qu'à ton argent ?

— Oui. Je le sais, alors ce fut la fin en ce qui me concernait. Nous méritons tous une personne qui nous aime pour ce que nous sommes et pas pour ce que nous avons ou pas, expliqua William avec succès, sans préciser que son ex était un homme.

C'était un État conservateur après tout, alors il se dit qu'il n'y avait aucune raison d'ajouter de la tension à la pièce.

— Donc, tu ne sors pas beaucoup ? demanda Mike.

— Non. Et toi ?

Mike secoua la tête.

— J'ai assez à faire avec ma mère et Carrie. Elle a besoin d'un père qui sera en mesure de la faire passer en premier et ma vie est assez remplie pour le moment. De plus, la plupart des samedis et des dimanches, je suis sur l'eau. Ce sont les jours les plus chargés. Les gens veulent sortir alors que moi, je travaille.

— As-tu déjà souhaité vivre ailleurs ?

— Non. C'est ici chez moi. Je connais tout le monde. J'ai vu suffisamment du monde quand j'étais en service pour savoir combien j'étais bien chez moi. Ici, personne ne me tire dessus et je suis où je veux être.

— As-tu vu des combats ? demanda William.

— Oui. J'ai vu plus que ma part d'inhumanités et j'aimerais jamais ne revoir ce genre de choses. Je ne veux pas que Carrie les voie non plus.

Mike se réinstalla, comme s'il avait dit tout ce qu'il voulait dire et William en fit de même, écoutant le vent hurler à l'extérieur. Il ferma les yeux, tentant d'oublier le mauvais temps, mais ce fut impossible.

Mike se leva et quitta la pièce, puis revint quelques minutes plus tard.

— Carrie est profondément endormie.

— Combien de temps penses-tu que cela va durer ? demanda William en sortant son téléphone et vérifiant les radars.

L'œil de la tempête – qui, selon les bulletins météo, était devenu un mini ouragan – approchait.

— Plus très longtemps, répondit Mike en s'asseyant.

Il resta silencieux un moment, comme s'il pensait à quelque chose.

— Lizzie est la seule femme avec qui je suis sorti.

Ce fut un étrange aveu, jusqu'à ce que William y réfléchisse et se demande si Mike sous-entendait ce qu'il pensait.

— C'était il y a longtemps.

— Je suppose que oui. Il y a beaucoup de choses que les gens d'ici ne comprennent pas. Ou je pense qu'ils ne comprendraient pas. Je dois subvenir aux besoins de ma fille et de ma mère, alors, parfois, mes véritables sentiments ne comptent pas parce qu'ils ne sont pas ce qui importe le plus.

— D'accord ? répliqua William, se demandant ce que voulait dire exactement ce cheminement de pensées confus. Tu ne parles pas beaucoup de toi, n'est-ce pas ?

Le vent frappa une nouvelle fois, la tempête s'épaississant autour d'eux. La pluie se mêlant aux rafales et à la foudre créait une cacophonie de sons qui rappelait un moteur de jet laissé en marche à proximité. Ce qui ne changeait pas les flux et reflux du vent dans les volets de la maison. C'était un bruit constant et incessant.

— Non.

L'atmosphère craqua d'énergie et de tension lorsque William croisa le regard de Mike, qui était aussi tumultueux que la tempête à l'extérieur. Il se pencha en avant, faisant savoir à Mike qu'il l'écoutait, mais resta silencieux. Il avait le sentiment que Mike ne répondrait pas à une tonne de questions et que quoi qu'il veuille dire, cela sortirait quand il serait prêt.

— Personne ne veut entendre parler de moi et de mes problèmes, alors je n'en parle pas.

William tenta de garder son attention sur Mike tandis que la tempête faisait rage.

— Je comprends. Il y a des choses à mon sujet dont je ne parle pas beaucoup. Mes parents ne comprendraient pas.

Mike ricana.

— Toi ? Tu vis au Nord-Est, là où tout le monde est libéral et ouvert d'esprit. Tu devrais essayer de vivre ici, où tout le monde te connaît, toi et ta famille, depuis l'époque des couches-culottes. Ici, les choses sont comme elles l'ont toujours été.

— N'est-ce pas plutôt agréable ?

— Si, mais, et si je ne suis plus celui que j'ai toujours été ?

La rigidité dans le corps de Mike s'accrut encore plus, au point où William se demanda s'il n'allait pas voler en éclats.

— Je ne te connaissais pas avant... eh bien, avant il y a quelques années, alors je ne sais pas si tu étais différent ou non.

C'était une conversation étrange à avoir au beau milieu d'une tempête, mais peut-être Mike en avait-il besoin et William se devait d'écouter.

— J'ai découvert certaines choses à mon sujet, il y a quelque temps, et j'ai essayé de ne pas y croire. Est-ce que ça a du sens ? demanda Mike.

William acquiesça. Il savait exactement ce que c'était, ce qui lui rafraîchit la mémoire. Comme la plupart des homosexuels, il avait traversé une période de découverte de soi et d'acceptation de la personne qu'il était vraiment.

Était-ce ce que Mike essayait de lui dire ? Qu'il était gay ? William se pencha en avant, se demandant ce que Mike avait envie de dire.

— Papa, appela Carrie en arrivant en courant dans son pyjama aux couleurs vives et grimpant sur les genoux de son père. Quand est-ce que ça va être fini ?

— Bientôt, chérie, je te le promets.

Mike la câlina et William s'adossa à son confortable fauteuil. Quel que soit le moment qu'ils auraient pu partager, il avait disparu.

Le vent se calma et le bruit fut réduit au silence. William tendit l'oreille, mais il n'entendait plus rien. Il sortit son téléphone et afficha le radar. Il avait encore un signal, ce qui en soi était une sorte de miracle. Le centre de la tempête les avait dépassés, maintenant, et il semblerait que la partie arrière soit moins intense.

— Viens, chérie, allons te remettre au lit.

Mike la porta dans sa chambre. Quelques minutes plus tard, il le rejoignit à nouveau dans le salon.

— S'est-elle rendormie ?

— Oui. Maintenant que le calme est revenu, elle va dormir toute la nuit, répondit Mike, puis il bâilla.

William avait espéré qu'ils discuteraient un peu plus, mais il semblerait que le temps était venu et que le moment qu'il partageait ait disparu comme la pluie et le vent.

— Je devrais aller me coucher aussi, dit-il en se levant. Je te vois demain matin et merci pour tout. J'apprécie, vraiment.

Mike hocha la tête et se décala sur le côté. William passa devant lui, se dirigeant vers la chambre qui lui était destinée, faisant de son mieux pour ne pas se tourner et regarder Mike. Mais il réussit.

Mike l'observait et même dans la faible luminosité, la chaleur dans son regard fut sans équivoque.

La main de William trembla lorsqu'il la posa sur la poignée de sa chambre. Il l'ouvrit et entra. Alors qu'il la refermait derrière lui, il s'appuya contre le bois, prenant une profonde inspiration. Il songea à la rouvrir et jeter un coup d'œil pour voir s'il s'était imaginé ce qu'il croyait avoir vu. Au lieu de cela, il secoua la tête et se changea, passant les vêtements que Mike lui avait prêtés. Ils étaient propres et sentaient la riche odeur de frais de son hôte. Puis il se mit sous la couverture rose et tenta de ne pas penser à ce qu'il avait vu et les sous-entendus que Mike lui avait faits.

Tout cela n'avait pas d'importance. Il avait espéré que Mike soit gay et qu'il soit attiré par lui. Il devait avoir vu ce qu'il voulait voir, contrairement à ce que c'était réellement. Il était tard et il était fatigué. Il avait seulement besoin de sommeil et, au matin, il récupérerait une autre voiture et se rendrait à sa réunion. Les signes d'une attirance de la part de Mike n'étaient probablement que le fruit de son imagination.

III

MIKE ALLA dans sa chambre quelques minutes après William en se morigénant d'avoir été surpris à le regarder. Comment aurait-il pu ne pas le faire ? William était magnifique, sexy, et il était dans sa maison en cet instant, dans la chambre près de la sienne. Il ne voulait pas penser à lui, allongé sur le lit, portant ses vêtements pour dormir. Dans son esprit, William s'était déshabillé et s'était glissé, nu, sous les couvertures. La maison s'était réchauffée maintenant que l'air conditionné était éteint et il s'imagina William, torse nu, allongé sur le drap.

Il avait été si près de dire à William ce qu'il en était pour lui, seule Carrie l'avait empêché de révéler son secret. Il était presque sûr que William comprendrait, étant donné qu'il était de plus en plus convaincu qu'il partageait son intérêt. La manière évasive dont William avait parlé de sa précédente relation avait été une sorte d'indice. Mais Mike n'était pas totalement sûr, même si cela n'avait pas vraiment d'importance. William n'était ici que pour quelques jours, il partirait dès qu'il le pourrait. Il vivait à l'autre bout du pays et ne venait ici qu'en de rares occasions pour le plaisir et l'amusement.

Mike se déshabilla et se prépara à aller au lit, enfilant un short léger et un tee-shirt. Puis il ouvrit la porte et traversa le couloir jusqu'à la salle de bain afin de se nettoyer et se brosser les dents.

Au même moment, William sortait de sa chambre. Le tee-shirt qu'il lui avait prêté moulait son torse et le short était probablement un peu trop petit, mais, oh, mon Dieu ! la vue qu'il offrait ! Ses jambes remplissaient admirablement ce short !

Mike se retourna.

— Vas-y. Sers-toi des bidons près du lavabo. La pompe ne fonctionne pas, balbutia-t-il à toute vitesse en retournant à sa chambre.

— Mike, chuchota William et il s'arrêta de bouger, les pieds plantés au sol, la tête lui tournant. Tu n'as pas à t'enfuir.

Contre son meilleur jugement, il pivota. William le dévisageait ouvertement, sans honte. Mike sentait son regard errer sur lui et une chaleur jaillit en lui.

— William, je…

— Tu, quoi ? demanda William, se rapprochant. J'ai vu la façon dont tu me regardes, je sais ce que ça signifie.

Mike gémit intérieurement. Il savait qu'il aurait dû être plus prudent. Tandis que William s'approchait, l'envie de courir dans sa chambre devint de plus en plus urgente. Il devrait s'enfuir, fermer la porte entre eux et repousser ce besoin, cette chaleur. Mais il ne parvenait pas à bouger.

— Je…

— Ça fait combien de temps ? murmura William, mais dans le silence qui avait déferlé sur la maison, il aurait pu aussi bien crier.

Ou peut-être était-ce seulement ce que le cœur de Mike pensait.

— Longtemps… avoua-t-il.

Bien trop longtemps.

— J'avais un ami dans l'armée et…

Seigneur, il n'avait aucune idée de la raison pour laquelle il avouait cela maintenant. Il avait toujours gardé Benny près de son cœur. Les souvenirs étaient tout ce qu'il lui restait de lui à présent. La sueur dévala le long de son dos et ce n'était pas à cause de la chaleur de la pièce.

— Mais personne ici ?

Mike secoua la tête. Il n'avait jamais eu de relations ici. Ce serait la fin de sa famille et de ses affaires. Il obtenait ses clients par le bouche-à-oreille, et la rumeur qui se propagerait ne serait pas sur la bonne qualité de ses excursions, mais sur le fait qu'il aimait les hommes, ce qui signifierait plus de pêcheurs et plus d'entrées d'argent.

— Non. Écoute, je dois…

William réduisit la distance entre eux, tenant son avant-bras dans sa poigne forte et ferme. Mike pourrait se dégager s'il le voulait, mais il y avait si longtemps que personne ne l'avait touché de manière excitante qu'il aspirait à cette intimité. Et à la façon dont William le retenait près de lui, il le savait.

William était suffisamment proche afin que Mike puisse sentir son souffle sur ses lèvres. Il se tenait là, respirant profondément, le regard si ancré dans le sien que Mike n'osa pas détourner les yeux. L'intensité et la passion dans ceux de William l'attiraient comme un aimant. Comme par magie, Mike s'approcha, irrésistiblement attiré jusqu'à ce que ses lèvres rencontrent celle de William.

Mon Dieu, ce premier contact fut électrique, accentué par la pluie charriée par le vent contre la façade. L'accalmie était finie, mais le rugissement qui avait accompagné la précédente partie de la tempête avait définitivement disparu. Ce qui ne signifiait pas qu'il n'y en avait pas un dans la tête de Mike tandis que le baiser de William déclenchait des alarmes, des feux d'artifice et tout ce à quoi il pouvait penser. Il fut instantanément dur, lancinant et, quand William lâcha son bras, glissant sa main le long de son dos, il frissonna d'excitation.

Une toux dans la chambre de sa mère l'arrêta net.

L'une des mains de William quitta son dos tandis que l'autre agrippait ses fesses, les pressant l'une contre l'autre. Il le fit marcher à reculons vers sa chambre et referma la porte derrière eux.

— Personne n'entrera ici.

William suça la base de son cou et il gémit de manière incontrôlable.

Son sang pulsait à toute vitesse, tambourinant à ses oreilles tandis que ses fantasmes semblaient devenir réalité. William le tenait fermement, les mains posées sur ses fesses, et Mike ferma les yeux, l'instinct prenant le dessus, ses hanches allant et venant, recherchant friction et chaleur. Des vagues de passion et d'années de besoin refoulé menaçaient de le submerger. Son jugement s'obscurcissait chaque seconde tandis qu'il se languissait d'une douce libération après des années de désir réprimé.

— Je ne… souffla Mike et William s'arrêta, s'écartant.

Ils étaient haletants, comme s'ils avaient fait une course. Mike cligna des yeux, se demandant ce qui se passait. Il savait ce qu'il avait dit, les mots avaient jailli, quelque part dans son cerveau perturbé. Ce qui le surprenait, c'était que William avait été en mesure de le faire. Lui n'aurait pas été sûr de le pouvoir.

— C'est une mauvaise idée.

— Peut-être, répondit William. Mais c'est ce que nous voulons tous les deux.

Mike ne pouvait pas le contredire. Il en avait tellement envie. Une partie de lui pointait résolument dans la direction de William. Il hocha la tête et se lova dans les bras de William. Ses jambes tremblaient à cause de l'excitation et de la nervosité. Il n'avait été avec personne depuis longtemps. Quelque part dans le fin fond de son esprit, une voix, forte et bourrue, le réprimandait pour cette nervosité. *Ressaisis-toi, matelot !* Curieusement, quand il pensait à cette phrase, ce n'était jamais lié à un autre homme dans son lit.

William l'embrassa avec douceur, séduction, comme s'il tentait de l'amadouer et qu'il soit damné si ça ne fonctionnait pas. William avait le goût de la chaleur et du réconfort – tout ce dont il avait besoin. Quand William rompit le baiser, il le suivit, initiant le suivant, puis celui d'après, son hésitation s'envolant par la fenêtre, transportée par le vent.

William était beau, fort. Mike avait toujours été un homme baraqué et, avec Lizzie, il avait craint de lui faire du mal, tant elle était légère. Avec Benny, ça n'avait pas été un problème. Il était plus grand que lui, et William était solide et…

avant qu'il puisse terminer sa pensée, l'arrière de ses jambes toucha le lit et il tombait sur le dos, le matelas accueillant sa chute.

— As-tu la moindre idée du nombre de fois où j'ai imaginé ça ? grogna William en tirant sur son tee-shirt.

Mike leva les bras et William passa son tee-shirt par-dessus sa tête, puis le balança par-dessus son épaule.

— Tu es pressé ? demanda-t-il tandis que William caressait le milieu de son torse.

— Je n'ai pas envie que tu te sauves.

William se pencha sur lui, dessinant de petits cercles sur son torse. Puis il combla la distance entre eux, prenant ses lèvres pour un baiser torride, qui prit fin lorsqu'il tira sur sa lèvre inférieure.

— J'aime que tu sois poilu, dit William en cueillant l'un de ses tétons.

Mike poussa un bruyant gémissement, reconnaissant que le vent et la pluie le dissimulent. Ses dernières réticences lâchèrent. William partait au matin, mais, pour ce soir, Mike s'autoriserait à être heureux.

Il fit glisser ses mains le long des flancs de William, remontant le coton de son tee-shirt sur sa peau douce, puis par-dessus sa tête, avant de le jeter par terre. William était lisse et musclé. Il avait vu ses muscles sous ses chemises, mais pas sa peau et ce fut un véritable spectacle. Certes, il ne pouvait vraiment le voir, mais il laissa ses mains faire le travail. Elles trouvèrent un torse ferme, avec des petits tétons saillants sur lesquels il s'arrêta pour les pincer. William siffla et Mike rapprocha ses lèvres, en suçant un, lui soutirant un grognement de plaisir.

William s'écarta, se tenant devant lui. Mike fit courir ses doigts sur son ventre plat, rebondissant sur ses abdos et atteignant la taille de son short. Tout à coup, il se sentit timide. Il y avait un long moment qu'un homme – ou qui que ce soit, pour ce que ça valait – avait partagé son lit et… et s'il ne se souvenait pas de ce qu'il était censé faire ?

William prit ses mains dans les siennes.

— Nous n'avons pas à faire quelque chose avec quoi tu n'es pas à l'aise.

— Je ne suis pas une vierge rougissante, rétorqua-t-il.

— Non. Mais j'ai envie de prendre mon temps avec toi, répondit William en entrelaçant leurs doigts. À chaque excursion, je te regardais, je rêvais de toi. Seigneur, mes fantasmes nocturnes t'incluaient dans le rôle principal.

Les joues de Mike le brûlèrent. Il ne savait pas quoi ressentir à ce sujet. C'était flatteur, mais et s'il n'arrivait pas à la cheville du Mike imaginaire de William ?

— Stop, l'arrêta William en le maintenant immobile l'espace d'un instant avant de se rapprocher. Mets toutes les voix dans ta tête sur pause. Tu ne fais rien de mal, et tu me rendras plus qu'heureux.

Il posa ses mains de chaque côté de la tête de Mike et se pencha pour l'embrasser. Dès que William relâcha ses mains, Mike enroula ses bras autour de sa taille et l'attira sur lui, puis glissa vaillamment ses mains sous la ceinture de son short, les posant sur ses fesses.

— Oui… lui chuchota William à l'oreille avant d'en sucer le lobe.

Les yeux de Mike se révulsèrent et il serra William encore plus fort, malaxant ses fesses et repoussant son short jusqu'à ce qu'il glisse le long de ses jambes.

L'érection de William reposa sur sa hanche, avec seulement son boxer entre eux, et il se débarrassa rapidement de ce dernier morceau de tissu – cet homme avait du talent – puis ils furent peau contre peau, sexe contre sexe, torse contre torse, et, oh, mon Dieu ! lèvres contre lèvres. Tout lui apparut clairement alors qu'ils étaient allongés l'un contre l'autre, William tremblant au-dessus de lui en ondulant du bassin. Mike avait oublié combien ça lui avait manqué, à se cacher depuis tant d'années.

— Laisse-toi aller, mon beau.

— Moi ? grogna Mike en soulevant les hanches dans un effort d'obtenir davantage de friction.

Il en avait tellement besoin. C'était comme s'il avait été coincé dans une bouteille jetée à la mer et qu'à présent, elle avait atteint le rivage et avait été ouverte. Seulement, il espérait que lorsque ce serait fini, il pourrait revenir à sa vie d'avant, car c'était ce qu'il allait devoir faire pour continuer.

— Arrête d'autant réfléchir, le réprimanda William en les faisant rouler afin que Mike se retrouve au-dessus de lui. Agis sur tes sentiments et laisse le reste de côté pendant quelques heures. Tout le monde dort et la tempête est passée. Ce n'est que deux hommes se rendant heureux.

William prit son visage en coupe.

— Bon sang, j'aime que tu aies besoin de te raser.

Il guida Mike vers lui afin que leurs lèvres se rencontrent. Mike l'embrassa avec l'énergie refoulée de toutes ces années.

Des étincelles jaillirent entre eux lorsque Mike faufila ses bras sous William, l'attirant encore plus près. Depuis longtemps, il avait ses propres fantasmes et s'il n'avait que cette nuit, il allait tenter de les faire devenir réalité. Il voulait toujours essayer de savoir ce qui allait arriver, mais, avec William, il n'en avait aucune idée.

— Est-ce que ça va ?

— Oui, répondit William, les faisant remonter contre les oreillers.

Dès qu'ils furent mieux installés, il les fit à nouveau basculer.

— Je vais te goûter. Es-tu prêt pour ça ?

William se laissa glisser, traçant un chemin de baisers de son torse à ses tétons, qu'il suça, agaça de sa langue, envoyant des frissons le long de la colonne de Mike. Ses mains et sa bouche poursuivirent leur voyage, explorant son ventre, puis plus bas, jusqu'à l'engloutir dans sa chaleur humide, ce qui manqua de peu de faire court-circuiter le cerveau de Mike.

— Oh mon Dieu !

William gronda et l'avala jusqu'à la base, faisant tourbillonner sa langue sur son gland, le rendant complètement fou.

Mike tremblait du désir libéré depuis tout ce temps et cela ne s'arrêtait pas. La tête lui tournait, tandis que William remontait et redescendait une fois de plus le long de son membre. C'était incroyable ! Mike poussait les hanches en avant et William venait à la rencontre de ses mouvements.

L'espace d'une seconde, il essaya de penser à des choses peu attrayantes, mais son attention ne se portait que sur William alors que la température de la chambre augmentait, que la sueur le recouvrait.

— Je vais…

Son sexe glissa d'entre les lèvres de William, qui bondit vers son visage, l'embrassant durement. Mike l'accueillit entre ses bras, tandis qu'il se frottait l'un contre l'autre. Le désir se construisit rapidement et, bientôt, il ne put se retenir plus longtemps. À en juger par la respiration hachée de William, il était dans le même état. Leurs mouvements devinrent irréguliers et, alors que Mike essayait de retenir son orgasme aussi longtemps que possible, dès qu'il sentit William basculer, il le suivit, le tenant aussi fort qu'il osa.

Ils tremblaient, frissonnaient l'un contre l'autre, avant de s'immobiliser, respirant profondément. Mike ferma les yeux, laissant la chaleur post-orgasmique redescendre. C'était merveilleux d'avoir quelqu'un dans ses bras.

Mais il ne fallut pas longtemps afin que le monde réel fasse éclater sa bulle de bonheur. Un craquement à l'extérieur le fit sursauter et il tendit l'oreille à la recherche d'une retombée. Il espérait que ce qui était tombé n'avait rien heurté. Un autre crac suivit, cette fois plus proche. Il grogna et tapota la hanche de William.

— Je dois aller voir ce qui se passe et Carrie va venir dès qu'elle sera levée, il ne faut pas qu'elle me trouve ici.

William hocha la tête, sortant du lit et s'habillant à la hâte.

— Je comprends.

Il ouvrit la porte et se dirigea vers la salle de bain. Mike attrapa son tee-shirt et s'en servit pour s'essuyer avant d'aller en chercher un propre, ainsi qu'un jean, dans sa chambre. Il traversa la maison jusqu'à la porte d'entrée. Elle s'ouvrit sur un mur de verdure juste au-delà du porche. Au moins, l'un des arbres était tombé et Mike ne put qu'espérer qu'il n'avait pas abîmé son pick-up. Il pleuvait toujours, il y avait encore du vent, mais le gros de la tempête était passé. Il referma la porte et retourna à l'intérieur.

La porte de William était fermée, il ne désirait rien de plus que d'entrer et de reprendre là où ils s'étaient arrêtés, mais c'était pour le mieux. Il devait être dans sa chambre au matin, seul. La dernière chose dont il avait besoin était que sa mère et sa fille les trouvent ensemble. Alors il retourna dans sa chambre et grimpa sur son lit. Il pouvait aussi bien dormir. Demain serait une grosse journée de travail. Mais le sommeil n'arriva que bien plus tard, et tout ce que Mike put faire fut de penser à William et à combien il le voulait dans son lit.

LE MATIN arriva trop tôt et Mike n'avait pas envie de se lever.

— Papa, appela Carrie en sautant sur le lit. Il y a un arbre devant la maison et un autre devant le garage.

— D'accord. Laisse-moi me lever et m'habiller et j'irai chercher la tronçonneuse pour nous en débarrasser.

43

Après s'être occupé des arbres, il lui faudrait sortir et voir ce qu'il restait du bateau.

— D'accord. Mamie fait le petit déjeuner. Elle m'a dit de te dire qu'il y avait du gaz, mais pas d'électricité.

Non pas que Mike s'attendait à autre chose.

— OK. Je vais aller voir ce qui se passe. Dès que j'aurai nettoyé les arbres, je brancherai le générateur.

Au moins, ils auraient de l'eau.

Carrie repartit en courant et Mike sortit du lit pour se mettre au travail. Il s'habilla rapidement et quitta sa chambre, notant que la porte de William était encore fermée. La maison embaumait la nourriture, ce qui fit gronder son estomac. Quand il arriva dans la salle de bain, la lumière qui se diffusait par les fenêtres lui dévoila un grand ciel bleu.

— La radio dit que la tempête a finalement pris la direction du nord après nous avoir touchés. À présent, elle se dirige vers l'est.

— Merci, maman. Ils devraient tous t'écouter en ce qui concerne ces choses-là.

Elle s'offusqua tout en remplissant une assiette d'œufs, de saucisses et de bacon. Elle la lui tendit et Mike s'installa pour manger.

Dès qu'il eut fini, il sortit par la porte arrière afin d'évaluer les dégâts. Il semblerait qu'ils aient eu de la chance. Les arbres tombés avaient manqué les bâtiments et son pick-up et les lignes électriques de la maison paraissaient en un seul morceau. Il put entrer dans le garage pour aller chercher sa tronçonneuse, la démarrer et se mettre au travail. Les arbres étaient grands et droits, alors les couper serait assez facile. Il mit le bois de côté à sécher et vieillir afin qu'ils puissent le brûler quand il ferait froid.

Il venait de finir avec les branches, lorsque William sortit de la maison en se frottant les yeux.

— C'était quelque chose cette tempête, dit William en s'étirant, son tee-shirt remontant pour dévoiler une bande de peau au-dessus de son short. Besoin d'aide ?

Mike cligna plusieurs fois des yeux afin d'être sûr d'avoir vu ce qu'il avait vu. Oh oui, il avait bien vu, et il avait fait plus que voir la nuit dernière. Mais il avait du travail à faire et il devait garder la tête froide.

— Bien sûr. Nous devons débiter ces arbres et les ranger, expliqua-t-il en lui tendant une paire de vieux gants en cuir.

— Alors, allons-y.

William s'avança vers l'arbre tombé devant la maison et, alors que Mike commençait à le découper, il rangeait les bouts.

— Les broussailles peuvent aller sur la pile là-bas, je vais couper le tronc pour le brûler.

Mike se mit au travail pendant que William déplaçait les broussailles. En moins d'une heure, l'arbre était en morceaux, empilés pour prendre de l'âge. Puis ils passèrent à l'autre, n'en faisant également qu'une bouchée.

— Nous devons vérifier le reste du chemin afin de nous assurer qu'elle est dégagée, puis je brancherai le générateur.

— D'accord.

William l'accompagna sur le chemin. D'autres arbres étaient tombés, cependant aucun sur le passage, ce qui fut un soulagement. Cela signifiait, au moins, qu'ils pouvaient aller et venir.

Lorsqu'ils revinrent, Mike sortit le générateur, s'assurant qu'il était rempli d'essence et le démarra. Puis il attacha un câble à la pompe, tirant une puissante rallonge à l'intérieur, y branchant le réfrigérateur et une lampe.

— J'avais pensé acheter un dispositif pour toute la maison, mais je ne peux pas encore me le permettre. Au moins, nous ne perdrons pas le contenu du frigo.

— Combien de temps penses-tu que l'électricité sera coupée ?

— De quelques jours à une semaine, probablement. Si nous étions plus proches de la ville, ça pourrait être moins. Mais j'ai assez d'essence dans le garage pour tenir deux jours et j'essayerai d'aller en chercher demain. Le truc, c'est que tout le monde va en vouloir. C'est toujours comme ça après une tempête et il faut quelques jours pour que le ravitaillement arrive, expliqua Mike en jetant quelques jerricans vides à l'arrière de son pick-up lorsque sa mère le rejoignit.

— Tu pars ?

— Oui. Je dois aller voir si le bateau a survécu.

C'était sa plus grande inquiétude. Si ce n'était pas le cas, une longue période sans revenus l'attendait, le temps qu'il se batte avec la compagnie d'assurance.

— Est-ce que William vient avec toi ?

— Oui, madame, répondit William. Je vais essayer d'aider là où je peux.

Elle lui sourit.

— Je vous ai préparé de la nourriture, vous serez là-bas un long moment.

Elle rentra, puis revint avec une glacière.

— Appelez-moi pour me dire ce qui se passe.

— Je peux y aller aussi ? demanda Carrie.

— Tu ferais mieux de rester ici et de laisser ton papa faire son travail, répondit sa mère à Carrie, qui ne fut pas heureuse de cette réponse.

— Je n'y vais pas pour m'amuser, mais pour travailler. Je te promets que je t'emmènerai sur le bateau dès que possible et que nous passerons une journée ensemble, juste toi et moi.

Mike tendit les bras et elle s'y jeta, le serrant fort.

— J'ai eu peur hier soir.

— Je sais, ma chérie, mais il fait beau maintenant, la tempête ne va pas revenir. Reste ici et aide mamie, pendant que je vais vérifier le bateau.

Il faisait de son mieux pour la calmer, déposant un baiser sur ses cheveux.

— D'accord.

Elle recula et revint vers sa mère.

Mike détestait devoir y aller, mais il devait aller voir ce qui se passait sur le quai. Il se tourna et se précipita vers son pick-up, et William l'y rejoignit. Mike remonta l'allée de sable et, une fois sur la route, se dirigea vers la ville, espérant très fort ne pas percuter un gros arbre qui bloquerait le chemin.

Visiblement, les gens étaient déjà sortis pour aider à dégager la route, mais il y avait beaucoup de branches et d'arbres sur le bas-côté. À certains endroits, il n'y avait qu'une seule voie, mais il passa.

La ville avait vu pire, mais il y avait quand même des dégâts. Dieu merci, la plupart n'étaient que des arbres tombés, même s'il vit que quelques maisons et bâtiments avaient leurs toits abîmés. Alors qu'il se rapprochait du front de mer, du sable jonchait la chaussée, ce qui signifiait que l'eau avait monté assez haut pour partiellement inonder les rues.

— Ça va aller.

— J'espère.

Mike n'aimait pas ce qu'il voyait tandis qu'il approchait de la marina. À quelques endroits, le quai avait été jeté sur lui-même et sur quelques bateaux, dont la plupart étaient encore à flot et n'avaient pas l'air trop abîmé. À une extrémité, un voilier avait pris l'eau et reposait au fond de la mer, son mât sortant tout droit. Ce n'était pas du tout ce que Mike voulait voir.

— C'est mauvais, cependant, je m'attendais à ce que ce soit bien pire, fit remarquer William. La plupart des bateaux sont en état de naviguer.

— Oui.

Mike continua de rouler jusqu'à sa cale et se gara près de la voiture de location en panne de William, qui était couverte de débris soufflés en provenance du Golfe.

— La voiture est toujours là.

— Oui. Pas que ça importe. Cette satanée bagnole ne démarrera pas, elle n'ira nulle part jusqu'à ce qu'ils viennent la remorquer. Je vais leur rappeler qu'elle est là. Heureusement que je les ai prévenus pour la panne avant tout cela, sinon j'aurai payé la note pour les dégâts.

Mike coupa le moteur et sortit dans l'air chaud. Il partit d'un pas pressé vers sa cale et soupira. Son bateau semblait en un seul morceau, même s'il flottait bas dans l'eau.

— Reste ici, je vais aller voir ce qui se passe.

Il devait activer la pompe et ne voulait pas de poids supplémentaire sur le bateau s'il était proche de sa limite.

Mike monta prudemment à bord, descendit dans la cabine et déverrouilla la porte. Elle était sèche, ce qui le fit grogner. Cela signifiait qu'un seul autre endroit avait pu être inondé et ce n'était pas bon. Il alluma et démarra la pompe portative du compartiment moteur. Évidemment, l'eau jaillit sur le côté. Il poussa un gémissement et souleva le couvercle moteur. Ce fut alors qu'il vit la fissure dans le système de couverture. L'eau avait dû glisser sur le pont et s'être infiltrée. Le compartiment n'était pas totalement rempli, seul le fond de la zone moteur était inondé. Il eut envie de hurler, mais il ne pouvait rien y faire, à part vider l'eau et espérer qu'aucun dommage permanent n'avait été fait.

— Est-ce sûr ? demanda William. Le bateau est plus haut dans l'eau.

— Oui. Monte à bord, cria Mike et William le rejoignit.

— Qu'est-ce qui a pu faire ça ? s'interrogea-t-il en observant la fissure. Ce n'était pas comme ça quand nous sommes sortis hier.

— Il ne me semble pas.

Il l'aurait certainement remarqué. Mike regarda autour de lui et vit un gros bout de bois gisant à l'arrière du bateau, nœuds saillants dans tous les angles. Voilà le coupable, il en était presque sûr. Il avait dû s'engouffrer à l'intérieur du haut du quai et heurter le bateau. Mike vérifia le reste de l'intérieur, heureusement, sans trouver d'autres endroits trop amochés. Le bateau avait survécu à la tempête, seulement pour être endommagé par un morceau d'épave.

— Appelle ta compagnie d'assurance. C'est un dégât lié à la tempête, vois ce qu'ils en disent, dit William en jetant un coup d'œil à l'intérieur du compartiment moteur. Au moins, l'eau se vide et ne semble pas se remplir, donc la coque est solide. C'est juste l'eau qui est entrée.

— Mais le moteur…

— Les moteurs marins sont conçus de sorte que les pièces importantes soient au-dessus. Demande à ton mécanicien qu'il vienne regarder, mais ça ira probablement quand il sera sec.

Mon Dieu, il l'espérait tellement.

William lui tendit son téléphone, mais Mike refusa et sortit le sien.

— Appelle ton mécanicien, vois s'il peut venir. Y a-t-il un magasin d'équipement maritime en ville ?

— Oui, au bout de la marina.

Mike n'arrivait pas à penser clairement.

— Je vais aller chercher un kit de réparation de fibre de verre et le compartiment sera à nouveau étanche.

William descendit du bateau et courut sur le quai. Mike espéra qu'ils étaient ouverts et qu'ils n'avaient pas subi trop de dégâts.

Dès que William fut parti, Mike prit contact avec Robin, son mécanicien.

— Nous essayons de sortir, mais je serai là dès que je peux, dit Robin.

— Je pompe le compartiment pour l'assécher.

— C'est ce qu'il y a de mieux à faire. Est-ce de l'eau salée ?

— Difficile à dire. Peut-être les deux.

— D'accord. Laisse le couvercle ouvert, afin de laisser entrer l'air. Plus il sera sec, mieux ce sera. J'arrive dès que je peux. N'essaie pas de le démarrer, l'avertit Robin avant de raccrocher.

Mike vérifia le niveau de l'eau. Il descendait rapidement maintenant et le bateau était revenu à une hauteur de flottaison normale. Après avoir pris plusieurs photos avec son téléphone pour la compagnie d'assurance, il alla chercher le bout de bois qui avait causé les dégâts et le sortit sur le quai. Il ne voulait pas le remettre à l'eau, ce serait un danger pour quelqu'un d'autre. Tout semblait aller bien, ce pour quoi Mike était reconnaissant. D'autres ne s'en étaient pas aussi bien sortis, c'était évident.

— J'ai ce qu'il nous faut, annonça William tandis qu'il approchait. Ils ne voulaient pas me laisser entrer, car ils n'ont pas d'électricité, mais je leur ai dit que c'était pour toi et je les ai payés en liquide. As-tu déjà fait ça avant ?

— Oui.

— Alors, voilà. Ça devrait colmater les fissures dans la base et le couvercle, jusqu'à ce qu'ils soient correctement réparés.

William monta à bord et lui tendit les deux kits extralarges.

— Et pour le mécano ?

— Il sera là dès qu'il pourra. Robin va avoir une forte demande, j'en suis sûr. Mais j'ai été l'un des premiers à l'appeler. Les tempêtes telles que celle-ci crée toujours des ravages sur une grande zone. Je suis sûr qu'il s'attend à avoir de nombreux appels.

Mike éteignit la pompe et vérifia le fond. L'eau n'entrait plus, alors il laissa le couvercle ouvert.

— Que pouvons-nous faire d'autre ? demanda William.

— Rien ici. La cabine était sèche, donc tout va bien ici et le matériel est à la maison.

— Alors, nous devrions aller voir si quelqu'un d'autre a besoin d'aide, proposa William.

Il descendait déjà du bateau et Mike sauta pour le rejoindre.

— Tout va bien ? cria William et Mike vit Roger Griffith, se tenant sur le pont de son bateau, l'air désespéré.

— Il est assez amoché, répondit-il.

— Qu'est-ce qui s'est passé ? demanda Mike tandis qu'ils s'approchaient.

— Il n'était pas suffisamment amarré.

Tandis que Mike s'avançait, il remarqua que les côtés de la coque avaient été salement amochés.

— C'est étanche ?

— Je suis en train de pomper, mais j'ai bien peur que non. Il y a des petites fuites que je dois colmater afin qu'il reste à flot, puis je vais le mettre en cale sèche pour les réparations, expliqua Roger en secouant la tête. Cette satanée chose n'était pas censée venir par ici, la plupart d'entre nous ont été pris au dépourvu. J'ai essayé de venir quand j'ai entendu les nouvelles, mais Jean ne m'a pas laissé sortir de la maison avant que le temps ait commencé à tourner.

— Voyons voir si nous pouvons trouver la source d'entrée d'eau et l'arrêter. Robin est en chemin, il pourra peut-être jeter un œil et avoir des idées.

Mike descendit et put trouver l'une des fuites. Il la colmata avec du vieux chanvre et le niveau de l'eau recula rapidement. Roger avait de la chance que son bateau n'ait pas été complètement inondé. Ils trouvèrent une deuxième fuite et la colmatèrent également. Elles étaient petites et, maintenant que la coque était étanche, la pompe finissait son travail.

— J'apprécie votre aide, dit Roger alors que Mike grimpait sur le compartiment avant du bateau.

— Pas de problème.

Mike descendit du bateau et vit William discuter avec un autre capitaine. Ils se faisaient des signes et Mike vit Clete agiter les bras de façon expansive.

— On dirait que Robin est là, annonça Roger.

Mike suivit son regard et aperçut le pick-up familier avec le logo de Robin imprimé sur le côté. Mike hocha la tête et alla à sa rencontre, laissant William discuter. Le temps de Robin allait valoir son pesant d'or avec tous les problèmes à la marina et Mike ne voulait pas le gâcher.

Il serra la main de Robin et le conduisit à son bateau. Ce dernier descendit dans le compartiment et commença à regarder.

— Comment ça se passe ? demanda William lorsqu'il revint quelques minutes plus tard. Je discutais avec Clete, il dit que, dans l'ensemble, les gens ont bien traversé la tempête. Un seul bateau a coulé, mais Clete dit qu'il était déjà en mauvais état et que la tempête a signé son arrêt de mort.

— Nous allons nous relever et reprendre les affaires, commenta Robin, le nez dans le compartiment. De ce que je peux en dire, tu as vraiment eu de la chance. Les joints sont intacts et ne semblent pas avoir été compromis. Je dirais de le laisser sécher un peu plus. Je vais souffler les évacuations afin de me débarrasser de l'eau résiduelle et ça devrait le faire.

Il se remit au travail et Mike se retourna, surprenant William à l'observer.

La chaleur croissante de la journée ne fut rien comparée à ce qu'il entrevit dans les yeux de William. Mike regarda autour de lui afin de s'assurer que personne d'autre n'avait remarqué. Il aimait que William semble intéressé, mais ce n'était pas une bonne idée d'attirer l'attention.

Mike ne savait pas vraiment quoi faire de ce qui s'était passé la nuit dernière. Ils avaient passé un bon moment, mais il était peu probable que ce soit plus que cela. William allait retourner à sa vie dès qu'il se serait arrangé pour remorquer sa voiture de location et qu'il en aurait obtenu une autre. C'était certainement pour le mieux si Mike voyait cela comme l'affaire d'une seule fois et passait à autre chose. William et lui avaient pris du plaisir, mais, à la lumière du jour, c'était mieux qu'ils reprennent leur vie. Sa décision prise, il se tourna vers William. Cette chaleur était toujours présente et son corps réagit. Il se détourna et tenta de garder sa concentration sur les moteurs de bateau, les tempêtes, les dégâts des eaux – tout sauf le regard qu'il savait rivé sur son dos.

— C'est fini, ça me semble assez sec. Pendant que j'y étais, je me suis occupé des connexions du turbocompresseur. Essaie de voir s'il démarre.

Robin s'extirpa du compartiment et Mike sortit ses clés et démarra le moteur. Il hésita quelques secondes, puis se lança, crachant de la fumée noire avant de ronronner doucement.

— Voilà ce que j'aime entendre, dit Robin en souriant et Mike laissa le moteur en route quelques minutes avant de le couper. Tu l'as échappé belle.

— Je pense aussi, répondit Mike en lui serrant la main et le remerciant à nouveau. On dirait que tu as une longue file de personnes qui ont besoin de toi.

Il indiqua d'un signe de tête le groupe d'hommes qui attendait sur le quai.

— C'est toujours comme ça dans des moments tels que celui-ci.

Robin attrapa sa caisse à outils et grimpa sur le quai.

Mike fit de son mieux pour ne pas regarder William et se dit qu'il ferait mieux de s'occuper. Il sortit ce qui avait besoin de l'être de la cabine et commença à réaménager son bateau, attachant les coussins aux sièges.

— Nous devrions le sortir, dit-il quand il eut fini. Je ne peux pas faire d'excursions tant que je n'aurais pas fait tourner le moteur au complet et que je sois sûr que tout va bien.

— Fixons la fibre de verre et nous pourrons y aller, suggéra William.

Mike acquiesça et prépara les kits de réparation. Il avait déjà utilisé ces matériaux auparavant, alors il fallut peu de temps avant que les fissures du compartiment moteur soient colmatées. Celle sur le couvercle prit plus de temps et l'odeur fut quelque chose. Quand il eut terminé, William et lui laissèrent la rustine sécher et s'assirent à l'ombre pour déjeuner.

Mike observait William du coin de l'œil et ce dernier semblait faire la même chose. La brise apportée par l'eau était agréable, mais ne faisait rien pour rafraîchir la chaleur qui continuait d'augmenter entre eux. Mike ne savait pas de quoi parler et mangeait en silence plutôt que de dire quelque chose de stupide. Tout cela le rendait un peu à cran et il n'était pas tout à fait sûr de ce qu'il ressentait. Les mots pour dire à William que la nuit dernière avait été merveilleuse étaient sur le bout de sa langue, mais ils devraient probablement rester où ils étaient. Puis il fit l'erreur de se tourner vers William et surprit son regard. Il pourrait se perdre dans le bleu de ses yeux. La volonté de Mike fondit. La vérité était qu'il voulait William autant que William semblait vouloir de lui la nuit dernière.

Ces pensées et ces désirs ne lui amèneraient rien de bon, il le savait. Ils ne le conduiraient qu'à la déception. *Mais...* se dit Mike, *tant que je sais où je vais et qu'il est clair que William va repartir, tout va bien. Ce n'est que du plaisir, rien de plus.* S'il se le répétait, encore et encore, peut-être commencerait-il à y croire.

— Nous devrions pouvoir y aller, dit Mike, une fois qu'ils eurent fini de manger. Je vais essayer d'appeler Gordon pour être sûr qu'il va bien et lui dire pour le bateau.

Il composa son numéro et fut soulagé quand Gordon répondit. Il allait bien, mais il devait couper un arbre qui était tombé. Il proposa de venir dès qu'il le pourrait, mais Mike lui assura que tout était sous contrôle et lui dit qu'il devait rester chez lui, s'occuper de ce qui devait l'être. Mike mit fin à l'appel et se tourna vers William, qui lui souriait.

— Dis-moi ce que je dois faire et allons-y.

William était aussi excité qu'un enfant le matin de Noël.

— Dommage que nous n'ayons pas des cannes à pêche.

— Non, aujourd'hui, c'est juste pour le fonctionnement du moteur.

Mike largua les amarres, avec l'aide de William. Bientôt, ils sortaient de la cale et Mike se fraya lentement un chemin dans le canal. Le moteur tournait bien, ronronnant comme il fallait.

— Nous devrons y aller doucement pour commencer.

— Ouais.

Lorsqu'ils atteignirent le bout du canal, Mike augmenta la vitesse, se dirigeant vers la pleine mer. Il tourna, revint et lâcha les gaz. Il se dit que si quelque chose devait arriver, ils ne seraient pas trop loin et pourraient facilement se faire remorquer. Il tendit l'oreille à la recherche d'un bruit étrange ou d'un signe de problème, mais n'entendit rien.

Il fit un grand tour, se dirigeant vers le Golfe. La mer et le vent étaient calmes, la vitesse exaltante, tandis qu'il oubliait ses ennuis et se délectait d'être sur l'eau.

William arriva derrière lui. Il ne l'entendit pas approcher, mais il savait qu'il était là, alors, quand il appuya son torse contre son dos, il ne fut pas surpris et se lova contre lui. Ils étaient seuls, avec une grande distance entre eux et le reste du monde. Il pouvait oublier ses complexes et ses soucis.

— J'aime la vitesse.

— Moi aussi, acquiesça Mike.

— La pêche, c'est bien, mais il y a des moments où être loin de tout est la meilleure partie du voyage.

William enroula ses bras autour de son torse, le serrant contre lui, et Mike se détendit dans l'étreinte.

— Il n'y a pas de téléphone, personne pour te demander quoi que ce soit ici.

— C'est vrai.

C'était paisible et calme, ce qui était la raison pour laquelle il aimait son travail. Quatre jours ou plus par semaine, il sortait en mer sans qu'aucune exigence l'attende sur le rivage. Mike aimait sa famille et Carrie était le centre de sa vie, mais il avait quelque chose au sujet d'être ici qui touchait son âme.

Il était sur le point de pencher la tête en arrière quand William se blottit contre son cou, léchant l'endroit où son épaule prenait naissance. Mike gémit, tentant de garder son attention sur ce qui était devant lui, mais ça devenait de plus en plus difficile à chaque seconde qui passait. William développait un cas de mains baladeuses. Non pas qu'il s'en plaigne, mais dès qu'elles glissèrent sous son tee-shirt, caressant son ventre, il lui fut presque impossible de se concentrer. Il ralentit le moteur et se pencha contre William.

Mike devait être fort. C'était son job de prendre soin de Carrie et de sa mère, de voir de quoi elles avaient besoin. Il devait garder ses souvenirs à distance. Il était doué pour cela, mais, parfois, ils le rattrapaient, et, alors, il n'y avait aucun moyen d'arrêter le sentiment de perte et de déprime.

— À quoi penses-tu ?

— Des trucs, répondit-il aussi franchement qu'il put en cet instant.

William pinça ses tétons.

— Quel genre de trucs ?

Il suça son cou et Mike sut qu'il laisserait une marque qu'il allait devoir expliquer.

— Parce que si tu penses à autre chose que ce que je suis en train de te faire, c'est que je le fais mal et que je vais devoir essayer mieux que ça.

Les mains de William glissèrent plus bas et Mike gémit, cambrant son dos pour lui donner un meilleur accès.

— Bon sang…

— Je me disais que puisque nous étions seuls ici…

William suça doucement son oreille, léchant son lobe, ce qui lui envoya des frissons dans tout son corps.

— Mais si tu veux que j'arrête, tout ce que tu as à faire, c'est de le dire.

— Seigneur, non.

Mike se tourna lentement et glissa hors de son siège. William lui prit la main et le conduisit vers le compartiment moteur, où le couvercle était remis en place. Il l'allongea et Mike leva les yeux vers lui, tandis que William comblait la distance entre eux.

Le bateau tanguait doucement d'un côté à l'autre alors que William le rejoignait, l'embrassant tendrement au début, mais l'énergie entre eux fut plus que ce que Mike put supporter. Il enroula ses bras autour de la taille de William, le retenant contre lui tandis qu'il se pressait contre lui, ayant besoin de le goûter autant que possible. William savait comment faire avancer les choses, mais c'était ce baiser, cette énergie entre eux qui menaient au besoin de Mike. Peut-être était-ce parce qu'il s'était renié si longtemps, mais il ne le pensait pas. Il y avait quelque chose chez William, qui avait toujours été là. Durant ce premier voyage, il y avait des années, il avait été incapable d'ôter les yeux de sur lui et à chaque rencontre, ça avait été la même chose.

— J'attends toujours avec impatience les sorties que tu réserves, dit Mike, tout en ayant envie de se gifler, sachant à quel point il paraissait idiot.

— Moi aussi.

William tira sur son tee-shirt, l'en débarrassant, et Mike siffla lorsque son dos nu entra en contact avec le tissu froid sous lui.

— Toujours. La première fois, je t'ai trouvé par hasard, mais toutes les autres fois, c'était pour toi.

William fit courir ses mains sur son torse, ce qui lui envoya des pics de chaleur accablants dans ses veines.

Il posa les mains sur le corps de William, les maintenant immobiles sur son torse.

— Mais tu sais que ça ne peut pas durer.

William s'arrêta, laissant échapper un petit soupir.

— Parfois, nous devons prendre le bonheur qu'on nous donne et en être reconnaissants.

— C'est déprimant, gémit Mike.

— Je sais. Mais… Tu as Carrie et ta vie ici et j'ai la mienne à Providence, je ne peux pas l'abandonner. Seigneur, ma famille piquerait une crise. Mais cela ne veut pas dire que nous ne pouvons pas tirer le meilleur profit du temps que nous avons, dit William en l'embrassant. Si tu en as envie. Je comprendrai si tu veux que je te laisse tranquille et que nous rejoignions le port.

Mike n'hésita qu'une seconde avant d'attirer William pour un autre baiser. Être dans l'armée lui avait appris à profiter de ce qu'il avait, car la seule chose constante était le changement, il devait s'y habituer.

IV

L<small>E SOLEIL</small> réchauffait l'air et la peau de William tandis qu'il pillait la bouche de Mike. Bon sang, la nuit dernière avait été époustouflante, mais aujourd'hui était encore mieux. Mike émettait les bruits les plus incroyables et ils n'avaient pas à s'inquiéter d'être entendus. Ici, sur l'eau, il n'y avait qu'eux deux – personne pour entendre leurs cris d'extase, hormis les poissons et ils s'en fichaient certainement.

Le bateau se balançait d'avant en arrière et, dès que leurs shorts finirent sur le pont et que les jambes de Mike furent enroulées autour de la taille de William, ils ajoutèrent leur propre balancement.

— Tu sais, je ne pourrai plus jamais regarder ce couvercle de compartiment moteur sans rougir, chuchota Mike contre les lèvres de William.

— Veux-tu arrêter ? demanda-t-il, même s'il n'était pas certain de pouvoir le faire en cet instant.

Mike était si bon sous lui, sa peau bronzée luisante de sueur, le soleil illuminant ses cheveux bruns, et ses yeux brillants d'un désir brut.

— Je le ferai si tu le veux.

— Bon sang, non ! seulement… commença Mike en prenant les joues de William entre ses paumes calleuses. Les choses ne seront jamais pareilles après ça… après toi.

William hocha la tête. Il comprenait très bien. Parfois, la vie craignait. Il avait enfin obtenu ce qu'il voulait, ce dont il fantasmait la nuit, mais il ne pouvait pas le garder. Il allait devoir partir et revenir à sa vie, sans revoir Mike pendant six mois.

— Les choses ne seront plus les mêmes.

Il serra Mike dans ses bras et respira son odeur de testostérone mêlée à l'air frais et à l'eau salée. Il se redressa et s'agenouilla entre les jambes de Mike, le regard baissé vers lui. Le prenant en main, il le masturba en de longues et lentes caresses sur son membre épais, écoutant Mike ajouter ses cris à ceux des oiseaux du rivage au-dessus d'eux.

— William.

Mike frissonna sous son contact. Il n'y avait rien de plus sexy et de plus séduisant que de voir quelqu'un d'autre jouir sous ses yeux. Mike trembla et ses hanches tressautèrent dans le poing de William, qui aima toucher sa peau lisse.

— J'aime ce que je vois, Mike.

— Je ne suis pas comme toi, ricana-t-il. Je ne suis pas beau ou musclé.

— Non. Tu travailles pour gagner ta vie et ça se voit. Ta peau est colorée par le soleil et ton visage est buriné par l'eau. Tu as vécu et c'est écrit dans la couleur de ta peau et les rides autour de tes yeux, répondit William en s'approchant. Tu vis une vie honnête de dur labeur. Tu n'es pas épilé, sculpté, rasé, tu ne portes pas un masque si grand que personne ne peut voir derrière.

William admirait cela. Mike était un homme vrai, sans prétention, il était celui qu'il avait devant les yeux, regard voilé et respiration hachée tandis qu'il le rapprochait près du bord. Rien n'était plus beau que Mike, bouche ouverte, haletant, son érection palpitant, se cambrant à la recherche de sa libération.

William le relâcha, lui donnant le temps de reprendre son souffle, même si sa frustration résonna par-dessus l'eau. Mais Mike tendit la main vers lui, l'attirant, écrasant leurs bouches l'une contre l'autre. William l'épingla contre le rembourrage, leurs hanches luttant tandis qu'ils se pressaient l'un contre l'autre.

Mike était pratiquement hors de contrôle et William aimait son énergie et sa vitalité. C'était un homme des grands espaces, diablement sexy. Même ses gémissements étaient profonds et bas, longs et rauques, tandis qu'ils se précipitaient ensemble vers le point de non-retour de leur passion accumulée. William cria, le dos cambré, lorsqu'il sentit Mike atteindre l'orgasme sous lui. Puis tout fut silencieux et immobile, hormis les clapotis de l'eau contre la coque et l'appel des mouettes au-dessus de leurs têtes.

Lentement, William se décala, s'allongeant près de Mike, caressant doucement son torse alors qu'il reprenait leur respiration.

— Waouh.

— Tu peux le dire, murmura Mike. Qui l'aurait cru.

— Ouais.

William se redressa et rassembla leurs affaires sur le pont, les posant sur le coussin. Puis il alla en bas et rapporta un seau, récupérant un peu d'eau de mer. Il s'en servit pour se nettoyer rapidement et l'offrit ensuite à Mike.

— Je déteste dire ça, mais nous devons rentrer.

William se tenait, grand, fier et nu, fixant la terre à l'horizon.

— Pour quand est prévue ta prochaine sortie ?

— Demain. Mais je ne sais pas s'ils vont vouloir y aller ou non.

— As-tu assez de carburant ?

— Je vais probablement voir si je peux le remplir. Qui sait s'il en restera au moment où nous rentrerons.

— Il n'y a qu'un seul moyen de le découvrir.

Mike remit ses vêtements et attendit que William fasse de même. Puis il redémarra le moteur et positionna le bateau en direction de la tour blanche à l'horizon qui indiquait le chemin du retour.

Visiblement, Mike avait de la chance – la station avait un compteur auxiliaire pour faire fonctionner leurs propres pompes. Dès qu'il eut fait le plein, il ramena le bateau à quai et William l'aida à l'amarrer. Puis ils rentrèrent chez Mike et William l'aida à remettre tout le matériel pour le bateau dans le véhicule.

Carrie sortit en courant, voulant désespérément repartir avec son père. William avait des appels à passer pour essayer de régler le problème de la voiture de location, alors il resta en retrait. Carrie avait probablement besoin d'un moment père-fille, il n'allait pas se mettre entre eux. Il regarda Mike s'éloigner, puis s'installa pour passer ses appels avant que son téléphone tombe en panne de batterie.

— Qu'ont-ils dit au sujet de la voiture de location ? demanda Mike ce soir-là, quand Carrie et lui furent rentrés.

William les avait retrouvés dehors, alors Mike avait envoyé Carrie à l'intérieur aider sa mère avec le dîner.

William soupira et passa une main dans ses cheveux.

— Ils étaient contents que la voiture aille bien après la tempête et ils vont essayer d'en envoyer une autre dans quelques jours. C'est le plus tôt qu'ils peuvent pour l'instant. Apparemment, ils ont eux aussi des problèmes de carburant et d'électricité. Ils ont dit qu'ils pourraient me fournir une nouvelle voiture dans deux ou trois jours. Évidemment, ils s'excusent pour le désagrément.

— Bien sûr, convint Mike.

— Peu importe, je me suis dit que je devais arrêter de t'embêter et me trouver un hôtel pour quelques jours.

Si c'était ce que William voulait, Mike n'allait pas l'en empêcher, mais cette pensée lui laissait un vide et un sentiment de déception.

— Tu sais que les hôtels ne vont pas avoir non plus d'électricité ? Ça va être difficile d'avoir une chambre. Tout le monde ici est coincé jusqu'à ce que les choses reviennent à la normale.

— Oui, probablement, acquiesça William en se mordillant la lèvre inférieure. Mais je ne peux pas m'imposer à toi et ta famille. C'est trop demander.

— S'il te plaît. Carrie t'aime bien et ma mère aussi.

Mike se sentait un peu paniqué. Quand William serait parti, il serait des mois sans le revoir.

— Veux-tu vraiment partir ?

Il savait qu'il semblait un peu désespéré, mais ça faisait mal que William veuille s'éloigner de lui après ce qui s'était passé. Peut-être que cela signifiait plus pour lui que pour William. Seigneur, et s'il n'était qu'un coup d'une nuit ? Ou d'une nuit et un jour ?

— Mike, je…

William regarda autour de lui, puis reporta son regard sur lui, avec la même chaleur qu'ils avaient partagée en mer.

— Crois-tu qu'après cette nuit et aujourd'hui, je peux rester ici avec toi et prétendre qu'il ne se passe rien ? Ta mère va me voir te regarder, parce que je ne peux pas m'en empêcher. Tu seras assis près de moi, mais je ne pourrai pas te toucher. Je pensais que si je me trouvais un hôtel, alors je pourrais mettre un peu de distance. C'est tout.

— Eh bien, avec un peu de chance, ils n'auront pas de chambre, alors tu vas devoir rester avec moi. À moins que tu veuilles rester sur le bateau, mais j'ai un charter demain. Ils ont appelé et sont déterminés à sortir.

De plus, il allait avoir cruellement besoin d'argent.

— Mais je pense qu'il y aura de la place, tu pourras venir.

William secoua la tête.

— D'accord. Mais je vais devoir me trouver des vêtements et diverses choses.

Ce fut un soulagement. Au moins, il aurait quelques jours de plus avec William, il allait devoir en tirer le meilleur parti. Il serait difficile de revenir à une vie normale quand William repartirait. Il avait à nouveau goûté à la passion, ça allait être dur de la laisser partir.

— Tu peux emprunter les miennes et je peux appeler pour voir si l'un des magasins en ville serait ouvert pour nous. Ça devrait être possible. Jusqu'à ce que le courant soit rétabli, ils vont souffrir.

— Combien de temps crois-tu que cela durera ? J'ai déjà prévenu que je ne serai pas présent pour ma réunion d'Atlanta, mais il faut que je sache ce que je vais manquer d'autre.

— Il est possible que l'électricité revienne dans la majeure partie de la ville dans un jour ou deux. Le reste de la région prendra plus longtemps.

Peut-être que William voudrait déménager à l'hôtel une fois que le courant serait revenu, mais Mike espérait qu'il resterait avec lui aussi longtemps que possible.

— Alors, tout est prêt pour demain ?

— Oui, le bateau est solide et les réparations semblent tenir, à mon avis, alors nous devrions pouvoir y aller.

Mike ne ressentit pas le soulagement auquel il s'attendait sachant que certaines choses revenaient à la normale. Toute cette situation était étrangement déstabilisante.

— Bien. Alors nous devrons nous lever tôt demain et ta mère t'a préparé ton dîner, j'en suis sûr, dit William en ouvrant la voie vers la maison.

— Es-tu déçu de ne pas aller à l'hôtel ? demanda Mike.

William s'arrêta.

— Non, je… commença-t-il en regardant autour de lui. J'aime être ici. C'est paisible, si calme. Je n'ai jamais ça à la maison. Il y a toujours la lumière et le bruit de la ville. Ici, il n'y a que le vent et les oiseaux. Bon, hier, il y avait beaucoup de vent, mais, à présent, c'est splendide, finit-il en pouffant de rire.

Mike cligna des yeux, la tête penchée sur le côté.

— Tu aimes vraiment ? Je pensais que ce serait ennuyeux pour toi. Il n'y a pas grand-chose à faire ici.

William jeta un coup d'œil vers la maison et s'approcha en baissant la voix.

— Il y a plein de choses à faire ici et je pense à un homme avec qui je peux les faire. En fait, nous avons fait plein de choses la nuit dernière, et celles que nous avons faites sur le bateau étaient assez incroyables.

— Ces choses n'ont rien à voir avec la pêche, n'est-ce pas ? plaisanta Mike.

— Non, répondit-il en se penchant vers lui. J'ai un poisson particulier qui a mordu à mon hameçon et qui devient de plus en plus intéressant.

La chaleur dans le regard de William était enivrante. Tout chez lui l'était, c'était bien là le problème. Mike avait envie de passer tout son temps près de lui. Quand il était retourné à son bateau cet après-midi avec Carrie, il avait passé la majeure partie de son temps à rêver d'être avec William. C'était effrayant, excitant et angoissant tout à la fois. La chaleur s'accrut et Mike réprima un grognement lorsque Carrie arriva vers lui en courant.

— Mamie dit de venir manger.

Mike la souleva, reconnaissant pour la distraction et la chance de s'éclaircir les idées.

— D'accord. Nous arrivons.

Quand il la reposa, elle lui prit la main et le tira vers la maison.

— Mamie a dit de venir maintenant ou ce sera froid.

— J'arrive, répondit-il en suivant la lumière de sa vie.

À l'intérieur, la table était mise et Mike s'assit à sa place, tandis que Carrie poussait William là où il était censé s'installer.

— Papa m'a emmenée sur le bateau. C'était amusant et il l'a fait aller très vite, expliqua-t-elle en souriant.

— Je suis content que tu te sois amusée, chérie. Le charter de demain a été confirmé, alors je serai parti la majeure partie de la journée.

— D'accord. Je pensais que Carrie et moi pourrions aller à Tallahassee pour voir ce que nous pouvons trouver d'ouvert. Nous avons besoin de provisions et de gaz, si nous en trouvons.

Sa mère semblait fatiguée, alors Mike l'aida à servir les plats, puis la fit s'asseoir. Elle en faisait tellement. Il s'appuyait énormément sur elle et c'était dans des moments comme celui-ci qu'il réalisait qu'elle n'était plus aussi jeune.

— Laisse-moi t'aider, proposa William à Carrie.

Puis il l'aida à poser les verres sur la table.

Il faisait noir dehors et, avec une seule lampe dans la maison, cela donnait une ambiance intéressante à ce dîner. Mike était déjà passé par là, et une petite lumière était mieux que rien.

— C'est délicieux, Dolores. Vous êtes une extraordinaire cuisinière.

— Je parie que votre maman l'est aussi.

William secoua la tête.

— Ma mère est bien meilleure pour choisir de bons traiteurs qu'elle ne l'est en cuisine.

— Vous n'avez pas de repas faits maison… chez vous ?

Visiblement, pour sa mère, cela semblait le scandale du siècle.

— Non. Pour les occasions spéciales, elle engage un traiteur sinon, elle... eh bien, disons que j'ai appris très jeune à me servir d'un micro-onde. Il y a une épicerie fine qui livre et ma mère leur commandait la plupart de nos repas. Lorsque nous étions enfants, elle avait un cuisinier, mais elle y a renoncé lorsque nous sommes devenus assez vieux pour nous débrouiller seuls.

William mangea son mérou frais poêlé et ses légumes, comme si c'était de la haute gastronomie.

— Je parie que vous avez mangé dans les plus grands restaurants.

William prit une autre bouchée.

— Oui, pourtant aucun ne tient la comparaison.

Il sourit et Mike ricana tandis que sa mère rayonnait. Complimenter sa cuisine était le moyen le plus rapide d'entrer dans ses bonnes grâces.

— J'apprécie vraiment que vous m'ouvriez votre maison.

William sortit son portefeuille et tendit des billets à sa mère.

— Je n'accepterai pas un non comme réponse. Quand vous irez au magasin demain, achetez ce dont vous aurez besoin. S'il vous plaît.

Quand il se tourna vers Mike, la peau sous le col de ce dernier se réchauffa.

— C'est le moins que je peux faire pour vous montrer que j'apprécie votre aide, dit William en lui lançant un clin d'œil. Et pendant que vous y serez, achetez quelque chose de spécial pour cette jeune demoiselle.

— Du chocolat ? demanda Carrie.

— Nous verrons, répondit sa mère, en tapotant la main de William tout en échangeant un sourire avec Carrie. Merci.

Elle mit l'argent dans sa poche et son regard noir indiqua à Mike qu'il ferait mieux de ne rien dire.

— Maintenant, mangez. Il y en a encore.

William et Mike aidèrent au nettoyage afin que sa mère se repose et Carrie joua à table. La journée avait été longue et chargée, alors, quand tout fut fait, tout le monde alla se préparer à se coucher. La nuit allait être chaude sans électricité et la chaleur dans la maison ne s'était pas encore dissipée. Avec les fenêtres ouvertes pour faire entrer la brise, ils se rendirent dans leurs chambres. Mike se demanda s'il aurait de la visite une fois que la maison serait calme, même en sachant que ce n'était pas une bonne idée.

À la fin, il s'endormit seul. C'était quelque chose à quoi il allait devoir s'habituer lorsque William serait parti.

V

— MÈRE, JE vais bien, dit William, l'ayant appelé une fois qu'il était seul dans sa chambre et que le reste de la maison fut calme. Ils vont me donner une autre voiture dès que possible.

— Ton père est contrarié que tu aies manqué cette réunion. Il compte sur toi.

— Il peut gérer ce qui doit l'être. Ce n'est pas comme si je pouvais y faire quelque chose. Il y a eu un ouragan. Vous devez admettre que c'est hors de contrôle de Westmoreland.

— Ne sois pas impertinent. Ton père a besoin de toi et si tu n'avais pas insisté pour prendre quelques jours pour aller pêcher, tu serais ici, avec lui, au lieu d'être coincé dans cette ville paumée que tu aimes tant. Si tu reprends la tête de l'entreprise, tu devras davantage t'impliquer.

William leva les yeux au ciel. Il avait entendu ce discours plus de fois qu'il ne pouvait les compter. Mais, cette fois, il en avait assez.

— Je mérite de vivre ma vie et j'en aurai une, loin de la famille, des affaires et, si nécessaire, de vous.

William savait qu'il allait la rendre chèvre. Quand sa mère était furieuse, elle pouvait être pire qu'un requin au moment du repas.

Elle se moqua de lui.

— Il est temps que tu abandonnes cette folie et que tu soutiennes l'entreprise familiale. Nous avons une longue histoire et une tradition à maintenir et en tant qu'aîné, il t'incombe de voir ce que c'est...

Quelque chose se brisa en lui. Peut-être que passer autant de temps avec Mike et voir comment pouvait être la vie rendait l'autoritarisme de sa mère encore plus discordant que d'habitude. Un ressentiment profondément ancré en lui, un qu'il ne savait même pas qu'il hébergeait remonta à la surface en rugissant.

— Oubliez ça, l'interrompit-il d'un ton sec. Peu importe ce que vous pensez de la loyauté, de l'honneur et du devoir de cette famille, j'ai le droit de vivre ma vie et je le ferai. Si cela signifie qu'une fois que père et vous aurez disparu, je doive vendre l'entreprise, pièce par pièce, et déménager sur une île et y passer ma vie, je le ferai.

— Tu n'oserais pas !

— Alors, ne me poussez pas. Je ne vivrai pas la vie que père et vous voulez que je vive. J'ai déjà essayé de vous l'expliquer clairement, et je le pensais. Alors, quoi que vous pensiez du mariage et des autres aspects de ma vie, vous pouvez oublier.

— Comment *oses*-tu…

— Quoi ? Vous parler comme ça ? Mère, vous avez délégué la plupart de vos responsabilités parentales aux nourrices et aux internats. Ne vous attendez pas à ce que ma sœur ou moi ayons une énorme quantité d'amour et d'affection pour vous.

Ce n'était vraiment pas le cas. Jusqu'à ce qu'il atteigne l'âge adulte, sa mère était une personne qu'il ne voyait que quelques semaines par an durant les vacances scolaires. Enfant, il avait travaillé dur afin d'essayer d'attirer son attention et, quand il s'était rendu compte que c'était inutile, il l'avait rayée de sa vie. La seule raison pour laquelle il était proche de son père était parce qu'ils travaillaient ensemble.

— Maintenant, comme je l'ai dit, je resterai ici jusqu'à ce que j'organise un transport. Je recontacterai père demain, à la première heure puis, je serai injoignable pour le restant de la journée.

— Que vas-tu faire ?

— Je vais pêcher, répondit-il en se tournant vers la porte, songeant à Mike.

— Tu l'as déjà fait, dit-elle avec un reniflement.

— Je suis là, et il n'y a pas d'électricité ni d'Internet, alors j'en profite au maximum.

Le plus possible.

— Tu passes trop de temps à t'amuser et pas assez à travailler.

Seigneur, elle n'allait pas laisser tomber !

— En fait, non. Je viens ici deux fois par an et je travaille le reste de l'année. Étant donné que vous n'avez pas travaillé un seul jour en vingt-cinq ans, je ne crois pas que vous ayez votre mot à dire, rétorqua-t-il, à bout de patience.

Il n'obtint en réponse que le silence. Il grogna et s'assit sur le bord de son lit, patientant. Quand les menaces et la force ne lui apportaient pas ce qu'elle désirait, sa mère avait souvent recours à la culpabilité et au silence, ce qui lui convenait assez bien. Coupable, il ne l'était pas, et le silence… eh bien, le silence était préférable à ses paroles habituelles.

— Vous êtes là ? Parce que sinon, je vais me coucher.

— Je t'ai élevé dans le respect de ton père et moi.

William ne répondit rien, même s'il avait sur le bout de la langue que le respect se gagnait, et non une quelconque œuvre de charité à laquelle elle assistait chaque soir. Il croyait à l'entraide, pas aux parties fines où les riches et ceux ayant des relations de Providence et de la société de Newport se réunissaient pour discuter, se faire des relations et, bien sûr, cancaner.

— Je dois aller me coucher. La journée a été longue et, comme il n'y a pas d'électricité, il fait encore assez chaud ici. Je parlerai à père dans la matinée.

— Bien. Je dois y aller de toute façon…

William lui souhaita une bonne nuit et raccrocha. Puis il se déshabilla et s'allongea sur les draps, souhaitant que la brise entre par la fenêtre, se demandant si Mike faisait la même chose. L'excitation augmenta et il laissa ses mains vagabonder jusqu'à ce qu'il se rappelle où il était. Instantanément, le frisson retomba. Il gloussa en imaginant tout ce rose autour de lui, les poupées, les jouets de Carrie. Il mit ses mains derrière sa tête, ferma les yeux, et essaya de ne pas penser à Mike. Ce fut une tâche ardue.

WILLIAM SE leva dès qu'il entendit du mouvement dans la maison. Il enfila ses vêtements empruntés et rejoignit Mike dans la cuisine, où il se versait une tasse de café.

— Nous devrons emporter tout ce que nous pouvons prendre avec nous pour la journée, lui dit Mike, à voix basse. J'ai reçu un message qui dit que certaines parties d'Apalachicola ont de l'électricité, alors nous devrions avoir assez de glace pour garder les poissons au frais.

— Qu'en est-il de ce que nous avons déjà pêché ? J'ai oublié de demander avec la tempête.

— Ma mère les a nettoyés et congelés. Je sais que ce n'est pas l'idéal, mais c'est tout ce que nous pouvions faire.

Mike remplit une glacière et William rassembla ce qui pouvait encore être sauvé, puis ils chargèrent le pick-up et gagnèrent la ville.

Le soleil n'était pas près de se lever, alors William s'adossa à son siège et ferma les yeux pour récupérer quelques minutes de sommeil supplémentaires. Dès que le pick-up s'arrêta, il ouvrit les paupières en bâillant, puis aida Mike à décharger et porter leurs affaires sur le bateau.

— J'ai pu avoir de la glace, annonça Gordon en hissant une glacière à bord et commençant le poste de pêche. J'ai aussi eu les appâts dont nous avions besoin, bien qu'ils aient été un peu difficiles à trouver. Ils ne sont plus congelés, mais nous allons nous en servir tout de suite.

— Que s'est-il passé ?

— Gene a perdu ses congélateurs. Ils ont gardé les portes fermées, ce qui a conservé les appâts un moment. Le courant est revenu, mais ils vont perdre une grande partie de leur stock, alors il me les a vendus à un bon prix, expliqua-t-il en tendant le reçu à Mike. Les poissons s'en fichent.

— Oui.

Mike installa son matériel et William s'installa à distance, les laissant exécuter leur routine en faveur d'un petit somme.

— Combien de personnes aujourd'hui ? demanda Gordon.

— Quatre hommes. Ils ont réservé en ligne il y a quelques semaines. Je ne les ai pas encore rencontrés, expliqua Mike tout en continuant de travailler.

William les observa de sous ses cils. Il n'avait pas bien dormi ces deux dernières nuits, il avait cruellement besoin d'un peu de repos. Des phares l'éblouirent, puis furent rapidement éteints.

— C'est celui-ci ? demanda une voix légèrement efféminée.

— Oui, répondit une autre, avec un petit zozotement. Fais attention en montant. Tu te souviens de la dernière fois ?

Ce commentaire fut suivi par une salve d'éclats de rire et un grognement haut perché.

— Mike ?

William ouvrit les yeux et vit Mike saluer les quatre hommes, avec des polos de différentes teintes de violet et de rose, qui montaient à bord.

— Je suis Jerry et voici Kyle, Steven, et Skippy.

— Ravi de vous rencontrer, les accueillit Mike et William lui accorda un bon point pour ne pas grimacer à la flamboyance de ces hommes.

On ne pouvait pas dire la même chose de Bubba, qui leur serra la main, mais semblait un peu plus pâle que lorsqu'il avait embarqué.

— Voici William. Il s'est échoué ici avec la tempête, alors, il va se joindre à nous si c'est d'accord.

Jerry se glissa jusqu'à lui avec un large sourire.

— Ça nous convient parfaitement.

L'espace d'une seconde, William subit la chaleur de son évaluation, suivie de son appréciation. Puis Jerry lui tendit la main.

— Enchanté. Avez-vous déjà pêché auparavant ?

— Oui, répondit William en lui serrant la main.

— C'est notre première fois. Nous avons fait une sortie en bateau l'année dernière, mais Steven a réussi à tomber en embarquant.

— Tu ne vas jamais me laisser oublier cela, pas vrai, Mary – je veux dire, Jerry ? pleurnicha Steven, l'air vexé.

— Ne sois pas susceptible. Je plaisantais.

Jerry se tourna vers Mike, qui lui montra où ranger leur matériel.

Dès que tout le monde fut installé, Mike démarra le moteur et Bubba largua les amarres. Puis Mike prit place dans le siège du capitaine, aussi raide qu'une planche.

GORDON SE déplaçait avec raideur, sans un mot, et restant aussi loin que possible de tout le monde. Il ne fallait pas être un génie pour comprendre qu'il était affreusement mal à l'aise. Heureusement, les autres passagers ne semblaient pas le remarquer alors qu'ils discutaient avec animation, les uns avec les autres.

— D'où viens-tu ? demanda Skippy en se déplaçant pour s'asseoir près de William. Nous, nous venons tous de Boston.

L'accent de Skippy était audible, mais il était évident qu'il avait grandi dans une atmosphère qui avait fait de son mieux pour gommer une grosse partie des lourdes influences de sa voix. Il portait un coûteux short kaki et un polo couleur lavande qui conviendrait parfaitement dans une marche des fiertés du pays.

— De Providence. Je suis venu pêcher et j'étais supposé rentrer pour une réunion, mais la tempête en a décidé autrement. Ma voiture de location a eu un problème et ils ne peuvent pas m'en fournir une autre avant quelques jours, alors j'en profite. Qu'est-ce qui vous a donné envie de venir pêcher ?

— Il y a quelques semaines, nous avons décidé de prendre des jours et de nous amuser, et Jerry nous a réservé cette sortie, expliqua Skippy, se rapprochant. J'étais en faveur d'une fête sur un bateau, mais il voulait aller pêcher, alors nous pêchons.

— Vous allez passer un bon moment. Mike est un super capitaine et Bubba s'occupera bien de vous.

Skippy leva les yeux au ciel.

— Celui qui a envie de sauter par-dessus bord et de rejoindre la rive à la nage, tu veux dire ? Je t'en prie. Un seul regard dans notre direction et ce gars voulait abandonner le navire. Il nous a à peine serré la main puis il a essayé de s'échapper, comme si nous étions contagieux.

Il leva à nouveau les yeux au ciel et William avoua intérieurement que cela aurait été assez drôle si les ramifications n'avaient pas été extrêmement claires, surtout pour Mike.

— Ça va aller avec Bubba. Il est juste un peu crispé.

— Est-il au courant pour toi ? demanda Skippy et William secoua la tête puis, jeta un regard en direction de Mike.

Il souhaita instantanément ne pas l'avoir fait. Skippy était bien trop observateur. Les autres discutaient et riaient sans prêter attention à autre chose, mais Skippy était complètement différent.

— Que fais-tu quand tu ne pêches pas ?

— Avocat, minauda Skippy en bâillant. Dans le cabinet de mon père. Il voulait que je devienne avocat, c'est ce que j'ai fait.

Il haussa les épaules, comme si faire ce que voulait son père était une seconde nature et lui importait peu.

— Ce n'est pas si grave. Je suis doué, j'ai rapporté des millions au cabinet, ce qui rend mon père heureux, alors je peux partir en voyage avec mes amis.

Il était clair que Skippy n'était pas le minet qu'il tentait de paraître.

— Et les autres ?

— Des fils à papa, tous – quoique, Kyle a une vraie carrière aussi. C'est comme ça que nous nous sommes rencontrés. Je les gère.

Skippy lui fit un clin d'œil et William sourit. Il aimait bien Skippy, c'était un caméléon qui semblait doué à cela.

— Qu'en est-il de toi ?

— Westmoreland Motors. Entreprise familiale, répondit William et Skippy hocha la tête.

— Je connais. Je travaille avec mon père...

— Mais ta mère tire les ficelles, déclara William avec un sourire.

— Bon sang, oui. Ma mère a une opinion sur tout. La plupart des repas sont comme une sorte de conseil d'administration, répliqua Skippy en levant les yeux au ciel. J'ai une indigestion, rien que d'y penser.

— Et si ton père fait quelque chose avec quoi ta mère n'est pas d'accord, ça lui coûtera cher.

Skippy éclata de rire.

— Et si ta mère dit que ton père est le patron, loin d'elle l'idée d'interférer ?

William gloussa.

— Alors tu sais que tu es dans la merde, car il n'y a pas de bonne réponse. Si père fait ce qu'il veut et que mère se met en colère, si tu écoutes ta mère alors, il perd la face et se met en colère à son tour.

— Les entreprises familiales sont un champ de mines et tout se joue au cours de ce qui était autrefois un charmant repas.

William poussa un grognement.

— Et ils se demandent pourquoi je mange dehors aussi souvent que possible.

Il leva son verre d'eau et Skippy fit la même chose. Ils trinquèrent avec leurs gobelets en plastique et éclatèrent de rire. Il était rare de trouver quelqu'un qui comprenait si bien les pièges de sa vie.

— Je viens ici plusieurs fois par an pour une pause salutaire.

— C'est comme ça que tu as rencontré le capitaine Mike ? demanda Skippy et William fit de son mieux pour ne montrer aucune réaction. C'est bon. Je ne dirai rien. Tant qu'ils s'amuseront et que la bière et la vodka continueront de couler à flots, ils ne remarqueront rien.

— Alcool et bateau ne font pas bon ménage.

Comme pour appuyer son point de vue, alors qu'ils quittaient le refuge du port et entraient en pleine mer, le bateau tangua avec régularité, tandis qu'il brisait vague après vague. Elles n'étaient pas grosses, mais la conversation animée des autres se calma rapidement.

— Ont-ils le mal de mer ?

Skippy haussa les épaules et William fouilla dans son sac.

— Les garçons ? Prenez ça. Ça aidera à calmer votre estomac, sans vous endormir.

Il leur tendit la boîte et chacun prit un cachet, puis chercha un truc à boire dans la glacière.

— Je vous suggère de l'eau pendant un moment, jusqu'à ce que votre estomac ait eu la chance de se remettre.

— Dans quelques minutes, nous allons essayer de trouver nos pièges à appâts vivants, puis nous repartirons, expliqua Mike. Bubba va vous remettre une canne à pêche et nous vous montrerons comment vous en servir.

Sa voix ne contenait aucune trace du plaisir et de l'énergie qu'elle avait la dernière fois que Mike et lui étaient sortis pêcher. Mike était professionnel, sans même un sourire. William avait envie de lui dire de se détendre et de s'amuser un peu, mais ce n'était pas au programme de la journée. Gordon était tendu comme un arc et William put dire que cette excursion allait être une vraie partie de plaisir.

Mike se tourna et continua à manœuvrer le bateau. Quelques minutes plus tard, il coupa le moteur et Gordon grimpa sur la proue, se tenant, le regard rivé sur la surface de l'eau.

— Il nous faut trouver une bouée blanche.

— OK, les gars, dit Jerry et tous se séparèrent, regardant dans toutes les directions alors que les vagues continuaient de rouler.

Alors que Steven se penchait par-dessus bord, William se tourna et alla essayer de l'aider.

— Tu te sens un peu mieux ? demanda-t-il en tendant à Steven une bouteille d'eau.

— Oui, répondit-il en prenant la bouteille et se redressant lentement.

— Assieds-toi à l'air frais et regarde l'horizon un moment. Garde la tête droite lorsque le bateau ou les autres bougent. Ça apaisera ton estomac et calmera les choses.

— Merci.

Steven avait l'air vidé. Il jeta un coup d'œil là où les autres cherchaient les pièges.

— Je crois qu'ils ne nous aiment pas beaucoup. J'avais dit à Jerry que c'était une mauvaise idée.

Il se détourna et porta le regard vers l'eau.

— Ce sont de bons gars. Donne-leur un peu de temps.

William espérait que c'était ce qu'il faudrait afin que Gordon se détende un peu. Il était presque sûr que Mike était nerveux à cause de Gordon, mais ce n'était qu'une question de temps avant que tous se rendent compte de la tension, ce qui ne serait pas bon pour Mike. Cependant, ramener le sujet sur la table n'allait pas aider non plus.

— Du nouveau, Bubba ? demanda-t-il.

— Non. Je pense que la tempête a tout fait bouger.

Ils continuèrent à chercher un moment, puis renoncèrent. Gordon retourna à l'arrière.

— Nous arriverons à notre premier spot de pêche dans peu de temps alors, prenez les places que vous voulez, annonça-t-il en attendant que les gars réclament ce qu'ils pensaient être une place de choix sur le bateau.

William patienta et prit la dernière, avant de se tourner vers Skippy, sur sa gauche.

— Bubba va appâter ton hameçon avec du poisson, puis tu jetteras ta ligne et poseras ton pouce juste là. De cette façon, la ligne n'aura pas de contrecoup et ne s'emmêlera pas. Lorsque la ligne aura atteint le fond, remonte-la un peu et attends que quelque chose morde, puis mouline comme un fou.

— Devrai-je décrocher le poisson ?

— Non. Ils ont des dents acérées et leurs nageoires peuvent être tranchantes alors, laisse Gordon ou Mike le faire. Nous devrons en relâcher certains et les autres, nous pourrons les garder. Ils vous aideront, poursuivit-il un peu plus fort. Ces types sont des experts, ils font cela depuis des années, alors écoutez-les.

Tout le monde acquiesça.

— Que prévoyez-vous pour le tas de poissons que vous allez attraper ?

— Nous louons une maison sur la plage et nous espérons faire une fête. Nous avons des grillades et Steven est un chef, alors il est responsable de la préparation du poisson.

Jerry avait de toute évidence tout prévu.

Dès que Mike arriva au premier endroit, Gordon appâta les cannes et ils commencèrent à pêcher. William eut rapidement une touche. Mince, visiblement, il avait attrapé un truc énorme ! Il moulina comme un fou, la ligne luttant contre lui et, bon sang, il sortit un énorme mérou !

— C'est une bonne prise ! déclara Mike en décrochant le poisson et le mettant dans la caisse avec de la glace.

Jerry remonta un poisson, tout comme les autres, à intervalles rapprochés. Deux plus petits mérous et deux vivaneaux furent relâchés. Après cela, le taux de capture ralentit. William eut une autre prise, qu'il dut relâcher avant que Mike remonte leurs lignes et se dirige vers un autre endroit.

La discussion tourna avec excitation et anticipation autour des poissons et de ce qu'ils espéraient attraper. Gordon travailla avec efficacité, s'assurant que les lignes étaient amorcées et tout le monde le remercia pour son aide. Steven sembla moins vert et plus détendu au fil de la matinée et ils se rendirent de lieu en lieu. Aux environs de midi, ils déjeunèrent tandis que Mike les amenait vers la prochaine localisation, les hommes riants et racontant des histoires sur les choses les plus stupides qu'ils avaient faites et, bien sûr, elles impliquaient des hommes, ce qui faisait tourner la tête de Gordon.

L'après-midi se passa comme la matinée. Ils attrapèrent de nombreuses prises qui allèrent dans la caisse, même si beaucoup durent être rejetées.

— Dernier endroit, annonça Mike tandis que le soleil était bas dans le ciel.

Gordon appâta tous les hameçons et ils mirent les cannes à l'eau. Steven cria qu'il avait une grosse prise, moulinant aussi vite que possible, et Jerry, près de lui, faisait de même. Lorsque l'hameçon vide de Jerry brisa la surface de l'eau, il frappa le haut du mât, vola de l'autre côté du bateau et alla se planter dans la cuisse de Gordon. Il laissa échapper un cri afin que tout le monde s'arrête. Mike bondit sur le devant du bateau tandis que Jerry se confondait en excuses. Gordon jura dans sa barbe et, puisque William était le plus proche, il entendit les mots peu flatteurs utilisés. Tout comme Mike. Il fut évident que Mike ne savait pas comment gérer la situation, mais il devint aussi plus que clair, alors que les secondes passaient, que les autres avaient aussi entendu ce que Gordon avait marmonné et avaient choisi de l'ignorer.

— Ça suffit, laisse-moi regarder.

— Non, intervint Kyle, sans une once de malice. J'ai une trousse dans son sac. Va la chercher, demanda-t-il à Steven. Mike, avez-vous des ciseaux ? Je dois découper le tissu afin de pouvoir regarder. Gordon, allongez-vous.

L'autorité dans sa voix arrêta tout le monde.

— Tiens, la trousse.

Mike lui tendit une paire de ciseaux et Kyle coupa la ligne avant de remonter doucement le short de Gordon. Dieu merci, l'hameçon n'était pas trop profondément enfoncé.

Kyle coupa le bout de l'hameçon.

— Il va falloir que vous serriez les dents et regardiez ailleurs. Je dois faire traverser l'hameçon, puis je pourrais l'enlever et nettoyer la plaie.

— Vous êtes médecin ? rétorqua Gordon.

— Oui. Chirurgien plastique, répondit Kyle en souriant et reportant son attention sur la jambe de Gordon.

William s'avança et posa les mains sur les épaules de Gordon.

— Tu vas devoir rester immobile.

Il détourna le regard tandis que Gordon empoignait son bras, serrant les dents et essayant de ne pas hurler.

— C'est bon, annonça Kyle. Je vais désinfecter la plaie. Elle n'est pas grosse et n'a pas besoin de points de suture, mais allez chez votre médecin vous faire vacciner contre le tétanos, si vous n'avez pas eu de vaccin depuis quelques années et surveillez s'il n'y a pas d'infection. Dieu seul sait ce qui a été sur cet hameçon.

William relâcha les épaules de Gordon tandis que Kyle nettoyait la plaie et la bandait.

— Je pense que ça ira, mais voyez un docteur rapidement.

— Je le ferai, assura Gordon en se relevant alors que Mike rejoignait le rivage aussi vite que possible.

William s'assura que Gordon reste assis et fit tout ce qu'il pouvait pour ranger le matériel. L'ambiance sur le bateau revint rapidement à la normale, tout le monde discutant et riant sur le chemin du retour. Une fois à quai, William les aida à décharger leurs affaires et mettre le poisson dans l'une de leurs glacières.

— Notre maison est un peu plus haut sur la côte, peut-être un kilomètre, dit Jerry tandis que les autres débarquaient. Je ne me souviens pas de l'adresse, mais elle est blanche avec beaucoup de pierres sur la façade.

— Je connais, répondit Mike, un peu impressionné.

— Nous allons nettoyer et cuire le poisson, alors si vous voulez vous joindre à nous, ce sera avec plaisir.

Jerry serra la main de Mike et de Gordon, ainsi que de William, et grimpa sur le quai, avant de se diriger rapidement vers l'énorme SUV, garé près du véhicule de Mike.

— Seigneur, c'était quelque chose, souffla Gordon. Je ne pense pas avoir passé une journée plus maniérée à se pavaner de ma vie.

Il leva les yeux au ciel.

— Au début… Mon Dieu, je me demandais s'ils allaient passer la journée à me regarder.

William se mordit la lèvre inférieure. Dieu tout puissant ! Pourquoi tous les hétéros, qu'ils aient du ventre ou soient sales, pensaient-ils qu'un gay n'aurait d'yeux que pour eux ?

— Je pense que tu n'as pas à t'inquiéter pour ça, dit William, tentant de rester calme, il le devait.

— Que veux-tu dire ? demanda Gordon, marchant autour de lui, les mains sur les hanches.

— Tu les as vus ? Ils portent des vêtements propres, du parfum de luxe, les cheveux coiffés sans qu'une mèche dépasse, du moins, quand ils sont arrivés. Et tu t'inquiètes qu'ils s'intéressent à toi ?

Il leva théâtralement les yeux au ciel.

— Tu es en train de dire que je ne suis pas assez bien pour des gens comme eux ?

— Je dis qu'ils ne vont pas se laisser influencer par ta chevelure ayant perpétuellement l'air de sortir du lit, ton ventre à bière et ton eau de poisson.

William se tourna vers Mike, qui avait détourné le regard et faisait de son mieux pour paraître occupé.

— Oui, renchérit Mike. Quand était-ce la dernière fois qu'une femme t'a regardé quand tu ressembles à ça ?

Dieu merci, il venait à la rescousse.

— Les gens sont ce qu'ils sont, nous sommes ici pour leur faire passer un bon moment, à chacun d'eux. J'ai entendu ce que tu as dit, tout comme eux.

Mike avait les narines évasées et sa posture était rigide.

— Je me fiche de ce que tu penses de nos clients, mais tu le gardes pour toi. Ces hommes ont payé pour une journée sur le bateau, ce qui signifie qu'ils méritent d'être traités avec le même respect que nous traitons tout le monde.

— Mais…

Gordon ne semblait pas savoir quoi faire des paroles de Mike.

— Ce sont des clients et ils payent nos factures à tous les deux.

— Mais et s'ils remontent dans le nord et parlent de nous à tout le monde, nous serons envahis d'hommes comme…

Il regarda où les autres étaient partis.

— Je crois que tu t'es occupé de cette possibilité avec ton petit numéro. Je ne peux pas m'offrir de faire de la pub, alors nous vivons du bouche-à-oreille. De quoi vont parler ces quatre hommes ? Du bon temps qu'ils ont passé ? Ou du second qui a dit des choses que personne ne devrait entendre ?

Mike se détendit, mais il restait percutant et, de ce que William put voir, terriblement nerveux. Mais il doutait que Gordon s'en rende compte. Ce que faisait Mike demandait du courage.

— Va faire examiner ta jambe, assure-toi que tout va bien. Notre prochaine sortie est jeudi.

— Tu veux toujours… ?

— Oui, gros lourdaud. Tu es toujours mon Bubba. Nous nous connaissons depuis toujours. Seulement, souviens-toi de ce que je t'ai dit au sujet des clients.

Gordon hocha la tête et se tourna, remontant doucement le quai en direction de son vieux pick-up.

— Voilà qui était intéressant, dit Mike en déchargeant leurs affaires. J'ai toujours pensé que Gordon avait un problème avec les homosexuels, mais c'était douloureux à voir.

— Oui, et, je sais que tu hésitais à dire quelque chose à cause de... eh bien, disons par respect de la vie privée.

William comprenait qu'il était compliqué pour Mike d'être ouvert à propos de qui il était réellement. Surtout dans une petite ville conservatrice comme celle-ci, et que cela pourrait semer des embûches sur son chemin ou celui de son entreprise. — J'aurais dû garder ma bouche fermée.

— Non, lui assura Mike tandis que Gordon quittait le parking. Ce qu'il a fait n'était pas professionnel et nous devons l'être si nous voulons garder cette entreprise à flot. Il y a beaucoup d'autres bateaux à quai et dans les villes voisines qui peuvent être affrétés pour la pêche. C'est de cela que vit toute la côte, je ne peux pas me permettre d'offenser des clients, car il a des opinions bien arrêtées qui devraient rester à la maison.

Mike laissa tomber les cannes qu'il portait sur le bureau, jurant entre ses dents.

— Tout ça t'a contrarié, remarqua William tandis qu'il l'aidait à rassembler l'équipement et le ranger.

— Oui. Quand il a murmuré ces choses après avoir été accroché... c'était comme s'il me les disait à moi.

Mike récupéra le matériel électronique et les emballa pour les prendre avec lui.

— Je vais mettre les glacières à l'arrière du pick-up, dit William en soulevant la première et l'emportant.

Il sortait la deuxième au moment où les lampadaires s'allumaient sur le parking.

— Hey, regarde ça !

L'électricité était revenue, les parties de la ville qui étaient encore dans le noir s'illuminaient soudainement.

William prit quelques minutes pour vérifier la voiture de location. Elle était là où il l'avait laissée et en bon état, bien que toujours pas disposée à démarrer. Il rappela l'agence et, cette fois, on lui dit qu'on viendrait la récupérer le lendemain et en lui livrerait une autre par la même occasion. Il fut à la fois soulagé et triste. Oui, ce serait bien d'avoir un véhicule, mais, dès qu'il l'aurait, il n'aurait plus d'excuses et ses affaires à Atlanta prévaudraient.

Il raccrocha et se tourna vers l'endroit où Mike préparait le bateau pour la nuit. Le jour déclinait et Mike, qui avait allumé les lampes du bateau, baignait dans leur lueur. Il se déplaçait avec une grâce que démentait sa taille. William savait qu'il rangeait l'équipement, mais, peu importe, ce qu'il faisait.

— Tu l'aimes bien, n'est-ce pas ?

William se retourna, surpris.

— Je pensais que tu étais parti ?

Skippy balança son sac sur son épaule.

— Il est tombé du pick-up alors je suis descendu pour le récupérer.

Il se tenait près de lui et William savait qu'il voyait la même chose que lui.

— Tu sais, ce n'est pas grave si c'est le cas.

— Oui et non. Je n'appartiens pas à cet endroit et Dieu sait qu'il ne s'intégrera pas au monde raffiné de mes parents à Providence.

Seigneur, il ne pouvait pas imaginer Mike se rendre à l'un des événements de charité de sa mère. William sourit. Merde, peut-être était-ce ce dont ces affaires étouffantes avaient besoin. Mais il n'obligerait jamais Mike à supporter cela. Ces commérages pouvaient être vicieux.

— Je ne sais pas si tu appartiens ou non à cet endroit, répondit Skippy en lui donnant un petit coup de coude amical. En ce qui concerne son intégration là-bas, je sais quelque chose à ce sujet. Il n'a pas à le faire tant qu'il est bien avec toi.

Là était la question, et William savait qu'il était bien trop tôt pour le dire. Ce n'était pas comme s'il avait réellement eu l'occasion de le découvrir.

Mike continuait de travailler, oublieux de son public.

— Mike est…

Les mots de William ne parvinrent pas à franchir la boule qui obstruait sa gorge.

— C'est le seul monde qu'il connaisse. Il prend soin de sa mère et de sa fille… je ne pense pas avoir déjà rencontré quelqu'un comme lui.

— Je comprends, répondit Skippy en s'écartant. Je dois y aller, mais nous étions sérieux. Nous avons beaucoup de poissons et une tonne de nourriture. Joignez-vous à nous. Vous tous.

— Je le demanderai à Mike.

Skippy s'éloigna en direction de la route et William vers le bateau, où Mike semblait avoir fini.

— Skippy était là. Son sac était tombé du pick-up, il était revenu le chercher et il a réitéré son invitation pour dîner.

Mike éteignit les lampes, les entourant d'obscurité.

— Je ne sais pas si je devrais. Gordon et...

Mike regarda autour de lui dans la zone portuaire quasi vide et William le sentit reculer.

— D'accord. Allons-y alors. Je suis sûr que Carrie t'attend à la maison.

Il n'allait pas pousser Mike. Ce n'était pas son rôle. Il avait un endroit où séjourner grâce à lui, il n'avait certainement pas le droit de dire à Mike comment vivre sa vie. Il avait une famille et une fille à lui.

Mike hocha la tête et descendit du bateau, jetant un dernier regard afin de s'assurer que tout était OK, puis ils montèrent dans le pick-up et roulèrent les dix minutes jusqu'à la maison.

— Papa ! cria Carrie avec joie en sortant de la maison en courant et en se jetant dans ses bras dès qu'il fut hors de la voiture. As-tu attrapé beaucoup de poissons ?

— Oui, et nous sommes invités à une fête. Alors, rentre te changer et nous partons, annonça Mike en la suivant à l'intérieur.

Le choc figea William sur place, mais il finit par se diriger vers la maison. Mike l'avait surpris, seules quelques personnes l'avaient fait. Avec les amis de la haute société de ses parents et leur nature fourbe, il avait appris à surveiller les gens de près et était très bon pour les déchiffrer, ce qui était la raison pour laquelle son père avait voulu qu'il aille à cette réunion à Atlanta. Mais Mike réussissait à le surprendre.

À l'intérieur, il enfila un short et une chemise propres et fut prêt à partir.

— Tu es sûre que tu ne veux pas venir ? demandait Mike à sa mère.

— Oui. Quelques heures de tranquillité me feront du bien.

Elle les poussa vers la porte et, dès que Carrie fut installée sur la banquette arrière, Mike prit la direction de la plage.

La soirée était étonnamment calme et la maison stupéfiante. William se demanda à voix haute pourquoi elle semblait avoir si bien résisté à la tempête.

— Elle a été construite quand ils savaient ce qu'ils faisaient, déclara Mike. Je suis passé devant toute ma vie en voulant voir l'intérieur. Mon grand-père nous racontait des histoires sur la famille qui l'a bâtie.

Ils entrèrent, Mike tenant la main de Carrie. William les suivit tandis qu'ils approchaient de la porte d'entrée, qui s'ouvrit devant eux.

Jerry sortit.

— Content que vous soyez venus, les accueillit-il gaiement. Entrez, la fête est dans le jardin.

Il leur tint la porte, les laissant entrer. La maison était incroyable, avec d'étonnantes boiseries antiques et artisanales. Elle semblait sortie d'un livre d'histoire.

— Comment avez-vous pu louer cette maison ? demanda William.

— Eh bien, elle appartient à l'un des clients de notre cabinet et il me l'a prêtée pour le week-end, expliqua Jerry en refermant la porte. Elle est dans leur famille depuis des générations. Le prix fait que nous étions sûrs qu'elle résisterait très bien à l'ouragan et, comme vous pouvez le voir, la vieille dame l'a fait. Il y a eu quelques dégâts sur le toit, mais la société d'entretien l'a déjà réparé.

Jerry les conduisit à travers le magnifique intérieur, passant devant des pièces qui faisaient ressembler la demeure à un musée d'avant-guerre.

— Papa ! s'émerveilla Carrie, comme elle aurait pu le faire s'ils regardaient un feu d'artifice pour la première fois.

— Je sais. C'est joli, hein ?

Elle hocha la tête et Jerry les mena vers la porte arrière et les immenses hectares de pelouse et de sable. La maison était étonnamment éloignée du Golfe, en fait, et le mur de séparation en pierre entre eux et la mer indiquait clairement comment elle avait survécu au martèlement des vagues et au raz-de-marée.

— Les gars, regardez qui est venu, annonça Jerry tandis que les trois autres agitaient la main en les voyant approcher.

— C'est ta fille ? demanda Kyle en souriant.

— Oui. Voici Carrie. Elle adore le poisson et j'espère que c'est d'accord, parce que je ne passe pas beaucoup de temps avec elle et…

— Bien sûr, le coupa Steven depuis le barbecue.

Il portait un short et un tablier où était inscrit *Embrassez le cuisinier*, ce qui était une invitation que les autres prenaient au pied de la lettre.

William croisa le regard confus de Mike et lui adressa son meilleur « à quoi t'attendais-tu ? » silencieux.

— Papa, ces hommes s'embrassent, chuchota Carrie et Mike s'empourpra.

William fit de son mieux pour prétendre qu'il n'avait pas entendu sa remarque, même si sa curiosité était forte, et il se demanda comment Mike allait gérer cela. Mais il semblait muet.

— Carrie, dit William en s'accroupissant afin d'être à sa hauteur. Il est normal d'embrasser les gens auxquels tu tiens.

— Mais les filles embrassent les garçons.

— Et parfois, quand deux garçons s'apprécient, ils s'embrassent. C'est normal aussi.

Il espérait qu'il n'allait pas trop loin et leva les yeux vers Mike.

— C'est vrai. Si deux personnes tiennent l'une à l'autre, ce n'est pas important.

— Ce n'est pas ce que dit ma maîtresse d'école, répliqua Carrie, les observant alternativement et William fit un pas en arrière.

C'était à Mike de gérer maintenant.

— Parfois, les enseignants n'ont pas tout le temps raison et ce que Mr William et moi disons est exact. Peu importe qu'un garçon embrasse une fille ou un autre garçon tant qu'ils s'aiment et qu'ils sont heureux. D'accord ?

Mike avait l'air aussi embarrassé que possible, bien que William ne sache pas si c'était à cause de sa présence ici ou de cette discussion avec sa fille.

— Les gens peuvent aimer qui ils veulent.

— Mais Mme Carter…

— Chérie, Mme Carter est une gentille femme, mais elle n'a pas tout le temps raison. Je te le promets.

Il attira Carrie dans ses bras et articula par-dessus son épaule :

— Et c'est la femme du pasteur qui amène ces idées-là où elles ne le devraient pas.

William acquiesça d'un signe de tête compréhensif. Puis il se tourna vers leurs hôtes.

— Que puis-je faire pour aider ?

— Nous avons tout sous contrôle, alors prends une chaise et détends-toi.

Kyle leur apporta une bière à chacun et un soda à Carrie, indiquant des fauteuils à l'ombre d'une grande pergola avec des ventilateurs apportant de l'air.

Mike s'assit et Carrie grimpa sur ses genoux, prenant une gorgée de sa bouteille ronde d'Orangina.

— J'aime bien. Pourrons-nous en acheter ? demanda-t-elle avec un sourire.

— Nous verrons, répondit Mike en regardant l'étiquette. Peut-être comme récompense.

— Puis-je aller jouer sur la plage ? Je voudrais ramasser des coquillages, demanda Carrie en descendant de ses genoux. Je n'irai pas dans l'eau.

— D'accord. Mais tu restes devant la maison, là où je peux te voir.

Il la libéra et Carrie posa sa bouteille presque vide sur la table près de Mike avant de partir en courant.

— Je ne savais pas quoi lui dire… tu sais, un peu plus tôt.

— Si j'ai outrepassé…

Mike secoua la tête.

— Je n'ai jamais pensé à la façon dont je lui parlerais de… soupira-t-il. J'imagine que j'aurais dû lui dire ce que je voulais qu'elle sache au lieu de ce que je pense que les autres pourraient dire. Je ne veux pas que Carrie retourne à l'école et que les autres enfants s'en prennent à elle ou lui disent qu'elle a tort.

— Comment va Bubba ? s'enquit Kyle, en prenant un siège face à eux et posant ses pieds sur un tabouret.

— Ça a l'air d'aller.

— Va-t-il aller voir un médecin demain ? demanda-t-il avant de prendre une gorgée de son martini.

— Bubba ne verra pas de docteur, à moins d'être mourant ou que sa jambe menace de tomber. C'est Bubba. Fonce tête baissée et ne laisse rien t'arrêter jusqu'à ce que tu flanches.

— Il faut que quelqu'un l'examine. L'hameçon était sale, il y a une forte possibilité d'infection.

— J'insisterai.

Mike porta son regard vers la mer, là où Carrie était penchée et ramassait quelque chose, avant de le jeter.

— Elle est adorable, dit Kyle. J'ai entendu sa question.

— Oui. J'aurais dû être un peu plus préparé quand je l'ai amenée. Par ici, les choses sont… plus conservatrices. Même s'ils ne sont pas bigots, beaucoup de gens suivent ces croyances.

Kyle hocha la tête.

— Si tu veux mon opinion, tu dois élever Carrie selon tes propres croyances, pas celles des gens qui t'entourent. Et, juste afin que tu le saches, ta réponse était la bonne. À la fin, elle devra se faire sa propre opinion et développer ses propres croyances et valeurs. Tu peux la guider, mais elle deviendra une jeune femme qui se forgera ses propres opinions.

— Je le suppose.

Mike semblait toujours confus et William eut envie de lui prendre la main pour le rassurer, mais il ne savait pas comment son amant réagirait avec Carrie si proche, alors il réprima son envie et garda ses mains sur ses genoux.

— Je veux la voir heureuse et qu'elle sache qu'il y a plus dans le monde que cette ville et ce que je suis capable de lui montrer.

William ne put se retenir, il lui prit quand même la main.

— Tu lui montres chaque jour ton cœur, c'est tout ce qu'elle a besoin de savoir.

Le regard de Kyle se posa sur leurs mains jointes et ses yeux s'écarquillèrent légèrement.

— Je n'aurais jamais deviné.

— Moi, oui, s'exclama Skippy en rebondissant partout. J'ai un sixième sens pour cela que tu n'as pas.

Il se laissa lourdement tomber sur les genoux de Kyle.

— Je l'ai toujours, docteur.

— Skippy, l'avertit Kyle à voix basse.

— Vas-tu jouer au docteur avec moi si je suis vilain ? Peut-être me faire une piqûre dans les fesses.

Il agita les sourcils et laissa même échapper un gémissement en passant ses bras autour de Kyle.

— Vous remettez ça, tous les deux ? demanda Jerry. Nous devons tout sortir de la maison.

— J'y vais, répondit Skippy en se tortillant et quittant les genoux de Kyle avant de se précipiter à l'intérieur.

Kyle sembla soulagé, mais le suivit tout de même à l'intérieur et William se demanda ce qui se passait entre eux. Mais il n'avait pas à poser la question. Il avait une étrange impression, comme si Skippy voulait Kyle, mais que Kyle hésitait et même le repoussait. William avait dans l'idée que plus Skippy insistait, plus Kyle résistait, jusqu'à ce que ce soit devenu une sorte de jeu.

Il se leva et se promena vers la plage, là où Carrie continuait de fouiller le sable à la recherche de trésors.

— Tu as trouvé quelque chose ?

— Une pièce de vingt-cinq cents, répondit-elle en souriant. Et de jolis coquillages.

Elle lui montra ses trouvailles.

— Je peux ?

Il lui prit la pièce des mains. Elle avait effectivement la taille d'une pièce, mais avait quelque chose de différent.

— Ce n'est pas une pièce, dit-il en le lui rendant. Je pense que c'est Espagnol et très ancien. Tu devrais la montrer à ton papa.

— Vraiment, comme un trésor ? s'exclama-t-elle, les yeux brillants.

— Je suppose que tu peux dire ça. Où l'as-tu trouvée ?

Elle lui montra et William fouilla les environs, mais ne trouva rien d'autre. Elle était toute seule et s'était échouée de Dieu sait où pour finir dans la collection d'une petite fille.

— Je peux la montrer à papa ? demanda-t-elle en tenant fermement sa pièce.

— Bien sûr. Vas-y.

William sourit tandis qu'elle courait sur le sable. Il la suivit et s'approcha alors que tout le monde s'extasiait sur la trouvaille de Carrie.

— Il y a un numismate à Tallahassee. Nous lui amènerons, il nous dira ce que c'est.

Mike rangea la pièce et Carrie repartit en hâte vers la plage pour en chercher davantage.

— Nous allons bientôt manger, je pense.

— Elle est juste excitée, lui dit William en regardant Carrie étudier le sable.

— Je parie que, lorsqu'elle sera grande, elle deviendra chasseuse d'or et d'argent sur les épaves, dit Jerry. On dirait qu'elle vient d'attraper le virus.

— Si c'est le cas, elle pourra prendre soin de son vieux papa, rétorqua William en tapotant l'épaule de Mike et ils rejoignirent tous le patio pour dîner.

— Je devrais l'appeler.

Kyle lui donna un petit coup de coude.

— Laisse-la. Elle viendra manger quand elle sera prête. Le soleil va bientôt se coucher, ce sera la fin de son amusement.

Ils s'installèrent pour déguster un festin pour les sens. Steven était un cuisinier remarquable et, après un moment, Carrie arriva et s'assit près de Mike. Le poisson était délicieux, avec une sauce au beurre qui ajoutait la juste quantité de saveur à la fraîcheur du poisson. Les légumes étaient succulents et chaque bouchée de la salade avait la merveilleuse croustillance de la Floride.

William soupira de contentement tandis que leurs nouveaux amis leur racontaient histoire après histoire – Steven, ses mésaventures de cuisine et Skippy, des histoires stupides de combines criminelles. Finalement, Kyle intervint avec quelques récits d'erreurs médicales. Mike leur raconta avoir vu des baleines et d'énormes tortues de mer pendant ses sorties en mer. William avait peu à dire, donc il resta silencieux. Sa vie était relativement terne quand il était au travail. Ce qui le fit réaliser à quel point sa vie était devenue ordinaire et combien la chaleur et l'attention qu'apportait la brise du Golfe allaient lui manquer quand il rentrerait chez lui. Il voulait que cela continue, mais le monde réel le réclamait encore et encore.

VI

PETIT À petit, au cours du dîner, Mike se détendit au contact des garçons et, au moment où le soleil fut couché et que la pénombre s'était installée sur l'eau, la longue journée le rattrapa. Mais il était réticent à y mettre fin et resta un peu plus longtemps.

— Merci pour cet incroyable repas.

Et cette expérience enrichissante.

— De rien.

Mike hésita.

— Je pense que je vous dois des excuses pour ce qui a été dit plus tôt.

Il ne savait pas comment aborder ce qu'il avait à l'esprit depuis des heures. Personne n'avait rien dit au sujet du comportement de Gordon, mais ça l'avait hanté toute la soirée.

— C'est bon, répondit Jerry avant de se tourner vers William. Fais bon voyage demain.

— Merci.

William serra la main de tout le monde et Mike conduisit Carrie jusqu'au pick-up. Une fois à l'intérieur, il se tut. Carrie était fatiguée et s'endormit presque immédiatement. Mike conduisit, agrippé au volant.

— Que se passe-t-il ? demanda William. Si tu serres encore plus ce volant, tes jointures vont blanchir.

— Je suppose que tu pars demain.

Il conserva un ton aussi neutre que possible, mais la solitude et la perte se faufilaient déjà dans son âme.

— Il le faut, murmura William. Je dois retourner aux faits et aux chiffres et aider mon père à diriger l'entreprise, aller aux dîners d'affaires et reprendre mes fonctions aussi ennuyeuses que le poulet en caoutchouc qui sera servi.

Mike tourna la tête à temps pour le voir déglutir et son attention se focalisa momentanément sur le tressautement de sa gorge, avant de la reporter sur la route.

— J'imagine que cela va se transformer en un plaisant souvenir.

— Non. Ce sera *le* souvenir.

William se détourna, le regard fixé sur la vitre tout le reste du trajet, puis Mike se gara dans l'allée.

Il porta Carrie à l'intérieur et aida sa mère à la mettre au lit. William n'était pas rentré. Mike sortit le rejoindre et le trouva regardant les étoiles.

— Je sais que je dois rentrer.

— Oui.

Mike le savait, mais cela ne voulait pas dire que ça ne faisait pas mal. C'était un interlude dans leurs vies, une pause dans la normalité qui ne pouvait pas durer éternellement. Il ne se faisait aucune illusion sur le fait de demander à William de rester et d'abandonner sa vie pour emménager ici avec lui. Leur relation n'avait duré que trois jours, pourtant, il semblerait que le départ de William allait lui lacérer le cœur.

— Je n'en ai pas envie. J'aime être ici.

Mike ne put se résoudre à dire à William de rester. C'était trop à demander à quelqu'un. Durant ces quelques jours, son véritable lui s'était révélé, du moins au contact de William.

— J'aime être ici aussi, répondit-il en déglutissant. J'aime t'avoir ici, et celui que je suis avec toi.

Cette personne allait partir avec William.

À ce stade, il n'y avait rien d'autre à ajouter. La situation était ce qu'elle était. Mike rentra, laissant William seul. Il avait encore du travail à faire, il n'allait pas se faire tout seul.

Une heure plus tard, après s'être occupé de la nourriture et avoir rempli le générateur, il se prépara à se coucher, quand il entendit la porte arrière s'ouvrir et se refermer. Il retrouva William dans la cuisine et alla leur chercher une bière. Aucune parole ne remplirait le vide qui se développait en lui.

Il vida sa bouteille en quelques gorgées et en prit une autre. Tout pour atténuer la piqûre de la routine et de la solitude qui se refermait déjà sur son esprit.

— Je te vois demain matin, annonça-t-il en se levant et se rendant dans la salle de bain.

Il se lava rapidement et regagna sa chambre, écoutant William y aller à son tour.

Il espérait qu'il viendrait dans sa chambre, mais il savait que c'était probablement pour le mieux que la rupture soit nette. Pourtant, quelques minutes plus tard, quand il fut couché et que la maison fut calme et silencieuse, il sentit autant qu'il entendit la porte s'ouvrir et William entrer. Mike ne dit rien quand il le rejoignit. Les mots n'étaient pas nécessaires.

Il attira William à lui, le tenant aussi près que possible, leurs baisers s'intensifiant, leurs corps frémissant en quelques instants. Leurs vêtements tombèrent et la chaleur augmenta dans l'obscurité, seulement pour voler en éclat à cause d'un éclair de lumière. Il lui fallut quelques secondes pour comprendre ce qui se passait.

— Reste ici, chuchota Mike.

Il se rhabilla à la hâte et traversa la maison en courant, fermant les fenêtres et éteignant les lampes. Il rebrancha également la pompe et autres à leurs prises d'origine et coupa le générateur. Quand il eut fini, l'air conditionné rafraîchissait la maison et il alla voir Carrie avant de retourner à sa chambre. Petit à petit, la vie revenait à la normale, ce qui était à la fois bien et mal, ennuyeux et routinier.

Il ferma sa porte et grimpa sur son lit, où William l'attendait les bras ouverts, sa bouche dévorant instantanément la sienne. Cette interruption vite oubliée, Mike ôta ses habits et se colla à William, du torse aux hanches. Il ne leur restait qu'une poignée d'heures ensemble et il comptait bien profiter de chacune d'entre elles.

— J'ai envie de toi, grogna William d'une voix basse et rauque.

Il retourna Mike sur le matelas et chevaucha ses hanches en souriant.

— Je vais faire en sorte que tu me sentes pendant un long moment.

La tête de Mike lui tourna à cette idée. Il gémit alors que son érection tressautait contre son ventre.

— Oui.

— Bien. Où… ?

— Tiroir, réussit-il à répondre.

William tendit la main vers la table de nuit, l'emballage argenté brillant brièvement à la lueur qui filtrait par la fenêtre.

— J'espère que c'est bon.

Mike poussa un gémissement que William interrompit d'un baiser, qui lui recroquevilla les orteils. Merde, la manière dont William lui faisait oublier tout hormis l'instant présent allait lui manquer. Les ennuis et les problèmes disparaissaient, comme ses soucis et ses inquiétudes. Puis William lécha l'un de ses tétons, Mike gémit et sombra dans le plaisir. Lorsque William se glissa plus bas, le prenant dans sa bouche et le suçant, son esprit court-circuita. Il jurait que si la maison s'écroulait autour de lui, il ne le remarquerait même pas.

— Tourne-toi sur le ventre, souffla William et Mike obéit, glissant ses bras sous l'oreiller et attendant.

William lui caressa le dos, les fesses, puis lui écarta les jambes avant de faire courir ses doigts sur l'intérieur de ses cuisses. Les jambes de Mike tremblaient tandis qu'il se demandait ce qui allait suivre. Il lui fallut peu de temps pour le découvrir, William écarta ses fesses et souffla sur sa chair sensible.

— Tu es un homme magnifique, Mike. J'espère que tu le sais.

William pétrit ses fesses, ses doigts glissant et taquinant son ouverture.

Mike se cambra, pleurnichant, espérant plus, mais aussi un peu effrayé. Ça faisait longtemps, il espérait que tout marchait comme ça le devait.

William s'écarta et Mike tourna la tête pour voir ce qui se passait. Il n'avait pas à le faire, car les doigts de William furent de retour, glissants, épais et chauds.

— William… gémit-il, en se pressant contre le doigt qui le pénétrait.

Il resta allongé, se servant de l'oreiller pour étouffer sa respiration alourdie. Ça lui avait manqué. Il tremblait et serrait l'oreiller tandis que William le préparait avant de s'éloigner.

Il savait ce qui allait suivre et il retint son souffle, attendant, se préparant pour l'intensité de ce qui allait arriver. Il en mourrait d'envie et, quand William se positionna à son entrée, il se détendit, ses muscles se souvenant et réagissant de la même manière qu'ils l'avaient fait si longtemps auparavant. Il haleta, tentant de garder son sang-froid. Mais il échoua, criant dans l'oreiller lorsque William plongea en lui, le remplissant, l'ouvrant, le mettant à nu alors qu'ils ne faisaient qu'un.

— C'est ça, roucoula William à son oreille, la suçant alors qu'il le remplissait.

Mike en voulait plus, il se repoussa, le prenant jusqu'à la garde, puis le maintenant, ses muscles devenant fous. Enfin, William bougea en frottant cet endroit en lui et, putain de merde ! des étincelles explosèrent derrière ses paupières et des cloches tintèrent à ses oreilles. L'excitation et la passion grandissaient vite et en même temps, pas assez. William semblait savoir ce dont il avait besoin et, comment le lui donner. Il ondula lentement des hanches, maintenant les épaules de Mike, le remplissant et le vidant seconde après seconde, minute après minute, le conduisant en haut de la vague sans jamais vraiment en atteindre la crête. Lorsqu'il s'écarta pour le faire rouler sur le dos, se penchant si près que Mike put le regarder dans les yeux, tout s'assembla et devint clair dans son esprit. Non pas qu'il ait eu le temps d'y penser, pourtant il sut à cet instant ce qu'il ressentait et ce que cela signifiait.

William le pénétra à nouveau, profondément, le faisant voler en éclat. Il enroula ses bras autour du cou de William, rapprochant leurs lèvres tandis que sa maîtrise de soi reculait encore et encore. Lorsque sa prise glissa, il retomba sur l'oreiller et William le masturba en cadence avec ses mouvements.

Mike était hors de contrôle. C'était tout, son plaisir était fermement entre les mains de William. Et fermes et fortes, elles l'étaient ! Mike tenta de garder une certaine emprise sur lui-même, mais c'était avant que le regard de William plonge dans le sien et qu'il change légèrement d'angle, l'envoyant au bord du précipice du plaisir, puis il lâcha prise et tomba la tête la première dans l'amour. Évidemment, c'était exactement ce qu'il ressentait et il laissa cette chaleur s'installer en lui aussi longtemps qu'elle dura.

MIKE REVINT à lui un peu plus tard et vit que William lui souriait, ses lèvres planant aux dessus des siennes.

— Tu es de retour avec moi ?

— Je ne sais pas ce qui s'est passé.

— Tu as fait un petit voyage, c'est bon. Ça veut dire que nous étions en harmonie tous les deux, répondit William en repoussant une mèche de son front. Je crois que je devrais retourner dans ma chambre.

Cette pensée fut insupportable pour Mike et il le maintint en place. Il faisait nuit, la maison était silencieuse, à part le bourdonnement de la climatisation qui rafraîchissait les pièces. Il avait besoin de cet air frais, mais il avait encore plus besoin de William en cet instant.

— Il ne reste que quelques heures et tout sera fini.

— Mike, je…

— Je sais que tu as des engagements, des trucs à faire. Je le comprends et je ne m'attends pas à ce que tu restes ici. C'est là que tu viens t'amuser et te détendre…

Mike semblait si vulnérable en ce moment. Ses émotions étaient mises à nu, il détestait être exposé. Il avait été formé tant d'années auparavant. *Surveille ton flanc, garde ta position, ton frère assurera tes arrières, quoi que tu ressentes, garde-le en toi, reste fort et en contrôle.*

— C'est plus qu'un voyage de pêche et de détente. Ça a commencé comme ça, mais ce n'est plus le cas, pas pour moi, dit William en l'attirant contre lui. Mais tu as des engagements, des gens dont tu dois prendre soin, tout comme moi.

Ils ne se connaissaient de cette manière... intimement... que depuis quelques jours. Ce temps avait profondément changé les choses en Mike et peut-être étaient-elles aussi différentes pour William. Il l'espérait. Mais la réalité l'appelait, de plus en plus fort chaque seconde.

— Je sais.

Mike ferma les yeux et laissa son esprit dériver. Il était heureux, du moins pour l'instant, et la Navy lui avait appris à profiter de ce qu'il avait, car le changement arriverait. Finalement, son esprit cessa de tourbillonner et il s'assoupit, satisfait.

MIKE SE réveilla en sursaut en entendant du bruit dans la maison. William dormait toujours près de lui. La fenêtre montrait qu'il faisait encore nuit et un petit clic lui apprit que sa mère était debout et utilisait la salle de bain. Il resta allongé et tendit l'oreille jusqu'à ce qu'elle retourne dans sa chambre, puis écouta les doux ronflements de William, jusqu'à ce qu'il se rendorme.

— Papa !

Le cri le traversa, le faisant se redresser à toute vitesse.

— J'arrive tout de suite, répondit-il, en se levant déjà du lit, avec comme seule mission, empêcher Carrie de débouler dans sa chambre.

William dormait toujours, mais probablement plus pour longtemps. Il enfila un short et un tee-shirt, puis sortit.

— Je n'arrive pas à trouver ma pièce, dit Carrie, la lèvre inférieure tremblante, et Mike laissa échapper un petit soupir.

— Elle est juste là, répondit-il en indiquant un bol au centre de la table de la cuisine. Elle est tombée de ta poche dans la voiture, je l'ai mise là.

— Va voir si William est levé. Le petit déjeuner sera prêt dans quelques minutes, dit sa mère avant de retourner vers la cuisinière. C'est agréable d'avoir à nouveau de l'électricité.

Elle semblait heureuse que les choses reviennent à la normale. Dommage qu'il ne ressente pas la même joie.

Lorsqu'il revint dans sa chambre, son lit était vide. Il attendit que la salle de bain soit libre, se lava et rejoignit les autres à table.

— Je me suis levée au milieu de la nuit, je pensais que vous pourriez avoir froid, maintenant que le courant est revenu, annonça sa mère et un frisson dévala le long de sa colonne vertébrale.

— Tout s'est bien passé cette nuit. Merci, répondit William en croisant le regard de Mike et tentant de ne pas réagir de façon excessive. En fait, c'était agréable que l'air frais revienne. La chaleur emprisonnée dans la maison était un peu étouffante. Mais ça va maintenant.

Le téléphone de William sonna et il répondit pendant que la mère de Mike servait les œufs et le bacon.

— Merci. Je pense que ça devrait aller… je peux vous retrouver là-bas… Merci.

William raccrocha et reprit sa place.

— C'était l'agence de location. Ils vont me retrouver à la marina, où ils récupéreront l'ancienne voiture, dans une heure. C'est bon ? demanda William en se tournant vers Mike, qui acquiesça.

Il ne se faisait pas confiance pour répondre d'une autre manière.

Sa mère posa une assiette devant lui et il fixa la nourriture, tout appétit envolé. Il devait se reprendre.

— Vous allez me manquer, Mr William.

— Moi aussi, ma grande, répondit William en souriant à Carrie. Même si je pense que tes poupées vont être contentes de retrouver leur chambre.

Il se mit à rire et Carrie gloussa tandis que sa mamie posait une assiette devant elle.

Carrie quitta précipitamment la table, traversant la main en courant avant de revenir.

— Prenez ça avec vous, dit-elle en posant un petit coquillage rose à côté de l'assiette de William. Comme ça, vous emporterez un peu du Golfe chez vous.

Les yeux de William brillèrent tandis qu'il lui faisait un câlin.

— Je le garderai tout le temps avec moi.

Son expression était si authentique que Carrie lui rendit son étreinte avant de se rasseoir.

Mike se força à manger, mais la nourriture était fade dans sa bouche. Il n'avait pas faim, mais gardait son attention sur son assiette, ne faisant rien pour tenter d'empêcher la déception qui jaillissait en lui de s'afficher sur son visage.

— Tu en veux encore ? demanda sa mère, mais il tendit son assiette vide en secouant la tête.

— Je vais aller tout préparer pour partir.

Mike repoussa sa chaise et sortit. Il avait besoin d'air frais et de soleil pour contrer son humeur sombre qui grandissait chaque seconde. William quitta la maison dix minutes plus tard avec son sac et le posa sur la banquette arrière.

— Nous devrions y aller, dit Mike en grimpant à l'intérieur, faisant de son mieux pour se déconnecter.

Il fit le trajet jusqu'à la ville en pilotage automatique, parlant peu.

William avait le regard fixé par la fenêtre.

— Je ne m'attendais pas à ça, dit-il alors qu'il traversait la périphérie de la ville.

— Moi non plus.

Mike ne faisait pas confiance à sa voix et seuls ces mots réussirent à sortir. Il était un marin, pour l'amour de Dieu ! Il n'allait pas éclater en sanglots, peu importe la noirceur qui enflait en lui.

— Tu sais que je dois partir.

— Oui, je le sais.

— J'ai passé un bon moment, poursuivit William alors que le pick-up rebondissait sur le gravier du parking et s'arrêtait un peu plus loin, là où la dépanneuse récupérait l'ancienne voiture de location.

— C'est une chose étrange à dire après ce qui s'est passé entre nous.

Mike ne savait pas quoi dire lui-même, mais cela lui semblait étrange.

— Je n'ai jamais laissé d'amant derrière moi auparavant. Que dirais-tu ? C'était un merveilleux moment, mais je dois retourner à la réalité, aussi terne soit-elle ? Je pourrais la jouer poétique en te disant combien tu vas me manquer, mais j'espère que tu le sais.

Mike gara le pick-up, laissant le moteur tourner.

— Je le sais, car tu vas me manquer aussi.

Seigneur, il ressemblait à la jeune fille blonde dans les films que sa mère aimait regarder.

— La vie a sa façon de nous faire connaître ses volontés, parfois, nous ne pouvons pas lutter.

Dieu sait qu'il avait souvent essayé, sans aboutir nulle part.

— Je reviendrai. Tu le sais, n'est-ce pas ?

William posa la main sur la clenche. Mike n'osa pas l'embrasser, alors qu'ils pouvaient être vus par n'importe qui en ville, mais il lui prit la main. C'était le plus intime qu'il puisse faire, se souvenir de la douceur de ses doigts afin de pouvoir imaginer leur contact sur son corps.

Une voiture se gara près d'eux et Mike sut que leur temps ensemble était fini. William ouvrit la portière et les doigts de Mike relâchèrent les siens, brisant leur dernier contact.

— Je suis désolé que cela ait pris si longtemps, s'excusa le conducteur avec sérieux et William referma la portière, taisant leur conversation.

Mike coupa le moteur et sortit de son pick-up pour décharger les affaires de William et les mettre dans l'autre véhicule. Une autre voiture entra sur le parking et, lorsque William eut signé ce dont l'homme qui lui avait délivré la voiture avait besoin, il monta et ils partirent, les laissant tous les deux seuls à côté de la Mercédès.

— J'imagine que c'est le moment, dit Mike en ouvrant la portière. Fais attention à toi sur la route et passe une bonne réunion.

Après être monté, William descendit la vitre et referma la portière. Mike passa la main à l'intérieur et William entrelaça leurs doigts.

— Prends soin de toi et de tes femmes.

Leurs regards ancrés l'un à l'autre, Mike souhaita avoir quelque chose d'intelligent à dire, quelque chose d'inoubliable, mais rien ne lui vint à l'esprit. Il continua de dévisager William, mémorisant les contours de son visage.

Puis il relâcha la main de William et s'écarta de la voiture. La vitre remonta et le véhicule quitta lentement sa place. Mike le regarda prendre le virage à droite et remonter la rue avant de disparaître à l'angle.

Voilà. Tout semblait si décevant après l'excitation des derniers jours. La tempête avait amené William dans sa vie, à présent, le calme et la normalité le lui avaient enlevé.

Il contourna son pick-up, monta dedans et referma la portière. Il resta assis, sans bouger, fixant la marina et la mer au-delà. C'était sa vie, son foyer. C'était là qu'il était venu pour trouver du réconfort après les années mouvementées qu'il avait passées en service. Jusqu'à il y a quelques heures, il n'avait jamais songé à partir. Mais c'était une idée ridicule. Tout ce qu'il connaissait et comprenait se trouvait ici. La seule manière qu'il avait de gagner sa vie était à quelques pas de là, tanguant doucement dans le sillage des bateaux passants. Non. Le monde de William était certainement plus excitant, mais il n'y avait pas sa place.

Il démarra le moteur, la climatisation luttant avec la chaleur qui avait déjà envahi l'habitacle. Non pas que Mike le remarqua. Son esprit était avec quelqu'un d'autre, roulant à toute vitesse pour retourner à sa propre vie. Il avait été idiot. Il en était certain. Il avait donné son cœur à un homme qui n'était resté que quelques jours et qui maintenant était parti. Ce sentiment d'abandon aurait dû lui être familier. D'abord avec son père... puis Benny. Peut-être était-il censé n'avoir personne. Peut-être était-il temps qu'il se rende compte qu'il était censé élever sa fille et qu'elle était supposée être sa source de bonheur.

Il fit ronfler le moteur, recula de sa place de parking et rentra chez lui. Les choses étaient ce qu'elles étaient, il allait devoir les prendre de front, comme il le faisait avec tout le reste.

VII

— WILLIAM, TU m'écoutes ? demanda son père à l'autre bout de la table.

William soupira. Chaque jour de ses cinq derniers mois et demi avait été l'enfer et son niveau d'énergie était dangereusement bas.

— Oui. Je vous ai écouté tout le temps, vous et les représentants syndicaux qui bavardiez ensemble sans écouter un traître mot de ce que disait l'autre. Vous avez abordé les mêmes sujets durant la dernière heure. Maintenant, donnez-moi votre dernière offre et je prendrai la main à partir de là. Je sais ce que nous ne pouvons pas nous permettre, mais qu'est-ce qui va nous donner les moyens de sauver la face et d'obtenir ce dont a besoin le personnel ?

William savait que sa patience était de plus en plus à bout avec ce qu'il voyait comme une constante perte de temps. Son père le foudroya du regard, se leva et commença à faire les cent pas autour de la table.

— Alors pourquoi ne t'en es-tu pas occupé dès le départ ?

— Parce que vous continuez d'écouter mère et que vous la laissez vous pousser vers les choses les plus stupides, répondit William en lui rendant son regard noir. Elle n'y connaît rien en gestion d'entreprise.

— Ta mère est une mine d'informations et de contacts qui aident à maintenir cette entreprise à flot.

— Non, c'est faux, s'insurgea William en se levant et se penchant sur la table. C'est ce qu'elle vous dit depuis très longtemps et vous la croyez. Les gens travaillent avec nous, car ils aiment travailler avec vous. Tout le monde vous connaît dans l'atelier de production, car vous descendez leur parler. Pourquoi croyez-vous que le syndicat ne se soit pas mis en grève, bien que le contrat ait expiré le mois dernier et que nous continuons à nous tourner autour ? C'est grâce à vous, pas à elle.

Sa mère lui avait rebattu les oreilles plus que d'habitude et son père avait accepté pour avoir la paix. William, d'un autre côté, allait régulièrement à l'affrontement et il était fatigué.

— Que veux-tu que je fasse ? Je t'ai demandé d'avancer et de gérer l'entreprise, mais tu hésites encore.

Bien sûr qu'il hésitait. Comment dire à son père que son rêve n'avait rien à voir avec l'entreprise familiale ? Au lieu de cela, il continuait de voyager vers le Golfe et de chevaucher les vagues avec un certain capitaine de bateau. Ils le faisaient depuis des mois.

— Tu vois, c'est de cela que je parle. Tu rêves alors que j'essaie d'avoir une conversation avec toi.

— Cela ne vous a-t-il jamais traversé l'esprit que je ne voulais pas la diriger ?

Son père en resta bouche bée. Peu de gens laissaient Maximilian Westmoreland sans voix, mais il l'était en cet instant.

— Tu, quoi ?

— Vous m'avez envoyé à l'université, vous avez choisi mon diplôme, vous m'avez dit ce que je devais apprendre et j'ai accepté comme un idiot parce que je voulais vous faire plaisir. Mais ça – passer la journée en salle de conférence, les réunions, les bureaux, tout ça – me rend fou et je déteste ça.

Voilà, il l'avait enfin dit. Après toutes ces années, il avait trouvé le courage en ce qui concernait son père.

— C'est comme une mort lente.

Son père cligna des yeux.

— Tu crois que c'est ce que je voulais faire ? Mon père a fait la même chose. Je voulais être pilote de jet et voler à travers le monde dans l'un de ces énormes avions. Au lieu de ça, j'ai acheté un petit avion et je vole jusqu'à Nantucket et le Vignoble dès que j'en ai l'occasion. C'est ce que j'aime. Mais j'ai des responsabilités, tout comme toi.

— Mais vous avez passé votre vie ici, l'entreprise coule dans votre sang, rétorqua William.

— Oui, j'aime ce que je fais, et tu y viendras aussi.

— Non.

William se rassit et ouvrit son ordinateur portable, passant ses documents en revue.

— Je vais faire une offre de contrat au syndicat pour mettre tout cela derrière nous. Ils n'obtiendront pas tout ce qu'ils veulent, nous non plus, mais ce sera juste pour eux et nous.

La partie de mise à nu de cette conversation était clairement terminée.

— Et si je ne cautionne pas ?

— Vous devrez vivre avec.

William finit de retranscrire ses notes, puis leva le regard vers la fenêtre, là où la neige recouvrait le paysage urbain et le vent balayait les flocons des toits dans une mini tempête qui était sûrement très belle, mais ne servait qu'à accentuer le froid qui semblait toujours s'agripper à lui.

— Très bien. Rassemble ce que tu penses être pour le mieux et pose-le sur mon bureau avant deux heures. Je l'examinerai.

— Non, père. J'ai une réunion à préparer et je dois m'occuper de cela. Ce va-et-vient nous donne la migraine.

William ne leva pas le regard. Il était fatigué, de mauvaise humeur, tout cela l'ennuyait. Il avait besoin de vacances. Il était temps pour lui de réserver une autre partie de pêche.

Du moins, normalement, ce serait le cas, mais il avait un peu peur. Mike et lui n'avaient pas beaucoup discuté. Quelques e-mails et il avait envoyé un carton pour Mike, Carrie et Dolores pour Noël. Il avait reçu une carte, mais c'était tout. Il n'avait pas poussé davantage le contact, pas plus que Mike. Il semblait qu'ils comprenaient tous les deux ce qu'ils avaient fait et que, peut-être, les choses devaient être laissées où elles étaient.

— D'accord. Je te suis.

William leva le regard de ses papiers éparpillés.

— Merci, Père.

Il n'avait vraiment pas le cœur à ça. Cela durait depuis des mois maintenant, cependant, personne ne comprenait, ou paraissait s'en soucier.

— Je vous dirai comment ça se passe.

Alors que son père quittait la salle de réunion, William remarqua pour la première fois sa claudication. Son père favorisait légèrement sa jambe gauche et il se demanda pourquoi. La meilleure façon de le découvrir serait de le demander à sa mère, mais si quelque chose allait mal, il attendrait que son père lui en parle. Peut-être que ce n'était rien.

Mon Dieu, faites que Père aille bien. Merde ! il ne voulait pas que le poids de l'entreprise familiale repose sur ses épaules.

William appela l'avocat de l'entreprise et lui demanda de le rejoindre dans la salle de conférence, où il négocia les détails de leur proposition. L'avocat lui proposa de présenter le marché, mais William était déterminé à aller jusqu'au bout par lui-même. À son avis, trop de choses avaient été faites par des intermédiaires, une discussion face à face était nécessaire.

Lorsque la proposition fut finalisée, il descendit à l'atelier, où les dirigeants le retrouvèrent à la porte. En moins d'une heure, il avait un accord de principe qui fonctionnerait pour tout le monde et il en parla avec son père.

— Mais c'est essentiellement ce que j'ai offert il y a deux semaines ! s'écria son père.

Il leva les yeux au ciel et s'assit, d'un air las, à son bureau.

William regarda la pièce lambrissée qui n'avait pas changé depuis que son grand-père occupait les lieux. Il l'avait toujours détestée. Elle était lourde et oppressante, avec seulement deux fenêtres pour laisser passer la lumière. Son grand-père disait qu'il avait créé ce bureau pour impressionner les gens avec qui il faisait affaire.

— Parfois, tout est dans la présentation. Je me suis assis avec eux et j'ai discuté. La principale différence est que nous leur avons donné un peu plus que les horaires qu'ils demandaient, mais ils ont accepté de payer un pourcentage un peu plus élevé pour leur cotisation d'assurance maladie. Alors, en fin de compte, pour l'entreprise, nous sommes à égalité et pour nous, cela signifie que les employés seront, à présent, plus investis pour garder les frais de santé au plus bas. J'ai aussi ajouté que, l'année prochaine, un représentant syndical siégera au conseil pour choisir le prestataire de soins.

— Mais…

— Père, cet élément de dépense est en train de nous tuer, ils doivent se rendre compte combien c'est coûteux. Alors peut-être accepteront-ils autre chose que le plan Cadillac que nous leur offrons déjà. Ils paieront 20 % de la cotisation et nous en paierons 80 %. Dans deux ans, ça passera à 25/75 et ils auront une voix dans les coûts, donc nos souhaits seront pris en compte, expliqua William en tendant les détails à son père.

— Quand est le vote ?

— Bientôt, et favorable si j'en juge par leur joie d'avoir un peu plus de contribution.

William se tourna pour quitter le bureau. Il était épuisé, mais heureux que cet épisode soit terminé.

— As-tu eu l'occasion de regarder la proposition pour les Yachts Howard ?

— Oui. Renvoyez-les à la vente et dites-leur de le revoir à la hausse. Nous livrerons les moteurs jusqu'à New York, ils peuvent prendre en charge le transport pour leur destination. Sinon, ils payent les frais d'expédition, plus 25 % pour nos efforts.

— Ce n'est pas comme ça que nous fonctionnons.

— Non. Mais ils accepteront. Ils achètent les moteurs à un prix plus raisonnable, car nous avons intégré les coûts, nous ne les perdrons pas en frais d'expédition.

Son père soupira.

— Voilà pourquoi je veux que tu prennes les commandes. Tu ne vois rien de mal à faire les choses différemment. Voilà pourquoi j'ai besoin de toi.

— Oui, Père, je sais.

William s'interrompit, la main sur la poignée de porte.

— Mais ne voyez-vous pas que tout le monde semble avoir besoin de moi ? Vous, au bureau. Mère veut que je l'aide avec son dîner de charité pour l'hôpital pour enfants de Hasbro, car c'est trop pour elle. Et Rachel vient vers moi dès qu'elle a un problème avec Mère parce qu'elle ne lui tiendra pas tête, donc je suis censé le faire. Je ne peux pas continuer à être celui vers qui tout le monde vient pour chaque problème dans leur vie. Quelque chose doit se passer et là, tout de suite, j'ai envie que tout le monde se débrouille seul et me laisse tranquille.

Il ouvrit la porte et quitta le bureau sans un regard en arrière, la claquant derrière lui. Il ne s'arrêta qu'une seconde devant le bureau de Linda.

— Restez éloignée un moment, à moins que vous ayez encore cette bouteille de scotch en cas d'urgence dans votre tiroir. Il va en avoir besoin.

William se dirigea vers son bureau, ferma la porte, et laissa ses appels basculer vers la boîte vocale tandis qu'il se tenait devant sa fenêtre, les yeux fixés sur la ville au loin. Il aimait cet espace. Les fenêtres étaient plus grandes et beaucoup plus lumineuses. La neige commençait à tomber. Il ferma les yeux, rêvant de soleil sur son visage et de brise chaude autour de lui. Il voulait – non, avait besoin – de vacances. Cela faisait un certain temps. Durant ses congés d'hiver, il allait habituellement en Floride et passait une journée à pêcher, mais il avait hésité à appeler Mike.

Oh, il en avait envie, ce n'était pas le problème. Seulement, il ne savait pas ce que ressentait Mike après la façon dont ils s'étaient quittés. Oui, ils s'étaient séparés en bons termes et Mike lui avait terriblement manqué pendant des semaines, mais ce sentiment s'était quelque peu estompé. Et si Mike ne ressentait pas la même chose et avait avancé tandis que lui s'était accroché plus qu'il n'aurait probablement dû ? Il était lâche, il le savait.

Il récupéra son téléphone, chercha le numéro et passa l'appel, puis il attendit une réponse. Ce qu'il obtint fut la boîte vocale. Il laissa un message et raccrocha. Si Mike ne le rappelait pas, il aurait au moins sa réponse.

Il se tourna au léger coup sur la porte, mais Linda passa la tête dans l'encadrement avant qu'il puisse répondre.

— Votre père souhaite vous voir.

William secoua la tête.

— Dites-lui que j'ai des réunions toute la journée. Bon sang, dites-lui n'importe quoi, mais je veux qu'on me laisse seul.

La porte s'ouvrit et son père passa devant Linda et entra. Elle recula et referma.

— Je t'ai élevé mieux que ça.

William secoua la tête.

— En fait, les nounous l'ont fait.

Il y avait un air de déjà-vu.

— J'ai besoin de temps pour réfléchir et j'ai envie de vacances.

Peut-être deux semaines de sable et de plaisir le feraient se sentir mieux.

— Parfait, répliqua son père et William dut s'assurer qu'il avait bien entendu. Avant que tu piques ta crise, j'étais sur le point de te dire que j'avais reçu un appel de Winston Cunningham. Le *Vargo* est amarré à St Martin et il a commandé et installé l'un de nos nouveaux moteurs. Il trouvait que son yacht n'était pas assez puissant, alors il a fait une folie. Quoi qu'il en soit, il a appelé, car il veut qu'une personne de l'entreprise vienne mettre les moteurs à l'épreuve durant quelques semaines.

William en resta bouche bée.

— Vous vous moquez de moi ?

— Non. J'ai pensé que tu serais un bon candidat pour le poste et que le bateau serait pour toi. Le seul hic, c'est que son capitaine a attrapé la malaria. Une saleté. Apparemment, il effectuait une opération de secours en Haïti et a été contaminé, en dépit du fait qu'il soit vacciné. Je me demandais si tu connaissais quelqu'un de qualifié pour le piloter pour lui. Il est prêt à payer à un taux raisonnable.

— D'accord.

Un sentiment de joie le traversa.

— Si je trouve quelqu'un qui répondra à l'approbation de Winston…

— Le navire sera à toi pour deux semaines, à titre gratuit. Tout ce que tu as à faire est de t'assurer qu'il fonctionne comme il le devrait, poursuivit son père en souriant. Maintenant, est-ce que ça te convient comme vacances ? En plus de t'éloigner de ta mère et de ta sœur pendant un moment ?

William soupira, souriant.

— Exactement ce dont j'avais besoin.

— Bien. Il veut que tu y sois dans une semaine, je pense que ça devrait correspondre à ton planning ici.

William se leva et contourna son bureau pour étreindre son père. Ce n'était pas quelque chose qu'ils faisaient habituellement et il sentit son père hésiter avant de refermer ses bras autour de lui, le serrant doucement.

— J'espère juste que ta mère n'en aura pas vent ou elle voudra se joindre à toi.

— Oh mon Dieu ! grogna-t-il. N'a-t-elle pas au moins six événements auxquels se rendre ?

— Si.

Son père semblait content et William commença à se dire que le mariage de ses parents avait duré aussi longtemps, car sa mère était suffisamment occupée pour accorder à son père un peu de paix de temps à autre.

— Maintenant, mets-toi au travail et vois si tu peux trouver un capitaine qualifié.

— Je m'y mets tout de suite.

Il relâcha son père et le regarda partir, toujours inquiet au sujet de sa jambe. Il se mit à la tâche et était sur le point de passer quelques appels, quand son téléphone sonna. C'était Mike et une idée germa.

— J'ai eu ton message. Est-ce que tu viens ?

Il y avait une pointe d'excitation dans la voix de Mike qui fit accélérer les battements de son cœur.

— Oui. J'appelais pour voir si tu étais disponible. Mais autre chose s'est présenté. Connais-tu quelqu'un qui sait piloter un yacht ? demanda-t-il avec un sourire.

Le gloussement moqueur qu'il reçut fut fort et clair.

— J'ai fait des visites en tant que navigateur et dans l'ingénierie sur des destroyers quand j'étais dans la Navy. Il est gros ton yacht ?

William sourit.

— À peu près cent dix pieds.

— OK. Je pense que je peux gérer. J'ai été contacté pour piloter des bateaux plus gros quand les gens étaient dans la galère ici et j'ai conservé mon attestation des garde-côtes.

— Génial !

Ça avait été incroyablement facile.

— Alors, j'ai une proposition pour toi. Je vais te donner le nom du propriétaire afin que tu lui parles. Penses-y comme un entretien d'embauche. S'il est d'accord, je t'enverrai un billet pour St Martin dans une semaine. En gros, notre tâche sera de contrôler les nouveaux moteurs que mon entreprise a installés et le *Vargo* sera à nous pour deux semaines.

Il était si excité qu'il aurait pu éclater de rire.

Mike, cependant, hésitait.

— Et pour Carrie ?

— Emmène-la. Je sais qu'elle va manquer l'école, mais ce sera éducatif pour elle. Peut-être pourra-t-elle écrire un exposé sur le voyage. Nous aurons du travail, mais essentiellement, le bateau sera à nous, nous pourrons aller où nous voulons et faire ce qui nous plaît.

Cette idée était terriblement excitante.

— Tout ce que tu as à faire est de faire bonne impression à Winston.

— Je ferai de mon mieux. Mais qu'en est-il des charters ?

— Si tu penses ne pas pouvoir le faire, ce n'est pas grave. Mais tu seras payé deux mille dollars par semaine pour être le capitaine temporaire du *Vargo*.

Il pensait que c'était juste, compte tenu de la gêne occasionnée.

— Je n'ai que quelques sorties de réservées. Il fait plus froid cette année et tout le monde veut du soleil et de la chaleur pour leurs vacances d'hiver.

— Eh bien, si tu peux m'aider avec ça, nous aurons deux semaines sous le soleil des Caraïbes, seuls sur un yacht luxueux.

Seigneur, cette idée faisait pulser son sang.

— Si tu en as envie, bien sûr.

— Évidemment. Quand j'ai reçu ton appel, j'espérais que tu allais venir quelques jours. Ce serait bien de te voir. Ça fait trop longtemps.

L'envie dans la voix de Mike fut suffisante pour faire faiblir ses genoux.

— C'est vrai. Presque six longs mois.

Il gardait espoir que Mike ressente la même chose. Six mois de tristesse à souhaiter être ailleurs. Six mois de solitude, même s'il vivait dans une maison avec cinq autres personnes. Six mois de froid et de souffrance à faire ce qu'il ne voulait pas faire, à être dans un endroit où il ne voulait pas être. Les murs de la demeure familiale et de son bureau semblaient se refermer sur lui un peu plus chaque jour.

— Je parlerai à cette personne et nous verrons à partir de là, dit Mike et William lui passa toutes les coordonnées.

Mike lui promit de le contacter dès qu'il aurait une réponse.

Lorsqu'ils mirent fin à l'appel, William arborait un sourire lumineux, empli de bonheur pour la première fois depuis longtemps. L'horizon s'éclaircissait et les choses étaient peut-être sur la bonne voie... pour deux semaines, du moins. Il pourrait recommencer à s'inquiéter quand il aurait eu deux semaines de soleil, de sable, de chaleur, à se reconnecter avec la personne qu'il aurait aimé ne jamais laisser partir.

TOUT SE mit en place rapidement. William acheta les billets d'avion et passa la semaine à faire ses valises et s'assurer que tout était réglé au travail pour son père.

— Je ne peux pas croire que tu abandonnes ton père pendant deux semaines, dit sa mère en entrant en coup de vent dans la maison familiale tandis qu'il finissait ses bagages.

— Vous savez, Mère...

Il ferma son sac, puis le posa au sol.

— Je suis fatigué de tout cela, continua-t-il en se tournant pour lui faire face.

Il était temps de prendre les choses en main.

— Vous êtes ma mère et je vous aime, mais je ne vous permettrai pas de gâcher ma vie plus longtemps. Lorsque je reviendrai, je m'achèterai ma propre maison. Je pense qu'une certaine distance entre nous est justifiée.

Il restait calme, ne haussait pas la voix.

— Je vais également utiliser ce temps pour évaluer où va ma vie et ce que j'ai envie de faire.

— Dans quel but ? demanda-t-elle, son regard se durcissant.

— Je déteste mon travail, je ne veux plus le faire. Il est terne et ennuyeux. Je veux mon propre défi.

— Et si ton père prend sa retraite ? Qui prendra la relève ? s'écria-t-elle.

William soupira.

— Dans la situation actuelle, si Père prenait sa retraite, je prendrais le contrôle et mettrais immédiatement tout en vente. J'ai besoin de temps pour décider de ce que je veux faire au lieu que vous me disiez ce que j'ai à faire.

Il se rapprocha d'un pas.

— Maintenant, reculez.

Elle ne savait clairement pas quoi faire de cette information et semblait se rendre compte qu'elle l'avait poussé un peu trop loin. Elle leva les bras en un geste apaisant.

— Prends le temps, mais cette entreprise à laquelle tu penses si peu a payé tes études et tout ce que possède ta famille.

— Je le sais.

Il avait besoin de ralentir. L'épuisement et les demandes de sa famille étaient à l'origine du rapprochement des murs autour de lui.

— Alors, donne-moi du temps. J'ai tout arrangé et Père pourra m'appeler s'il en ressent le besoin. D'ailleurs, c'est un voyage d'affaires pour un client.

— Deux semaines sur un yacht, rétorqua-t-elle en levant les yeux au ciel et baissant les bras.

— Je vérifie les moteurs d'un client.

— Ton père et moi pourrions peut-être nous joindre à toi…

William leva les mains et secoua la tête, la panique enflant en lui.

— Non. Si Père et toi vous voulez des vacances, prenez-en. J'ai besoin de ce temps pour moi.

C'était sa mère qui le rendait fou.

— D'ailleurs, dès que nous aurons quitté St Martin, le plan est de passer un maximum de temps en mer, à moins qu'il y ait un problème.

— Tu vas passer deux semaines seul ?

Bien sûr, elle ne comptait pas le personnel et l'équipage qui seraient à bord.

— Tout se passera bien, répondit-il en l'embrassant sur la joue. J'en ai besoin et quand je reviendrai, vous, Père et moi aurons une discussion sur ce que je veux faire.

Elle quitta la pièce et William finit ses préparatifs et alla se coucher. Il devait se lever tôt le lendemain matin.

SON AVION atterrit sur l'île peu avant midi. William se retrouva dans un autre monde. Le soleil brillait, irradiant tout sur son passage, les palmiers

103

se balançaient dans la brise tropicale et, peu après, il monta dans un taxi qui prit le chemin du port, du côté néerlandais de l'île.

William regardait par la vitre tandis qu'ils parcouraient la rue principale de la ville, les touristes déambulant de boutique en boutique, tout le monde arborant les vives couleurs des tropiques. Il se sentait déjà plus léger, plus heureux. Le taxi se gara dans la marina et William sortit, paya le chauffeur et s'approcha de l'entrée. Il montra sa carte d'identité et fut escorté jusqu'au *Vargo*. Le bateau brillait sous le soleil, élégant et sophistiqué. Il était beau. Puis l'un des membres de l'équipage se précipita à sa rencontre.

— Nous aurions pu aller vous chercher à l'aéroport, dit-elle en soulevant ses bagages et les montant à bord. Je suis Antoinette, votre steward. Permettez-moi de vous montrer la cabine principale.

— Excellent. Notre capitaine est-il arrivé ?

— Il a appelé ce matin pour dire que son vol avait été retardé, il devrait arriver vers quatorze heures. Je lui ai préparé une chambre dans les quartiers de l'équipage. J'ai aussi cru comprendre qu'il venait avec sa fille. Je pourrais les installer dans les quartiers du capitaine, mais…

— Inutile de déplacer les affaires du capitaine. Installez le capitaine Mike dans l'une des suites invités et sa fille dans celle ou une fillette de dix ans se sentirait le mieux. Mike et moi sommes de vieux amis.

Il se dit que c'était suffisant comme explication. Vu combien les quartiers du bateau étaient proches, il se doutait que les secrets ne tiendraient pas très longtemps.

— Parfait !

Elle le conduisit vers un pont, puis dans une spacieuse cabine avec un lit king-size. L'endroit était un modèle d'efficacité.

— Ce n'est pas nécessaire, si vous avez autre chose à faire… commença-t-il, mais c'était son travail, alors il la laissa faire. Merci.

Il se promena sur le pont principal, avec son salon, sa salle à manger ouverte près de la poupe qui donnait sur une terrasse avec des chaises longues et des coussins qui criaient le luxe en haute mer. La décoration était splendide, avec des bois riches et un bar avec des verres en cristal. William était sûr de ne pas vouloir partir à la fin des deux semaines.

— Voulez-vous déjeuner ? demanda Antoinette, un peu plus tard.

— Ce serait bien, mais seulement si vous et les autres vous joignez à moi.

Il ne désirait pas être formel. Il avait besoin de se souvenir qu'il était là pour contrôler les moteurs. Oui, c'était des vacances pour lui, mais il avait aussi un job à faire. J'aimerais passer en revue les plans pour les deux prochaines semaines.

— Très bien. Je vais le dire aux autres.

Elle repartit et ramena le déjeuner. Le chef, comme les autres membres de l'équipage, s'assit et fit les présentations.

— Je suis Rodrigo, votre chef. Faites-moi savoir si vous aimeriez manger quelque chose de spécial. Voici Anna – votre gouvernante.

— Elle aidera à s'occuper de la fille du capitaine, précisa Antoinette. Philippe est le second, il travaillera avec le capitaine quand il arrivera.

— Ravi de tous vous rencontrer. Je suis William Westmoreland. Comme vous le savez, de nouveaux moteurs ont été installés et Winston m'a demandé de vérifier leur fonctionnement durant les prochaines semaines. Alors, oui, je suis aussi un membre de la famille.

— Alors, c'est business et plaisir ? demanda Rodrigo.

— Oui, mais j'aime que les choses soient informelles.

Il fit passer les plats autour de la table, s'assurant que les autres se servaient avant de prendre une portion. Le poisson était incroyable et il poussa un léger gémissement, ce qui fit sourire Rodrigo.

— Le capitaine est un ami à moi, il vient m'aider. Apportez-lui toute l'aide possible, s'il vous plaît.

— Quels sont vos plans ?

— Winston m'a spécifiquement dit qu'il y avait des postes d'amarrage ouverts pour lui à St Martin et à Antigua, ainsi que la plupart des autres îles disponibles avec cet arrangement préalable, alors, je pensais que nous pourrions naviguer jusqu'à St Thomas demain pour vérifier les spécifications techniques des moteurs et nous assurer qu'ils fonctionnent correctement avant de faire une croisière plus longue vers Antigua. Nous y resterons quelques jours et nous reviendrons ici à la fin des deux semaines. Je veux y aller tranquillement, mais je veux aussi mettre les moteurs à l'épreuve.

— Voudriez-vous plonger ? demanda Antoinette. Je suis instructeur certifié.

— Ce serait super. J'adorerais apprendre et je pense que Mike et Carrie aussi.

Winston lui avait clairement fait comprendre qu'en retour pour son aide, toutes les commodités du yacht lui étaient accessibles et qu'il devait en profiter.

— Nous improviserons à partir de là. Je sais que vous êtes tous bons dans votre travail, Winston a dit du bien de chacun d'entre vous.

— Merci, répondit Philippe, avec un léger accent français.

— Si vous avez des questions, n'hésitez pas à me les poser.

Il n'y en eut pas pour le moment, alors William mangea son repas. La conversation fut timide, William imaginait que c'était, car l'équipage ne savait pas ce qu'il pouvait dire devant lui.

— Depuis combien de temps êtes-vous à St Martin ?

— Environ un mois, répondit Philippe. Les anciens moteurs nous posaient des problèmes et Mr Cunningham a commandé les nouveaux et les a fait monter ici. Le travail a été effectué dans un chantier naval de l'autre côté de l'île. Depuis, nous avons démarré les moteurs, mais principalement, nous sommes restés à quai pour vous attendre. Le contrôle aurait été complet si le capitaine n'était pas tombé malade.

— Comment va-t-il ?

— Très bien, à ce que l'on nous a dit, il espère être de retour dans quelques semaines.

— Génial !

William se leva et quand les autres firent mine de l'imiter, il leur fit signe de rester assis.

— Je dois m'occuper de certaines choses, profitez du repas.

Les longues heures de la semaine passée et son vol de bonne heure le rattrapaient. Il descendit à sa cabine, qui était propre comme un sou neuf. Puis il s'allongea, écoutant à travers le hublot ouvert le bruit des oiseaux et des vagues contre la coque, s'endormant en quelques minutes.

Un peu plus tard, un léger coup le réveilla.

— Monsieur, le capitaine a appelé depuis l'aéroport. Philippe est parti le chercher avec sa fille. Ils seront là dans dix minutes.

— Merci, Antoinette, répondit William en se frottant les yeux et se redressant.

Il s'étira et quitta sa cabine, montant sur le pont afin de voir Mike le plus tôt possible.

Mike était beau tandis qu'il marchait le long du quai, tenant la main de Carrie. William sourit et agita la main, s'attirant un sourire de Mike et un bond excité de la part de Carrie. Il alla à leur rencontre sur la passerelle et Carrie lui fit un câlin pour lui dire bonjour, regardant partout autour d'elle.

— Papa, pouvons-nous en avoir un comme ça ?

— Chérie, la mit en garde Mike, puis il se tourna vers lui dès qu'il monta à bord. Comment vas-tu, William ?

William avait désespérément envie de lui montrer à quel point il allait bien en le prenant dans ses bras et l'embrassant comme un fou.

— Je vais très bien, maintenant que Carrie et toi êtes là. Laisse-moi te montrer où vous allez séjourner.

Antoinette avait déjà pris leurs bagages, alors William ouvrit la voie et montra d'abord sa cabine à Carrie.

— C'est pour moi ? demanda-t-elle en entrant. Elle est plus grande que ma chambre à la maison. Papa avait dit que nos cabines seraient petites et feraient partie des quartiers de l'équipage.

— Non. Vous êtes mes invités et ton papa est le capitaine, tout autant que mon invité, alors vous séjournerez ici.

L'expression sur leurs visages fut inestimable.

— Anna est la gouvernante à bord, elle s'occupera de toi. Elle rangera tes affaires et t'aidera si tu as besoin de quoi que ce soit, d'accord ?

— D'accord ! s'écria Carrie en souriant et William n'eut aucun mal à l'imaginer en princesse.

— Mike, tu es par ici.

Il descendit la passerelle jusqu'à la cabine suivante, ouvrit la porte, et ils entrèrent. William referma la porte et n'attendit pas plus longtemps pour satisfaire l'envie qui le taraudait depuis des mois.

— Merde, tu m'as manqué.

Il embrassa Mike et manqua de jouir dans son pantalon lorsque celui-ci referma ses bras autour de lui.

— Deux semaines…

— Oui.

William fut tenté de le pousser sur le lit et de commencer à le débarrasser de ses vêtements, mais, avec Carrie à proximité, ce n'était pas le moment.

— Cette porte mène à ma cabine, alors j'espère que tu utiliseras ton lit autant que celui-là, dit-il en ouvrant la porte menant à la luxueuse cabine de maître.

— As-tu planifié tout ça ?

— Bien sûr que oui. Je t'ai appelé, répondit-il en souriant.

— Je veux dire, as-tu loué ce yacht ? demanda Mike en plissant les yeux.

William secoua la tête.

— J'ai de l'argent, oui. Mais louer ceci pour deux semaines coûte environ vingt-cinq mille dollars la semaine, répliqua-t-il en haussant les sourcils.

— Oh. Donc, ce n'est qu'un stratagème pour me mettre dans ton lit.

William éclata de rire.

— Chéri. C'est exactement ça. Je t'ai pour moi pour deux semaines entières. Il y aura certaines choses que nous aurons à faire, comme vérifier les moteurs et j'ai des personnes en numérotation abrégée s'il y a le moindre problème. Mais quand mon père m'a proposé cette mission pour me permettre de m'éloigner et qu'ils ont dit qu'ils avaient besoin d'un capitaine, la première et seule personne à qui j'ai pensé c'est toi.

— Et si je n'avais pas pu piloter ce vilain garçon ?

— Alors, j'aurai trouvé quelqu'un d'autre, et Carrie et toi auriez été mes invités, comme tu l'es maintenant. Tu m'as manqué, et pas seulement à cause de ce que nous faisons dans la chambre, dit William en caressant sa joue mal rasée.

— Tu es sûr de ça ? Un homme comme toi, intelligent, mondain…

William lui lança un regard noir.

— Ne le dit même pas. D'accord ? Tu es tellement plus que le peu de crédit que tu te donnes.

William l'embrassa à nouveau et ce fut comme rentrer à la maison.

Mike l'étreignit un peu plus fort et, quand il ne put plus respirer, William posa la tête sur son épaule, cherchant un peu d'air.

— Je ne t'ai jamais vu aussi tendu, lui chuchota Mike à l'oreille et William hocha la tête. La famille ?

— C'est un tout. J'aime être sur l'eau et ici. J'en adore chaque seconde. Mais ma famille veut me coincer dans un bureau et ces satanés murs se referment autour de moi. Je ne suis pas mon père, pourtant c'est ce qu'ils veulent que je sois.

— Est-ce que quelqu'un le comprend ? demanda Mike.

— Je pense que mon père commence à le comprendre, acquiesça William.

Mike se raidit lorsqu'il entendit Carrie l'appeler et William inspira profondément avant de s'écarter.

— Je vais aller retrouver l'équipage, nous allons mettre en place les plans pour les tests moteurs, dit Mike.

— D'accord. Philippe connaît le plan d'ensemble. Je lui en ai parlé au déjeuner.

— Bien. Je vais jeter un œil aux moteurs et tout vérifier. Nous serons prêts à partir demain.

— D'accord. Et tu auras beaucoup de temps pour sortir ce bébé et voir comment il se comporte.

Mike recula, retourna à sa cabine, et ferma la porte. Un instant plus tard, William l'entendit discuter avec Carrie à travers la porte communicante, puis tout devint silencieux.

William devait relâcher un peu de pression et il n'y avait qu'un seul moyen de le faire. Il avait besoin de temps dehors, sous le soleil et la brise, mais ça allait devoir attendre. Seigneur, ce dont il avait besoin était de bras forts et d'un large torse plaqué contre le sien, mais ça aussi, ça allait devoir attendre. Comme bon nombre de fois auparavant, il allait devoir attendre que les bonnes choses se présentent à lui.

VIII

MIKE PASSA une grande partie de la journée avec l'équipage, en particulier Philippe, qui était extrêmement compétent. Ils passèrent en revue les procédures du yacht, ainsi que tous les contrôles.

— Vous pensez vraiment pouvoir gérer cela ? demanda Philippe quand ils eurent terminé, sans aucune chaleur dans la voix.

— Oui. J'ai dirigé un destroyer. C'était différent, bien sûr, mais j'ai l'habitude de faire entrer un gros bateau dans un petit espace. Demain matin, nous sortirons ce garçon d'ici, lentement et facilement.

— Je n'en doute pas, acquiesça Philippe.

Ils quittèrent le pont et Mike descendit dans la salle des machines. Les moteurs diesel luisaient alors qu'il les vérifiait, à la recherche du moindre problème. Tout était d'une propreté éclatante, sans coulure ou fuite en tout genre. C'était bon signe. De retour sur le pont, il les démarra et les laissa tourner au ralenti, puis il redescendit et écouta. Ils ronronnaient comme un chat. Un problème, s'il devait y en avoir, arriverait en pleine mer. Il les coupa et ferma le pont.

— Tout va bien ? demanda William quand Mike le rejoignit dans le salon, où lui et Carrie jouaient au Uno, au vu de la pile de cartes.

Carrie courut vers lui pour un câlin puis retourna rapidement à la table.

— Oui. Nous serons prêts à partir demain matin. La capitainerie a été informée.

— Mr William a dit que nous aurions du poulet pour le dîner, l'informa Carrie.

— Oui, chérie. Il semblerait, mais ce n'est pas le poulet grillé de ta grand-mère, répliqua-t-il en lui ébouriffant les cheveux.

— Non. Apparemment, Rodrigo a décidé d'essayer de nous impressionner. Je lui ai dit de faire un repas dans le style familial et que nous mangerions tous ici. Il y a beaucoup de place et je commence à en avoir assez de toute cette prétention que je supporte, expliqua William.

— Je vois, répondit Mike en tirant une chaise.

— Il y a énormément de boissons au bar. Fais-toi plaisir puisque tu ne conduis pas.

— Papa, est-ce que je peux aller dans le jacuzzi ? Mr William a dit que je devais attendre que tu aies fini.

Elle fit cette moue qui lui garantissait habituellement d'obtenir ce qu'elle voulait.

— Va mettre ton maillot de bain et tu pourras y aller. Je viendrai avec toi.

Il aimait sa fille à la folie. Il la regarda monter les escaliers en courant et se précipiter vers sa cabine, le jeu de cartes oublié.

— C'est quelque chose.

Il lui fallut un instant pour réaliser que William parlait de Carrie, il n'avait pas détourné le regard de lui.

— T'ai-je dit que tu m'avais manqué ? poursuivit William en lui prenant la main.

Il ne la lâcha pas quand Antoinette se racla la gorge.

— Je vous ai monté une bouteille de champagne que j'ai mise au réfrigérateur, annonça-t-elle en prenant une jolie teinte de rose.

Mike ne s'écarta pas non plus. Il imaginait que dans des quartiers si proches, il ne pouvait pas y avoir de secrets. Mais il n'était pas prêt à ce que Carrie le découvre. Il n'était pas certain de la façon dont elle le prendrait et il ne voulait vraiment pas faire face à ce drame particulier pour l'instant.

— Ça me paraît bien, répondit William en le libérant et se levant, quittant la table pour aller se servir un verre au bar. Merci pour votre aide plus tôt.

— De rien.

Elle se tourna pour partir, puis hésita.

— Sur ce bateau, c'est comme à Vegas. Ce qui se passe ici reste ici.

— Qu'as-tu prévu pour ce voyage, à part vérifier les moteurs ? demanda Mike.

— Antoinette est monitrice de plongée, alors si Carrie et toi le voulez, elle pourra nous donner des leçons. Antigua possède de beaux endroits pour plonger, d'après ce que j'ai entendu, et Winston a tout l'équipement dont nous avons besoin. Il y a aussi deux jet skis dans le compartiment arrière, ainsi qu'un hors-bord pour les excursions et on m'a dit d'en faire bon usage.

Mike fronça les sourcils.

— Pourquoi ?

111

— Le propriétaire du yacht est un vieil ami de mon père. Ils étaient à l'école préparatoire ensemble, à l'âge de pierre, et quand Winston a décidé de remplacer les moteurs, mon père lui a fait un prix d'ami. Je pense que lorsqu'ils ont discuté, ils ont réalisé que Winston avait besoin de quelqu'un pour vérifier les moteurs et que j'avais besoin de vacances. Un mariage au paradis pour mon père, car j'ai été grognon pendant des semaines.

— Oh ?

— Oui. C'est l'hiver, il fait froid, il n'y a pas de soleil et tu ne vis pas à Providence.

Cet aveu surprit un peu Mike.

— Je pensais... eh bien, quand tu es parti, je pensais que tu avais oublié ce qui s'était passé.

— Papa, cria Carrie en entrant en trombe dans son maillot de bain une-pièce rose. Tu peux regarder, s'il te plaît ?

Elle se tourna et Mike s'assura que ses lanières n'étaient pas emmêlées.

— Allons paresser, dit William en récupérant son verre.

Il les conduisit sur la plate-forme, avec son jacuzzi et ses chaises longues qui l'entouraient. Il mit les jets en route et Carrie s'immergea lentement tandis qu'ils s'asseyaient.

— Vous pouvez venir aussi, laissa-t-elle entendre, mais pas très efficacement.

— Ça ira, répondit Mike.

Le soleil et la brise chaude étaient incroyables.

— Il faisait froid à la maison.

— Je parie que je te bats. Quand je suis parti, il y avait presque trois centimètres de neige au sol.

Mike frissonna rien que d'y penser.

— Le plus froid que j'ai connu, c'est quand j'ai traversé le Cap en Afrique alors que c'était l'été ici. Seigneur, il faisait froid, c'était éprouvant. La moitié des marins, plus expérimentés, sont tombés malades.

Il n'avait pas envie de revivre cette époque. Elle le ramenait toujours aux souvenirs de Benny et comment ils s'étaient blottis l'un contre l'autre dans leur cabine, attendant que la chaleur revienne. Il ne voulait assurément pas revivre cela.

— Quand j'étais enfant, mon père a décidé de m'emmener chasser. Je ne savais pas pourquoi, mais il était déterminé. Peut-être voulait-il faire de moi un homme ou s'était-il mis en tête que nous devions passer du temps ensemble.

Mike remarqua que le bain à remous avait cessé de fonctionner et que Carrie était accrochée au bord, les écoutant.

— Mon père et moi avions cette tente qu'il avait achetée, ainsi que des sacs de couchage et une lampe torche. Nous avons monté la tente et mon père nous a conduits dans les bois, où nous avons passé des heures assis contre un arbre à attendre un cerf qui ne s'est jamais montré. À la fin de la journée, nous avions froid, nous étions trempés. Mon père a décidé que c'était assez et nous sommes revenus à la tente où il a allumé un feu. Le truc, c'était que mon père pensait que nous aurions tué quelque chose – peut-être des steaks du supermarché, je ne sais pas.

Il gloussa, mais ce fut un rire sans humour.

— Il n'avait pas amené assez de nourriture et nous avions presque tout mangé durant le déjeuner. Alors nous avons avalé ce qu'il nous restait et nous sommes partis nous coucher. Il faisait froid et, pendant la nuit, il a neigé et le vent s'est levé, soufflant tout autour de nous. Nous avons eu du mal à garder la tente fermée, car elle faisait face à la mauvaise direction et le vent soufflait contre la porte. Finalement, nous avons renoncé et nous sommes retournés dans la voiture avec nos sacs de couchage et la lampe. La tente s'est envolée – le vent l'a soulevée et elle a atterri dans un arbre, dès lors que nous n'étions plus dedans pour la maintenir. Mon père était horrifié. Il a déverrouillé la voiture et m'a pratiquement poussé sur la banquette arrière, où je me suis allongé dans mon sac de couchage, tremblant comme un fou. Il a démarré le moteur et allumé le chauffage et, quand la voiture fut chaude, il l'a coupé et a baissé son siège. Je me souviens m'être endormi, mais je doute que mon père l'ait fait.

— Tu as gelé ?

— Non. Mais au matin, la voiture était à moitié enterrée et mon père et moi avons dû creuser avant de pouvoir regagner la ville la plus proche, où nous nous sommes traînés dans un restaurant et où nous avons mangé comme des affamés. Il n'a jamais essayé de me refaire chasser après ça. Merde, je crois que la fois suivante où il a décidé que nous avions besoin de faire des choses ensemble, nous avons fini dans le sud de la France et il faisait au moins trente degrés. Je crois que c'était plus sûr. Depuis ce jour, je déteste l'hiver, je suis toujours heureux quand il prend fin.

— C'est pour ça que vous venez en Floride ? demanda Carrie.

— Oui. Je veux passer mes vacances dans un endroit chaud.

Il ralluma les jets et Carrie se réinstalla dans le jacuzzi, puis ils se détendirent jusqu'à ce que ce soit l'heure de dîner.

Lorsqu'ils arrivèrent, le repas était déjà sur la table et la pièce sentait divinement bon les épices des Caraïbes, le poulet, les fruits frais et les légumes entassés dans les saladiers. William alla chercher la bouteille de champagne, fit sauter le bouchon et les servit. Carrie eut un jus de pomme dans une flûte à champagne et tout le monde prit place autour de la table.

Mike avait déjà travaillé sur un yacht plusieurs fois, mais aucun comme celui-ci. Le personnel et les propriétaires n'interagissaient que dans le cadre des fonctions du personnel. L'équipage ne mangeait pas à table et ils utilisaient rarement, voire jamais, les équipements du bateau. Il observa à nouveau William, cette fois comme l'homme gentil et partageur qu'il savait qu'il était, voyant que cela s'étendait aux personnes qu'il connaissait à peine.

— Merci pour ce merveilleux repas, dit William en levant son verre.

— Non, merci à vous, rétorqua Antoinette tandis que tout le monde prenait une gorgée et retournait à leur repas.

Mike regarda tout le monde, surtout William, durant le repas et il sentit son cœur s'ouvrir à nouveau. Lorsqu'il était parti, Mike n'était pas certain de pouvoir à nouveau faire face à tout cela. Il avait laissé William entrer dans son cœur, puis il était reparti. Il savait que William devait rentrer – c'était un choix logique –, mais la logique n'avait rien à voir avec toutes les nuits où il était resté éveillé à se demander s'il le reverrait ou si c'était la fin. Il avait continué sa vie et les choses étaient revenues à la normale. Oui, William lui manquait, mais aller de l'avant était pour le mieux. Puis il y avait eu cet appel. À présent, il était dans les Caraïbes, assis face à William à table, se demandant si les choses allaient être différentes cette fois.

Il sortit de sa rêverie lorsque le poulet lui fut passé. Il en prit un bout et passa le plat, puis aida avec les légumes et commença à manger. La conversation se poursuivit autour de lui, mais il était bien trop pris par ses propres pensées pour y porter attention. Il ne voulait pas être grossier, mais sa concentration était ailleurs.

— Nous quitterons le port à neuf heures, annonça-t-il lorsque le repas toucha à sa fin.

Tout le monde répondit que ce ne serait pas un problème. L'équipage remercia William pour son hospitalité et débarrassa la table avant de retourner à leurs tâches.

— Je vais effectuer une dernière vérification pour la nuit.

— Carrie peut rester avec moi, lui répondit William en tendant la main vers le plateau de cartes.

Il le tendit à la fillette et, lorsque Mike quitta le salon, elle les échangeait contre un jeu de guerre.

Mike monta sur le pont et regarda le quai, puis en direction de la mer, au-delà de la baie. Le reste de l'équipage vaquait à leurs occupations et Mike fixait... réfléchissait... heureux d'avoir la chance d'être seul.

— Qu'est-ce qui te rend si pensif ? demanda William derrière lui.

Mike regarda sa montre, réalisant combien il était tard. Il avait complètement perdu le fil de temps.

— Où est Carrie ?

— Elle lit dans sa cabine. Je crois que je ne suis pas un très bon adversaire. Elle m'a battu trois parties de suite, expliqua William en passant ses bras autour de lui. Je suis désolé de ne pas t'avoir appelé plus souvent.

— Je crois que ça s'applique pour nous deux. Seulement, je ne savais pas quoi dire, où nous en étions, il était plus facile de laisser tomber et... je suppose que c'était la même chose pour toi. Stupide, n'est-ce pas ? Nous sommes adultes, et pourtant, nous ne semblons pas capables de communiquer.

— Oui. Je suppose que parler n'est pas ce que nous faisons le mieux, répondit William en glissant ses mains sous son tee-shirt. Parfois, des choses se passent. Mais tu m'as manqué, je pensais tout le temps à toi. Je crois que c'est en partie pourquoi j'étais si tendu.

— Manque de sexe ? demanda Mike.

Il s'était souvent demandé si c'était tout ce qu'il y avait entre eux. Ce n'était pas comme ça de son côté. Bon sang, si c'était le cas, les choses seraient plus faciles entre eux.

— Tu m'as manqué, dit William en suçant la base de son cou. Viens. Si tu as fini, tu devrais mettre Carrie au lit. Nous avons une grosse journée demain.

Il tendit la main à Mike et ils quittèrent le pont, descendant vers les cabines. William dit bonne nuit à Carrie, lorsque Mike ouvrit sa porte, puis continua son chemin.

Mike s'assura que sa fille était confortablement installée avant de se rendre dans sa cabine et de se préparer à se coucher. Il avait une décision à prendre. William était de l'autre côté de la porte de laquelle ne semblait pas pouvoir détacher le regard. Une part de lui voulait la franchir et le rejoindre.

William avait clairement affiché ses souhaits quand ils étaient arrivés et étaient montés sur le pont. Mais Mike n'était pas certain que ce soit la bonne chose à faire. Lui dire au revoir la dernière fois avait été terriblement difficile, il ne savait pas s'il pourrait revivre cela.

Mike se déshabilla et se glissa sous les draps doux, les yeux fixés sur la porte, se demandant si William allait le rejoindre et rendre sa décision beaucoup plus facile. Mais la porte resta close et Mike continua à la fixer tandis que son corps lui faisait mal et que son esprit s'embrumait de désir.

Il était là, sur un yacht en tant qu'invité/capitaine de William, ils avaient deux semaines ensemble, et il était allongé dans sa cabine, se demandant s'il devait le rejoindre. Mike devenait fou. Ils étaient adultes et, pendant presque six mois, il s'était demandé quand, et si, il sentirait à nouveau les mains de William sur son torse, ou s'il ressentirait sa chaleur musquée et profiterait du goût de ses lèvres exigeantes. Tout ce qu'il désirait était à présent si proche et, pourtant, il hésitait.

Il repoussa les draps et se leva alors que la porte communicante s'ouvrait et que William se tenait dans l'encadrement. Il ne dit rien, il était juste lui, incroyable et délicieux. Mike s'avança vers lui, ayant décidé que ce moment à tenir et aimer William valait les mois de solitude qui allaient assurément suivre. Il devait prendre le bonheur là où il se trouvait, dans l'instant, et il avait deux semaines devant lui.

William alla à sa rencontre, lui prenant la main et le guidant vers le grand lit.

— On dirait la première fois.

Les jambes de Mike heurtèrent le matelas tandis que les lèvres de William se posaient sur les siennes et que ses bras forts s'enroulaient avec possessivité autour de lui. William avait tiré les rideaux, alors, avec la porte de la cabine fermée, ils étaient coupés du monde. Ce n'était qu'eux deux et, sous l'attention de William, Mike eut l'impression d'être le centre de l'univers. C'était toujours le cas avec William, surtout quand ils étaient seuls… et même quand ils étaient en public. William le regardait, semblait l'adorer. L'attention, parfois à distance, était enivrante et être proche de sa chaleur, qui irradiait et l'entourait… c'était grisant.

— Je ne sais pas ce que tu attends de moi, dit Mike en déglutissant, tentant de ne pas mettre un frein, mais ayant besoin de comprendre ce que William attendait.

— Tout, mais seulement ce que tu es prêt à me donner. Je sais que nous n'avons que quelques jours et que tout redeviendra probablement comme c'était.

William le tenait par les épaules, ses doigts le réchauffant de l'intérieur.

— Autant je voudrais que ce soit différent, autant je ne vois pas de moyens de m'en sortir. Mon père vieillit et continue de dire qu'il veut que je prenne la direction.

— Est-ce ce que tu veux ? demanda Mike, restant immobile, se prélassant dans la chaleur de William comme un chat au soleil.

— Non.

William se pencha vers lui, la chaleur irradiant de son corps attirant Mike comme un aimant.

— Je veux ma propre vie, prendre mes propres décisions. J'ai toujours accepté ce que mon père voulait – je le sais. Je l'ai choisi, car je ne lui ai pas tenu tête quand j'étais plus jeune.

— Pourquoi ? demanda Mike en s'asseyant sur le lit.

— C'était plus facile ainsi, j'imaginais que j'avais besoin d'un travail et d'argent, alors j'ai travaillé pour la famille. C'était ce pour quoi j'avais été élevé. Mais je n'aime pas ça. Je crée des moteurs pour des bateaux et des yachts, pourtant je passe mes journées dans un bureau et je déteste ça.

— Que ferais-tu si tu le pouvais ? poursuivit Mike en levant les yeux et William réduit la distance entre eux.

— Je passerais mon temps à faire ce que tu fais. J'achèterais un bateau et j'emmènerais les gens pêcher ou faire de la plongée en apnée si j'étais sur une île. J'aime l'eau, je l'ai toujours aimée.

William soupira.

— Mais c'est trop tard maintenant. Même s'il m'arrive d'être en colère et contrarié, j'ai des centaines de familles qui dépendent de moi. Ma sœur et son mari, mes parents, et la famille de chaque employé de la compagnie comptent sur moi pour faire croître l'entreprise, la rendre productive et la garder saine afin qu'ils puissent continuer à vivre leur vie.

La voix de William prit un ton plus doux.

— Mais qu'en est-il de ma vie ? ajouta-t-il, presque comme une prière. Je sais ce que je dois faire et je le ferai, car c'est le seul choix que j'ai.

Mike secoua lentement la tête.

— Tu as tous les choix du monde. Regarde autour de toi, dit-il en s'approchant. Tu as tout ce que tout le monde désire et tu ne le réalises même pas. Tu dis que tu feras ce que tu as à faire parce que c'est ce qu'on attend de toi et que de nombreuses personnes comptent sur toi. Pour moi, on dirait une dérobade. Tu suis le mouvement parce que c'est le chemin d'une moindre résistance.

Mike l'embrassant, car il ne pouvait pas se retenir plus longtemps.

— Qu'est-ce que je dois faire alors ? demanda William, lorsqu'ils se séparèrent pour reprendre leur souffle.

Mike pouffa de rire.

— Tu fais ce que tu veux. Tu prends la meilleure décision pour toi. Il y a un endroit à Apalachicola pour toi si tu veux. Merde, nous pourrions acheter un deuxième bateau afin que tu puisses sortir. Je ne sais pas. Tu dois prendre ta propre décision.

Mike avait traversé exactement la même chose.

— Je ne possède pas grand-chose, mais chaque jour, je fais ce que j'aime et, en grande partie, je suis heureux, poursuivit-il en souriant. Peut-être un peu seul parfois, surtout quand un certain Yankee n'est pas dans les parages.

William se joignit à son rire et se pencha vers lui, le faisant tomber en arrière sur le matelas.

— C'est ça ta solution ? Que je vienne travailler avec toi ?

— Ma solution est que tu dois décider ce que tu veux faire du reste de ta vie. Tu peux travailler dans ton bureau. Tu peux venir travailler et vivre avec moi. Tu peux faire autre chose – tout ce que tu veux.

Il tira sur le tee-shirt de William, le faisant passer par-dessus sa tête.

— Dans la Navy, un amiral m'a dit une fois : *fais avec les informations que tu as et prends la meilleure décision que tu as à prendre. Parfois, tu dois continuer avec tes tripes et ton courage que tu dois avancer, mais tu le fais*. Lorsque je lui ai demandé : *et si je prends la mauvaise décision ?* Tu sais ce qu'il m'a répondu ? Il m'a dit que la seule manière de garantir une mauvaise décision est de ne pas en prendre du tout.

William le surplombait toujours.

— Alors tu dis que…

— Que tu dois décider de ce que tu veux et le posséder. Bonne ou mauvaise, tu dois prendre une décision.

Mike espéra que cette décision l'impliquerait.

— Je ne peux pas te dire laquelle elle doit être. Ça doit venir du plus profond de toi.

Mike l'attira vers lui. Ils avaient assez parlé et William n'allait pas avoir de révélation ici, dans ce lit. Il lui suffisait de réfléchir à ce qu'il voulait faire de son avenir – et, en définitive, leur futur, s'il devait y en avoir un pour eux.

Mike ne savait pas ce qui s'était passé ou ce qu'il avait dit, mais quelque chose avait touché une corde sensible. William revenait à la vie entre ses bras. En quelques secondes, il l'avait allongé sur le dos, leurs vêtements volant dans tous les sens jusqu'à ce qu'il ne reste plus rien entre eux. Mike ne se faisait pas d'illusions, William n'allait pas changer radicalement sa vie, mais peut-être était-il sur le bon chemin. À présent, Mike allait devoir prendre ses propres décisions.

IX

WILLIAM ÉTAIT submergé, à la fois par Mike et par ce qu'il venait de lui dire. Il avait raison, bien sûr, William le savait. Une décision devait être prise, il allait s'y employer. Mais avant, il avait cet homme incroyable qu'il avait attendu des mois de pouvoir avoir dans son lit et il avait l'intention de lui montrer combien il lui avait manqué.

— Mon Dieu, ça fait trop longtemps, chuchota William, puis il embrassa le cou de Mike en se frottant contre lui.

Il avait besoin de le toucher autant que possible et il voulait tout à la fois. Toutes ces possibilités lui tournaient la tête et il tremblait d'excitation.

— Tu m'as manqué aussi, murmura Mike, le serrant plus fort et William adora cela.

Que l'on prenne soin de lui était diablement sexy. Dès le début, il avait été surpris par la façon dont Mike était démonstratif quand ils étaient seuls. William comprenait le besoin d'intimité et de discrétion, mais Mike se rattrapait en privé.

— La maison et le bateau étaient bien seuls sans toi.

— J'ai essayé de venir te voir, mais ça n'a pas marché. Chaque fois que je pensais être en mesure de venir, il se passait quelque chose au travail et mon père avait besoin de moi.

Il détestait le fait d'être resté loin de lui si longtemps. Ça n'avait pas été juste, pour aucun d'eux. Mike avait raison : il avait pris une décision en n'en prenant pas. Il avait mis son propre bonheur en veilleuse pour les besoins de sa famille. Sa non-décision était le fait des choix qu'il avait faits et ce n'étaient pas eux qui ajoutaient de la joie à sa vie.

Mike ajoutait de la joie. Merde ! pour lui, Mike était la joie personnifiée.

Il se mit à rire lorsque Mike fit courir ses doigts le long de ses flancs.

— Chatouilleux ? taquina-t-il en tendant les mains vers les côtes de Mike.

Ils finirent tous les deux roulés en boule sur le lit, riant et lâchant prise, avant que Mike l'embrasse à nouveau passionnément. Instantanément, la chaleur refit son apparition, heurtant William comme un train à pleine vitesse.

— Ton rire est si chaud, si riche, gémit Mike alors que les mains de William descendaient le long de son dos et prenaient ses fesses en coupe.

Seigneur, il avait envie de lui – il se languissait d'être en Mike. Il ne voulait pas se précipiter, mais son érection tressauta à cette pensée.

William le fit rouler sur le lit, ancrant son regard dans le sien, puis lui écartant les jambes et se servant de ses genoux pour les relever, lui posant silencieusement la question tandis qu'il taquinait son ouverture. Le long et profond gémissement qu'il récolta en réponse fut tout ce qu'il avait besoin de savoir. Il avait posé sa trousse de toilette sur la table de nuit dans l'espoir que Mike accepterait son invitation. Il prit quelques secondes pour trouver ce qu'il cherchait, puis prépara Mike tandis que les gémissements et les grognements de celui-ci remplissaient la cabine. Il espéra que personne à bord ne pouvait les entendre, mais dans le cas contraire, cette nuit était destinée à faire chanter le plaisir de Mike. Rien n'était plus beau et quand il le pénétra, se glissant en lui, il rejeta la tête en arrière, incapable de contenir son excitation.

Mike haleta et resserra sa prise autour de lui.

— J'avais oublié à quel point tu étais gros. Il n'y a eu personne depuis que tu es parti.

— Pareil pour moi.

William avait rencontré Mike et c'en était fini pour lui.

— Vraiment ? Je n'ai pas eu beaucoup d'occasions, mais toi…

Les mots de Mike se perdirent dans un gémissement.

— Bien sûr. J'ai la perfection. Pourquoi voudrais-je d'un autre homme ?

William étreignit Mike, l'embrassant, le goûtant, la main posée sur sa nuque.

— Il ne pourrait y avoir personne d'autre que toi.

Il fit claquer ses hanches et les yeux de Mike se révulsèrent. Il aimait voir ce dernier dans les affres de la passion, bouche ouverte, yeux écarquillés, une pellicule de sueur sur sa peau magnifiquement bronzée. C'était un excitant en soi. William aurait pu jurer qu'il pourrait se trouver dans une pièce pleine d'hommes, aveuglé, et reconnaître Mike par sa senteur épicée de sel et de mer. Il n'y avait rien de meilleur, il n'y aurait jamais rien de meilleur.

William prit une profonde inspiration, le pénétrant jusqu'à la garde, ses hanches appuyées contre les fesses de Mike, le regard rivé au sien, appréciant le resserrement du canal de son amant autour de lui.

— Tu es si beau comme ça.

La voix de Mike se transforma en gémissement.

— Je n'ai jamais été beau et comment peux-tu dire ça ? Il fait tout noir.

— Je n'ai pas besoin de te voir pour savoir à quoi tu ressembles. Et tu es un homme magnifique. Tu as attiré mon attention la première fois que je t'ai vu et, depuis lors, je n'ai jamais pu détourner les yeux de toi. Si tu es dans une pièce, tu éloignes mon attention de tout et tout le monde.

— William…

— C'est vrai.

Il fit claquer ses hanches, envoyant une vague de plaisir les traverser. Il désirait cette énergie. L'ondulation des muscles de Mike sous ses paumes, sa chaleur autour de lui, ce long gémissement rauque qui emplissait la pièce lorsque son amant était proche lui avait manqué. Il l'aimait, mais avait peur de lui dire. S'il prononçait ces mots, il… même pour lui c'était difficile à comprendre. Ce n'était pas comme s'il ne les pensait pas. Il faisait l'amour à Mike. Ce n'était pas seulement du sexe, il espérait que son amant le comprenait. Il y avait tellement plus, pourtant, quand il essayait de dire les mots, ils restaient coincés dans sa tête où ils ne pourraient être qu'à lui un peu plus longtemps.

— Oh mon Dieu…

— Lâche-toi, Mike. Je peux sentir que tu tentes de rester en contrôle, mais tu n'as pas à le faire. Donne-moi tout.

Mike trembla sous lui. William le masturba durement, prenant les commandes de son plaisir.

— Je veux… que… ça dure, dit Mike, les dents serrées, les yeux fermés, ses lèvres bougeant à peine. Baseball, mère, fille…

William gloussa en voyant les efforts de Mike et changea d'angle. Le gémissement qui en résulta stoppa le marmonnement et Mike ouvrit les yeux. Rien n'était plus beau que la sueur qui luisait sur la peau de celui-ci tandis que les rideaux se balançaient sous le léger tangage du bateau.

Mike haleta et se raidit, puis jouit, s'agrippant au lit, faisant basculer William avec lui. Ce dernier s'écroula sur son homme, qui le serrait fort contre lui. Il ferma les yeux, flottant un instant, jusqu'à ce qu'il se laisse tomber sur le lit, près de Mike, remerciant les étoiles, et tout ce qu'il y avait de merveilleux, de l'avoir une fois de plus dans ses bras.

— Waouh, haleta Mike.

— Tu ne plaisantes pas, dit William, la tête lui tournant encore tandis que leurs lèvres se trouvaient dans un doux baiser.

Tout ce désir refoulé depuis des mois de séparation avait été satisfait pour le moment. Les yeux de William se fermèrent tout seuls lorsqu'il posa la tête sur l'épaule de Mike.

IL N'AVAIT pas eu l'intention de s'endormir, mais il se réveilla en sursaut lorsque Mike bougea sous lui.

— Désolé, s'excusa William en bâillant et s'étirant pour dénouer son cou et son dos. Quelle heure est-il ?

— Presque sept heures du matin, lui répondit Mike. Je dois retourner à ma cabine et tu dois te lever dans une heure afin que nous puissions larguer les amarres et que nous commencions les essais moteurs.

— Oui.

Il attrapa la main de Mike et l'attira à lui. Il l'embrassa pour s'assurer que Mike ait un souvenir une fois qu'il aurait quitté la chambre. Puis il regarda ses fesses nues rebondir doucement en marchant. Lorsque la porte se referma derrière lui, William s'étira sur le lit qui lui semblait déjà trop grand.

Il n'allait pas se rendormir, alors il se leva, prit une douche rapide et s'habilla. Puis il gagna le pont, regardant les bateaux de croisière entrer et venir dans le port. Quelle vue ! Ces énormes navires brillant dans le soleil, accostant si gracieusement à leur emplacement. De plus petits bateaux allaient et venaient alors que les gens envahissaient les quais, leurs voix formant une vraie cacophonie dans la brise.

— Je pense que nous sommes sur le point de prendre la mer et le petit déjeuner sera prêt dans une demi-heure, annonça Antoinette en prenant place près de lui. J'aime ce moment de la matinée.

— Moi aussi.

Bien sûr, il avait des choses à faire, mais pas avant qu'ils soient en sécurité, hors du port. Jusque-là, il devait garder ses distances et laisser l'équipage et Mike faire leur job. Il avait vraiment envie de monter sur le pont et d'observer l'activité, mais il serait une gêne, alors il restait là où il était, supervisant le processus en cours.

Les moteurs se mirent à ronronner et Antoinette partit vaquer à ses occupations. Bientôt, Carrie prit sa place.

— Papa a dit que je devais venir vous voir.

William passa un bras autour de ses épaules.

— Il est vraiment occupé pour le moment et il le sera encore pendant un certain temps. Nous devons nous assurer que les moteurs fonctionnent bien.

— Anna a dit qu'elle pourrait jouer avec moi après le petit déjeuner.

— Super !

C'était un soulagement. Il s'était inquiété que Carrie s'ennuie.

— Nous vérifierons les moteurs quelques heures, puis nous irons à St Thomas pour quelques jours. Nous resterons au port, toi et moi pourrons aller en ville faire du shopping. Peut-être pourrons-nous trouver quelque chose que ton papa aimera.

Le regard de Carrie s'illumina, puis s'éteignit.

— Je n'ai pas d'argent.

William dut prendre un instant pour y réfléchir. Il pourrait aisément lui en donner, mais Mike ne le remercierait pas pour cela.

— Que dirais-tu de garder ta cabine rangée afin qu'Anna n'ait pas de travail supplémentaire et de nettoyer le salon après le petit déjeuner ? Si tu le fais chaque jour, je pourrais te payer pour ton aide quand nous serons à St Thomas et Antigua. Comme ça, tu gagneras ton propre argent.

Cela sembla lui faire plaisir et elle se précipita dans le salon. Lorsque William entra, il entendit Carrie demander à Anna le matériel afin de pouvoir nettoyer. Anna croisa son regard et lui sourit, avant d'aller chercher ce dont elle avait besoin.

William s'assit sur l'un des confortables fauteuils pivotants et contempla les bateaux et la côte de St Martin tandis qu'il passait lentement devant. Il resta là jusqu'à ce qu'Antoinette apporte le petit déjeuner et que Carrie le rejoigne.

— Allons-nous voir des dauphins ? demanda Carrie alors qu'ils prenaient de la vitesse.

— Quand tu auras fini de manger, nous pourrons aller à l'avant et regarder. S'il y en a, ils nageront juste à côté du bateau.

— Avez-vous besoin d'autre chose ? s'enquit Antoinette.

— Serait-il possible d'arranger des leçons de plongée pendant que nous serons à St Thomas ? Je pense que Mike, Carrie et moi aimerions ça.

— Bien sûr, répondit-il en souriant.

Carrie sauta de son siège, elle était tellement excitée.

— Je ne crois pas que nous ayons d'équipement léger, mais nous pourrons en louer un pour elle, si ça vous convient. Avec les plus jeunes, je ne peux pas utiliser les équipements pour adultes. Leur poids pourrait les faire couler alors, je me sers de plus petits, qui pèsent moins lourds.

— Je ne suis pas trop jeune ? demanda Carrie.

— Ton papa a dit que tu avais dix ans, alors tu es assez âgée. Je connais une crique protégée où nous pourrons commencer. Il n'y a pas de courants et c'est suffisant pour voir tout ce qui fait que la plongée en vaut la peine. Peut-être que ce soir, si ton papa et William sont d'accord, nous pourrons nous asseoir et passer en revue quelques-uns des fondamentaux avant d'aller en mer.

— Ce serait génial, répondit William en lui souriant. J'en parlerai à Mike quand il aura fini de travailler.

— Merci, s'écria Carrie en rebondissant sur son siège.

— De rien.

Antoinette quitta le salon et William finit son petit déjeuner. Anna vint vers eux, puis Carrie et elles sortirent sur la poupe pour jouer, alors William rejoignit Mike sur le pont.

— Tout se passe bien ? demanda-t-il en restant hors du passage.

Mike était assis dans le fauteuil de contrôle, manœuvrant le yacht avec un joystick.

— Très bien. Une grande partie de la navigation se fait par ordinateur, pour entrer et sortir du port, le yacht est contrôlé comme un jeu vidéo.

William était sur le point de demander si on faisait comme ça dans la Navy, mais garda le silence, ne sachant pas si Mike voulait parler de cela.

— Tu prends le coup de main ?

— Oui. Je veux passer un peu plus de temps avec les commandes afin que je puisse accoster quand nous atteindrons le port, mais tout se passe bien. Les moteurs fonctionnent bien et dans les paramètres que tu m'as donnés. Philippe est descendu vérifier la salle des moteurs et, jusque-là, il n'y a aucun problème de fuite ou d'infiltration d'huile, donc nous sommes bons.

Au vu du sourire sur son visage, Mike passait un bon moment.

— Comment va Carrie ?

— Elle est avec Anna. Dès que nous serons à quai, j'aimerais te retrouver avec Carrie, Antoinette va passer en revue certaines bases de plongée afin de pouvoir nous donner des leçons. Carrie est très excitée à ce sujet.

— Moi aussi.

Mike ne détourna pas le regard de ce qu'il faisait, alors William quitta le pont afin de ne pas le déranger.

Il passa le reste de la matinée à lire et profiter du paysage qui défilait tandis que Mike apprenait ce dont il avait besoin. Puisque le contrôle du moteur initial était bon, ils prirent la direction de leur destination. St Thomas était à environ cent vingt miles, ce qui devrait leur prendre entre sept et huit heures. Le yacht se comportait bien en mer calme. Le ciel était aussi bleu que le paradis et l'eau étincelait sous la lumière. L'équipage servit un déjeuner léger et William fit usage des installations du bateau, mais ce ne fut pas aussi amusant sans son compagnon de jeu sur le pont. Jusque-là, il n'avait pas pensé au nombre d'heures que Mike serait occupé à ses fonctions. Toutefois, il n'y avait pas de plan de navigation la nuit.

Aux alentours de seize heures, William sentit une réduction de la vitesse, alors il monta sur le pont.

— J'allais envoyer Philippe te chercher, dit Mike lorsqu'il approcha. Nous avons ce qui semble être un joint qui ne tient pas. Il fuit l'huile, alors nous avons ralenti, ce qui semble avoir aidé. Mais cela va retarder notre arrivée au port de quelques heures.

— D'accord, répondit William, puis il se tourna vers Philippe. Montrez-moi ce que vous avez vu et j'appellerai mon père. Nous ferons venir par avion ce dont nous avons besoin et le siège social pourra contacter un représentant sur l'île pour effectuer les réparations.

— J'ai nettoyé ce que j'ai pu. Maintenant que la pression est redescendue, le joint tient beaucoup mieux, alors nous devons garder cette vitesse pour le moment.

— Très bien. Mieux vaut le savoir maintenant que lorsque le bateau est plus éloigné des terres.

Ils étaient une à trentaine de miles de leur destination et, même si les conditions n'étaient pas idéales, ils avançaient et finiraient par obtenir ce dont ils avaient besoin.

— Gardez un œil sur ce qui se passe ici et tenez-moi informé si vous voyez quoi que ce soit d'autre.

Il n'était pas heureux qu'il y ait un problème, mais c'était la raison pour laquelle il était là. Il remonta sur le pont, principalement pour confirmer ce que Mike savait déjà.

— Ça va aller. Nous sommes à deux heures de notre destination et j'ai informé le port de notre souci. Les garde-côtes sont en attente, si nous avons besoin, mais, à moins qu'autre chose se détériore, nous y arriverons. La température du moteur est stable et la pression d'huile tient pour le moment.

— Il n'y a pas d'autre fuite, alors je pense que le joint va tenir.

William se brancha sur le système satellite et appela son père.

— Comment ça se passe ? demanda ce dernier dès qu'il comprit que c'était son fils.

— Les joints d'étanchéité sont mauvais. À pleine vitesse, ils fuient. Nous naviguons à mi-régime pour le moment et ça tient, mais j'ai besoin que vous expédiiez de nouvelles pièces immédiatement et par la méthode la plus rapide. Nous avons aussi besoin de trouver quelqu'un à St Thomas pour effectuer les réparations.

— Je connais quelqu'un, je l'appelle tout de suite. Les pièces partiront demain. Il est trop tard pour les envoyer ce soir, mais je vais les préparer afin qu'elles partent à la première heure. Dis-moi où je dois les expédier. Combien de temps penses-tu rester au port ?

— Le plan était de deux jours, mais nous resterons au moins trois pour nous assurer que les réparations sont faites et il faudra que nous fassions des tests avant de partir.

— Je m'en occupe. Je te rappellerai pour te donner les détails.

— Merci pour votre aide, Père.

— Tout va bien ? Veux-tu que je sorte la grosse artillerie ?

Qui savait quelles faveurs son père pouvait demander, mais William se doutait qu'un certain nombre de yachts pouvaient être dirigés vers eux en quelques appels. Après toutes ces années dans les affaires, son père connaissait tout le monde.

— Ça va. La mer est calme et le temps est agréable. Nous serons au port dans deux heures ou moins. Ce sera presque le coucher du soleil, mais il y aura assez de luminosité pour accoster. Bien que nous ayons une marge de temps très restreinte, nous sommes en contact avec le commandant de port et il a dit qu'il nous attendait.

— Bien. Je m'inquiète, tu sais.

— Ça va aller, je vous préviendrai dès que nous serons à portée du réseau cellulaire.

William raccrocha et retourna à l'endroit où Mike était aux commandes.

— J'ai légèrement augmenté notre vitesse, annonça une communication interne.

— Merveilleux ! répondit Mike. Nous resterons à cette vitesse. Merci.

Il raccrocha et sourit.

— Il semblerait que nous pouvons aller un peu plus vite, mais je ne pousserai pas plus loin. Tout à l'air de bien se dérouler.

William acquiesça, sachant que chaque minute les rapprochait de leur destination. La dernière chose qu'il souhaitait était que les moteurs lâchent et qu'ils dérivent jusqu'à ce que quelqu'un les remorque au port. Winston ne serait pas content, ce qui se répercuterait certainement sur la concurrence et les autres propriétaires.

La terre apparut à l'horizon, se rapprochant à chaque instant. Lorsque les repères du port furent en vue, Mike ralentit le yacht tandis que la navette du commandant de port se dirigeait vers eux et que le commandant montait à bord du *Vargo*.

— Nous commencions à nous faire du souci, dit-il tandis qu'il discutait avec Mike, puis il guida ce dernier durant la procédure portuaire jusqu'à ce qu'ils soient dans leur mouillage et amarrés.

Alors, seulement, William poussa un soupir de soulagement. Les connexions furent faites pour les relier à l'électricité du quai et Mike coupa les moteurs.

William ne s'était pas rendu compte à quel point il était crispé jusqu'à ce qu'il se relâche.

— Es-tu toujours aussi tendu ? demanda Mike en venant à ses côtés.

— Je ne m'en étais pas rendu compte jusqu'à maintenant.

Seigneur, il détestait se sentir nerveux, mais il était responsable d'un yacht de plusieurs millions de dollars et dériver en mer n'était pas une perspective à laquelle il voulait être confronté.

— J'étais convaincu que tout irait bien. Les moteurs fonctionnaient bien et la mer n'était pas aussi mauvaise qu'elle aurait pu. Nous sommes arrivés en sécurité et sans aucun dommage réel.

— Oui, convint William.

En y repensant, il réalisa qu'il avait probablement dû arpenter le yacht d'un bout à l'autre, rendant tout le monde fou.

— Les pièces sont en chemin et mon père va trouver quelqu'un sur place pour remplacer les joints. Ça devrait être bon. Nous passerons juste quelques jours dans un port magnifique.

Il avait vraiment besoin de se détendre et de passer un peu de temps en mer.

— Mr William, le dîner sera prêt dans une heure, si ça vous convient.

— Parfait. Dites à Rodrigo de le servir comme hier.

128

Antoinette haussa les sourcils.

— Je pensais que ce n'était que pour hier soir... je suis désolée. Bien sûr, je vais lui dire.

Sa surprise se transforma en un sourire.

— Je sais que ce n'est pas ce à quoi vous êtes habitués, mais vous nous avez déjà tellement aidés. S'il vous plaît, joignez-vous à nous.

Elle sourit et hocha la tête avant de quitter le pont.

— Je devrais aller voir ce que fait Carrie. J'ai été occupé et c'était censé être des vacances pour elle, dit Mike en soupirant.

— Elle s'est amusée. Antoinette a profité de notre retard pour parler avec elle et l'aider à préparer sa première plongée. Alors je suppose que ta fille bondit partout en ce moment. C'est une petite fille incroyable.

— Tu es incroyable. Je ne peux pas croire qu'elle et moi soyons ici et que je puisse pilote ce vilain garçon. Permets-moi de te dire qu'avec les moteurs à pleine puissance, ce yacht est carrément génial.

Mike ressemblait à un enfant dans un magasin de bonbons. Il sourit et se pencha pour l'embrasser.

— Tu sais, j'adorerais faire une sieste, dit-il en lui faisant un clin d'œil. Mais j'ai des choses à faire.

— Je comprends, répondit William en le gardant dans ses bras un instant. C'est un peu étrange de t'avoir ici, si proche et pourtant, ne pas pouvoir t'embrasser quand j'en ai envie.

Mike lui caressa la joue.

— Je te vois ce soir.

William hocha la tête avec excitation et Mike s'éloigna.

LE DÎNER fut délicieux. Juste après, Antoinette leur expliqua les bases de la plongée, notamment la manière de respirer et ce à quoi ils devaient s'attendre. Elle leur montra également comment faire fonctionner les équipements et leur fit connaître la sensation d'avoir des bouteilles attachées dans le dos. C'était excitant. William avait passé suffisamment de temps sur l'eau pour être impatient d'avoir un aperçu de sous la surface.

Après cette démonstration, Mike emmena Carrie dans sa cabine et la mit au lit. William monta s'asseoir sur le pont, contemplant les collines parsemées de lumières qui étincelaient tandis que les arbres se balançaient dans le vent.

— Elle dort profondément, annonça Mike un moment plus tard. Nous avons discuté et elle m'a parlé de tout ce qu'elle avait vu et, à la fin, l'excitation était retombée et elle dormait.

— Je suis content qu'elle ait passé un bon moment, répondit William en se tournant lorsque Mike prit place sur l'autre chaise longue. Je me disais qu'après le petit déjeuner, nous pourrions aller en ville faire du shopping et visiter. J'ai donné quelques corvées à faire à Carrie, je la paierai. Je pensais que ce serait bien si elle gagnait un peu d'argent. J'espère que ça ne te dérange pas. Il y a de beaux magasins ici.

— C'est très gentil de ta part, dit Mike en lui prenant la main. Parfois, tu m'épates. Beaucoup de gens que j'emmène en mer sont gentils, mais certains sont très exigeants et ne nous regardent pas, Bubba et moi, comme les autres personnes. Tu ne l'as jamais fait.

— Mon grand-père, le père de mon père, avait une grande influence. Lorsque ma grand-mère est morte et que mon père était en passe de prendre les commandes de l'entreprise, lui et moi avions pris l'habitude de passer du temps ensemble. Si je me conduisais mal, il me disait toujours que les bonnes manières et la gentillesse n'achetaient rien, mais elles t'apportaient plus de bénéfice que tout ce que tu pouvais acheter. Il avait raison. Ça ne coûte rien d'être gentil et si tu l'es, les gens le sont en retour.

Il se pencha dans le petit espace entre les deux chaises pour échanger un baiser. C'était agréable, tranquille, juste eux deux. Les deux prochaines semaines allaient être incroyables.

— Rodrigo m'a demandé de vous donner cela, dit Antoinette tandis qu'elle posait un plateau sur la table près d'eux.

Elle dut remarquer que Mike retirait sa main.

— Ce n'est pas grave. La discrétion fait partie de notre travail.

Elle partit et Mike lui reprit la main.

— Ce sont de bonnes personnes.

— Je suppose que de les inclure pour les repas et autres était une manière pour toi de gagner leur loyauté.

— En partie. Nous sommes ici en tant qu'invités, ils peuvent rendre notre voyage agréable ou difficile. Visiblement, nous sommes en route pour un séjour agréable et, au vu des cookies qui viennent d'apparaître, je dirais qu'eux aussi.

William attrapa le plateau et tendit un gâteau à Mike.

— Ça, c'est la vie.

— Et en grande partie, c'est la nôtre pour les deux semaines à venir.

William pouvait déjà sentir le stress être emporté par la brise et quand Mike entrelaça leurs doigts et amena le dos de sa main à ses lèvres, le reste du monde s'évanouit.

X

— Les pièces ont été expédiées. Elles devraient arriver demain, annonça William l'après-midi suivant.

Mike était encore endolori à des endroits dont il n'avait pas l'habitude et bon sang, c'était excitant en soi ! Il devait détourner son attention de la courbe de la nuque de William, de la largeur de ses épaules, de l'intensité de son regard et revenir au présent.

— Une équipe devrait être là demain après-midi pour les réparations et nous pourrons partir dès que nous serons prêts, poursuivit William.

— J'aimerais avoir un jour de plus pour revérifier les moteurs et les pousser à pleine vitesse pour contrôler les réparations avant d'aller trop loin. Après, nous pourrons aller où tu veux. Le temps est superbe au sud, aucune dégradation climatique majeure en prévision, les Caraïbes seront ton terrain de jeu, et nous irons où tu veux dès que nous aurons contrôlé les moteurs.

— Que suggères-tu ?

— Eh bien, nous avons une leçon de plongée et Antoinette dit que certains des plus beaux endroits pour la plongée et l'apnée sont à Bonaire. Alors, avec le beau temps, nous pourrions faire un saut sur l'île et revenir. Philippe est qualifié pour naviguer, donc, lui et moi pourrions nous relayer pour superviser le pont et nous pourrions passer du bon temps.

— D'accord. Ça me paraît bien. Tout ce que nous avons à faire, c'est de prendre les dispositions portuaires. Winston a dit qu'il avait des accords avec la plupart des îles tant que nous prenons nos dispositions à l'avance.

— La liste est sur le pont. Je vais tracer le parcours dès que possible. Si tu es d'accord, on peut le faire.

— C'est toi le capitaine, murmura William.

Mike avait désespérément envie de l'embrasser, mais ils se trouvaient dans le salon et Carrie choisit cet instant pour débouler dans la pièce.

— Antoinette a dit que nous pourrions faire de la plongée demain.

— Oui, nous le pouvons, si elle est d'accord, répondit Mike et William acquiesça.

St Thomas se révélait être un bel endroit et le temps d'arrêt des moteurs leur offrait davantage de temps pour s'amuser. William semblait avoir l'intention qu'ils en profitent tous les trois autant que possible.

— Génial ! s'écria Carrie en lui sautant dans les bras, puis dans ceux de William, avant de s'éloigner en courant, hurlant le prénom d'Antoinette à pleins poumons.

— Elle passe les meilleurs moments de sa vie, fit remarquer Mike en la regardant partir, sa queue de cheval se balançant d'un côté à l'autre. Je ne pourrais jamais assez te remercier pour ça.

— Je passe un merveilleux moment aussi et c'est grâce à son père. Ce ne serait pas pareil sans toi, répondit William en rapprochant sa chaise. Est-ce que tu réalises que mes meilleurs souvenirs de ces dernières années t'impliquent ? Pêcher, passer du temps tapi pendant un ouragan. Et maintenant ça...

Il déglutit et Mike retint son souffle, attendant ce que William avait à dire, le cœur battant un peu plus vite.

— J'ai envie d'avoir plus de ce genre de souvenirs, avec toi... et Carrie. Je sais que te demander de déménager à Providence n'est pas une bonne idée. Ta vie est à Apalachicola.

— Et la tienne est à Providence, rétorqua Mike.

— Oui. Mais nous avons des représentants commerciaux partout dans la région. C'est un paradis pour les plaisanciers et si tu veux des moteurs marins, tu dois être où se trouve l'action.

— Tu es en train de dire... ?

— Que je vais parler à mon père. Je ne veux plus être attaché à un bureau dans le nord. Je veux être ici, expliqua William en lui prenant la main. J'ai envie d'être heureux et je suis sûr que, pour moi, le bonheur c'est toi. Alors, quand ce voyage sera fini, je rentrerai à la maison, mais avec cette fois-ci, l'intention de trouver un moyen de revenir pour rester. Te laisser m'a presque déchiré le cœur la dernière fois.

— Mais qu'allons-nous faire au sujet de ma mère et de Bubba ? demanda Mike, tout à coup pris par une vague de panique.

— C'est là que tu dois décider de ce que tu veux. Je n'ai pas envie d'être ton secret. Je sais que ce sera difficile de le dire à Bubba – j'étais sur le bateau avec toi –, mais ta mère et Carrie devraient le savoir... si ce que nous pourrions avoir est important pour toi.

Mike hocha la tête. Il savait qu'il devait y réfléchir et que le fait de se cacher et de taire ses sentiments n'allait pas durer.

— Je pourrais essayer de trouver un autre membre d'équipage si les choses ne se passent pas bien.

Ce fut sa seule réponse. Sa mère serait probablement déçue, mais elle essayerait de comprendre. Il ne savait pas comment n'allaient réagir Carrie ni les autres personnes en ville... Mon Dieu, il serait un paria... Mike respira profondément.

— Détends-toi. Tu n'as pas à réfléchir à tout cela d'un coup. Prends les choses une par une et décide de ce qui est vraiment important pour toi.

La déception dans la voix de William était évidente et elle se répercuta en Mike. Il était assez adulte pour choisir qui il était et qui il voulait dans sa vie.

— Tu as le temps.

En fait, oui et non. Que William dise qu'il voulait rester en Floride était un rêve devenu réalité et Mike était de plus en plus convaincu, surtout après ces mois de séparation, quand sa mère lui disait de cesser de se morfondre tout le temps, que son bonheur dépendait aussi d'eux. Mais c'était beaucoup à penser, et de grands changements. Il avait toujours craint ce qui arriverait à son entreprise, à sa relation avec Bubba, avec sa mère, avec le reste de la ville.

— C'est beaucoup...

— Pas si tu sais ce que tu veux.

William ne lui lâcha pas la main, ce qui fut incroyablement rassurant.

— J'ai eu un peu plus de temps pour réfléchir...

— C'est plus que ça, répondit-il en se tournant vers William. Ça signifie mettre mon entreprise en danger. Je compte sur les recommandations pour gagner des clients. Que se passera-t-il lorsque la rumeur se répandra sur nous ? La plupart des gens avec qui je sors sont des hommes, certains plus vieux. Que ressentiront-ils ? Seront-ils mal à l'aise ? Si c'est le cas, ils réserveront leurs sorties avec quelqu'un d'autre. J'ai une famille à nourrir.

Mike se rendit compte à quel point la peur dirigeait sa vie. Il ferma les yeux et tenta d'éloigner la peur croissante que cette idée avait apportée. Comment pouvait-il à la fois être excité et apeuré que William soit tout le temps près de lui ? C'était comme s'il avait un interrupteur de chaud et de froid et que quelqu'un l'allumait et l'éteignait constamment.

Il savait ce qu'il devait faire. Il devait cesser de se cacher et être lui-même. Il était simple de dire que l'opinion des autres ne comptait pas... parce que dans le cas contraire, si cela signifiait que son entreprise échouait, il n'aurait aucun moyen de subvenir aux besoins de Carrie et de sa mère.

— Je ne voulais pas te mettre la pression. J'espérais que ma décision serait une bonne nouvelle et que…

— C'est une bonne nouvelle, l'interrompit Mike en lui serrant la main.

William tenait suffisamment à lui pour faire d'énormes changements dans sa vie, il devrait être en mesure de faire le même genre de geste.

— C'est… je sais que ça va sonner faux, mais cette décision, ce dont nous parlons ne te coûtera pas grand-chose. Tu as de l'argent et la sécurité, peu importe où tu vas. Je pourrais tout perdre.

Ou gagner la seule chose qu'il ne pensait jamais avoir.

— Je le sais.

William ne fit aucun geste et resta silencieux. Mike commençait à penser qu'il était réellement en colère contre lui, mais ils restaient connectés, sa main dans celle de William, et elle ne tremblait pas. Plus le silence s'étirait, plus Mike se concentrait sur ce point de contact, comme si c'était une bouée de sauvetage pour quelque chose d'heureux. S'il le rompait, il perdrait sa chance pour toujours. Le cœur de Mike battit un peu plus vite alors qu'il levait les yeux vers les étoiles, se demandant si elles avaient une réponse pour lui.

— Je ne vais nulle part, finit par dire William, brisant le silence entre eux.

— Je sais que je devrais me montrer adulte et laisser les choses se faire. C'est ce que me dit mon expérience en tant que Marine. Ce qui compte, c'est la vérité, mais… il ne s'agit pas que de moi. Et si je ruinais la vie de Carrie ? Et ma mère, elle a besoin de moi…

— Je le sais. Mais tu dois penser à toi aussi. Je connais un homme qui devient dépendant de toi, que ce soit pour sa santé mentale ou une certaine excitation que toi seul peux lui apporter.

William se tourna vers lui. Mike le sentit, même s'il continua de fixer les étoiles scintillantes.

— La vérité, c'est que tu vas ruiner la vie de personne.

— Comment peux-tu en être si sûr ?

William ricana et souffla par le nez.

— Tu as une fille qui t'adore et une mère qui t'aime et te soutient, quoi que tu fasses.

Mike se détourna des points de lumière tandis que William poursuivait :

— Ta mère est incroyable. Crois-tu vraiment qu'elle te tournera le dos ? Je ne crois pas. Dolores est gentille. Si tu rencontrais ma mère…

135

William ricana et se leva, sans lâcher sa main. Une fois debout, il tira Mike et l'entraîna sur le pont, puis vers les cabines. Il n'y avait pas de subterfuge, si quelqu'un était là, il verrait là où ils allaient.

Mais Mike ne chercha pas à savoir si quelqu'un les observait et, dès que la porte se referma derrière eux, William prit le contrôle, fort, confiant et sexy.

— Laisse tomber pour le moment, lui susurra William en le rapprochant de lui. Tu n'as pas à prendre une décision pour l'instant. Autorise-toi à être heureux l'espace d'un instant.

Puis William l'allongea sur le lit et toutes les pensées sur sa mère, Bubba ou toute autre inquiétude volèrent en éclat dans sa tête. Il n'y avait pas de place pour elles quand William occupait chacun de ses sens, le submergeant complètement.

Mike trembla d'excitation lorsque William le conduisit vers des hauteurs étourdissantes.

— Qu'est-ce que tu me fais ? gronda-t-il entre ses dents serrées, vacillant au bord d'un abîme de plaisir, mais pas prêt à basculer.

Pas encore. Cela devait durer aussi longtemps qu'il pouvait tenir.

— Parfois, les gens disent des mots, mais, ce soir, j'ai envie de te montrer ce que je ressens. Je voulais que tu saches ce que j'ai dans le cœur. Tu l'as planté quand nous étions ensemble, c'est resté quand nous étions séparés, ça ne fait que grandir.

William l'embrassa et Mike bascula par-dessus bord et dans l'amour. Il était heureux. Qu'il soit damné s'il laissait quelqu'un ou quelque chose gâcher cela.

— Papa, c'était génial ! s'écria Carrie l'après-midi suivant.

Ils avaient passé la matinée à faire les magasins, puis ils avaient pris la petite navette qui se trouvait à l'arrière du yacht en direction de la crique, où Antoinette leur donna une leçon de plongée.

— Tu as vu tous ces poissons aux couleurs vives ?

— J'ai vu, répondit Mike en se tenant sur le côté du yacht qui avait jeté l'encre et où Anna était restée tandis qu'ils plongeaient.

Il aida Carrie à s'accrocher alors qu'Antoinette et William refaisaient surface. Antoinette grimpa sur le bateau et aida Carrie à monter à l'échelle. Mike était capable de monter seul, tout comme William. Dès qu'ils eurent retiré leur équipement, il s'assit et regarda la côte rocheuse à proximité.

— C'est un endroit superbe et, en général, sur le côté abrité de l'île, les vagues sont minimes. C'est un grand incubateur pour les poissons et la faune, expliqua Antoinette en tendant une serviette à Carrie.

Ils vérifièrent l'équipement et aidèrent Antoinette à le ranger. Puis Mike prit les commandes, les ramenant vers la zone portuaire.

— Je veux être océanographe quand je serai grande, annonça Carrie en s'asseyant près de William, tous les deux rapprochant leurs têtes, comme s'ils complotaient de prendre le contrôle du monde aquatique. C'était génial !

— Nous irons dans bon nombre d'autres îles et je sais que la Barbade a des épaves et des endroits où nous pouvons plonger, expliqua William.

— Et Bonaire fait partie des meilleures. Il y a beaucoup de choses à voir.

Même Antoinette semblait excitée.

Mike guida la vedette à travers les vagues en direction du yacht, où ils furent accueillis par Philippe, qui n'avait pas l'air content.

— Les pièces sont arrivées, les informa-t-il dès que William posa un pied sur le quai.

— Excellent !

— Elles ont été livrées… personnellement, continua-t-il, en se focalisant sur William. Il semblerait que Mr et Mme Westmoreland aient pensé qu'ils devaient les accompagner.

— Seigneur, gémit William et Mike sentit la tension, qui s'était évaporée durant les derniers jours, revenir à toute allure.

Son dos se raidit et les muscles de son cou se crispèrent.

— C'était censé être des vacances… en quelque sorte.

William remonta le quai d'un pas lourd en direction de la passerelle du yacht et monta à bord. Mike et Carrie aidèrent Antoinette avec les bouteilles et le matériel, puis lui et les autres embarquèrent.

Mike évita intentionnellement le salon, conduisant Carrie à sa cabine avant de se rendre dans la sienne. Des bagages inconnus étaient posés près du lit et il se douta qu'il allait déménager dans les quartiers réservés à l'équipage d'un instant à l'autre, les parents de William ayant de toute évidence revendiqué sa cabine. Une fois habillé, il monta sur le pont vérifier que tout se passait bien, puis regarda l'heure avant de redescendre sur le quai. Là, il rencontra Granger, le réparateur avec sa caisse à outils, et ils se rendirent dans la salle des machines.

— Ça ne devrait pas prendre trop longtemps.

— Génial ! répondit Mike, puis il lui donna son numéro de téléphone. Je serai sur le pont ou aux alentours du yacht. Si vous avez besoin de quoi que ce soit, appelez-moi, ou Philippe, et dites-moi quand vous serez prêt à démarrer afin de faire les tests.

— Ça prendra quelques heures.

Granger ressemblait à un étudiant, avec ses longs cheveux blonds, mais il se mit immédiatement au travail et sembla savoir exactement ce qu'il avait à faire.

Mike n'était pas pressé de se rendre dans le salon, mais il y alla quand même, prenant une profonde inspiration avant d'entrer. La conversation s'arrêta aussitôt qu'il entra dans la pièce et la mère de William – qui semblait aussi intense qu'il l'avait dit – le regarda comme s'il n'était qu'une saleté sur son tapis.

— Mère, Père, voici Mike Jansen. Le capitaine.

— Est-ce lui qui a pris notre cabine ? demanda-t-elle.

William lui lança un regard noir.

— Non. Il est dans la cabine que je lui ai donnée pour la durée du voyage. Comme je le disais, puisque je ne vous attendais pas, il y a une quatrième cabine de disponible, Anna ou Antoinette amènera vos affaires et les rangera.

— Elle est trop petite. Il me semble que…

William se leva, lui coupant la parole :

— Il *me* semble que vous auriez dû appeler pour dire que vous veniez, dit-il en foudroyant sa mère de regard, puis son père. Vous réalisez que c'était censé être des vacances pour moi ?

— C'est quand même tes vacances, répliqua son père, posément. Après tout, tu es toujours là.

William marmonna et se détourna, marchant vers le bar et se servant un verre avant de le claquer.

— Ce n'est pas une bonne idée, grommela-t-il et Mike put presque le voir compter jusqu'à dix, ses oreilles rougissantes. Très bien, Mère. Vous vous installerez dans la cabine près de la mienne. Mike, tu peux t'installer dans la mienne si tu veux.

William s'avança vers ses parents, s'arrêta et se tourna vers Mike.

— Je l'aime.

Juste comme ça, les mots étaient sortis et Mike eut l'impression d'être frappé, bien qu'en même temps, il flottait sur un nuage de bonheur, car William lui avait dit qu'il l'aimait.

— Juste afin que vous le sachiez, Mike et moi ne sommes pas silencieux, alors j'espère que vous n'avez pas l'intention de dormir. Parce que nous ne changerons pas nos activités pour vous, si cela signifie crier d'extase à quatre heures du matin, qu'il en soit ainsi.

— William ! haleta son père et Mike se sentir devenir écarlate.

— Vous vouliez que je teste les moteurs et vous aviez dit que ce serait mes vacances. Ne vous a-t-il jamais traversé l'esprit que vous étiez les gens dont j'avais le plus besoin de m'éloigner ?

William fixa sa mère tandis que Mike se déplaçait lentement vers la porte. Il n'avait pas à être ici pour ce qui était une dispute familiale.

— J'ai passé la plus grande partie de ma vie sous le même toit que vous, je travaille dans l'entreprise familiale. Les vacances pour moi, c'est m'éloigner de vous quelques fois par an.

Mike referma la pièce après avoir quitté la pièce, puis il s'y appuya, le bruit passant à travers.

Quelques minutes plus tard, William sortit en trombe. Dès qu'il le vit, il s'arrêta net.

— Je suis désolé. Ma bouche a pris le dessus sur moi et je…

William jeta un coup d'œil dans le couloir, puis posa ses mains sur ses joues et l'attira pour un baiser qui manqua de faire céder ses genoux.

— J'aurais dû te dire ce que je ressentais en privé et je n'aurais certainement pas dû t'afficher devant mes parents. Ma mère…

— J'imagine…

Mike gémit lorsque William coupa toute conversation d'un baiser.

— Papa ?

La voix de Carrie derrière lui le glaça jusqu'à l'os. Mon Dieu, il aurait dû être plus vigilant.

— Mr William ? gloussa-t-elle. Beurk, vous vous embrassez.

Davantage de gloussements s'ensuivirent.

— Carrie, je…

Mike se tourna, s'attendant à voir… eh bien, il ne savait pas, mais certainement pas ce sourire coquin sur les lèvres de sa fille.

— Tu aimes les garçons, papa ? demanda-t-elle en rigolant encore plus. Moi aussi j'aime les garçons, déclara-t-elle d'un ton on ne peut plus banal.

— Ça ne te dérange pas ?

Elle le regarda comme seul un enfant pouvait le faire quand il pensait que vous aviez dit une bêtise.

139

— Nan, répondit-elle en haussant les épaules. Est-ce qu'il y a des cookies ici ?

— Pas encore, intervint William. Mon père et ma mère sont arrivés et...

Il s'interrompit et ouvrit la porte, faisant signe à Carrie d'entrer avant de se tourner vers Mike.

— Peut-être peut-elle faire fondre la reine des glaces.

— Ce n'est pas une façon de parler de ta mère, le réprimanda Mike, même si sa première impression de cette femme n'avait rien fait pour lui faire croire que William avait tort.

— Mère, Père, voici Carrie, la fille de Mike.

Carrie s'avança vers eux, leur serra la main et les observa avant de s'asseoir près du père de William, lui demandant ce qu'il faisait.

— Je dirige l'entreprise familiale. William travaille avec moi, répondit-il.

— Ça semble ennuyeux. Je veux être océanologue, faire de la plongée, observer les poissons et peut-être trouver un trésor quand je serais grande.

Mike jeta un rapide coup d'œil à William, retenant son souffle. Parfois, Carrie pouvait être très franche.

— Mr William et Antoinette m'ont appris à plonger, j'adore ça.

— C'est très bien, ma chère, répondit sa mère, assez froidement.

— Oui. Mr William est très gentil. Il joue aux cartes et aux jeux avec moi, poursuivit Carrie, visiblement inconsciente du froid glacial qui se répandait dans la pièce.

— Mère, Mike est le capitaine remplaçant, ils sont tous les deux mes invités, l'informa doucement William, mais avec un soupçon d'avertissement. Sur cette croisière, nous faisons les choses différemment.

Antoinette entra avec un plateau d'amuse-gueules et le posa sur la table.

— Voulez-vous m'apporter un Martini sec ? demanda sa mère.

William se tourna vers Antoinette, lui dit quelque chose tout doucement et elle quitta le salon, refermant la porte.

— L'équipage a été bien formé et connaît son travail, mais si tu veux un verre, va t'en chercher un. Le réparateur installe les nouveaux joints. Mike les contrôlera et démarrera les moteurs. Demain, nous sortirons le yacht pour les tester sous pression et s'ils tiennent, nous partirons vers le sud le lendemain. Le plan prévoit de passer d'île en île jusqu'à Bonaire, de faire de la plongée dans la baie, puis de revenir à St Martin, où la croisière prendra fin ainsi que les contrôles moteurs. Mike sera responsable du fonctionnement du bateau et toutes les questions ou les changements de trajectoire devront passer par moi. Ce sont mes vacances, je commande. Si vous ne pouvez pas le supporter, prenez un taxi afin qu'il vous ramène à l'aéroport.

— William ! s'écrièrent ses parents à l'unisson.

William croisa les bras sur son torse.

— Je ne plaisante pas. J'ai promis à Carrie la chance de plonger dans des endroits magnifiques, je tiendrai ma promesse. Cette croisière sera agréable pour nous tous si vous laissez vos mauvaises attitudes à la porte.

— Fils, commença son père et Mike fit signe à Carrie de le rejoindre, prêt à la conduire hors de la pièce. Ce plan me semble génial. Je n'ai pas fait de plongée depuis des années.

— Max ! s'exclama la mère de William.

— Il a raison, ma chère. Nous sommes arrivés, sans lui demander ce qu'il voulait. Il est évident que William avait des projets et... si nous souhaitons rester, alors nous devons nous conformer à ses projets ou nous préparer à rentrer à la maison.

Le père de William se leva. Il ressemblait à une version plus âgée de son fils, avec des cheveux d'argent et les mêmes yeux bleus.

— Maximilian Westmoreland, se présenta-t-il, tendant la main à Mike. Ravi de vous rencontrer. Si vous avez besoin d'aide pour roder ces moteurs, faites-le-moi savoir.

Mike sourit, serrant la main offerte.

— Merci, monsieur. Je dois vérifier les réparations. J'ai fait des plans pour tester les moteurs ainsi que pour notre voyage vers le sud.

— Où avez-vous acquis votre expérience ? demanda Maximilian.

— Destroyers de la Navy.

Le regard de Maximilian revint à la vie.

— J'aimerais beaucoup vous entendre en parler.

— J'en serais heureux, répondit Mike, avec une surprise et une joie véritable.

Il était clair que le père de William allait être beaucoup plus facile à gagner que sa mère.

— Je vous prie de m'excuser. Il faut que j'aille contrôler les réparations.

— Carrie sera très bien ici avec nous, dit William, se portant volontaire. Pourquoi ne jouerions-nous pas aux cartes ou à un jeu ?

Mike quitta le salon, reconnaissant pour ce répit. Une bonne chose était sortie de tout cela. Carrie était au courant pour William et lui et cela n'avait pas semblé la déconcerter le moins du monde. Bien sûr, cela ne voulait pas dire qu'il n'y aurait pas un million de questions plus tard.

Lorsque la porte se referma derrière lui, Mike se précipita dans la salle des machines.

— Comment ça se passe ?

La pièce avait été briquée comme un sou neuf sans plus aucune trace d'huile.

— Je viens de tout resserrer et je les ai remplis d'huile, nous devrions pouvoir y aller.

Granger se déplaçait comme s'il connaissait chaque centimètre des imposants moteurs.

— Donnez-moi une demi-heure et vous pourrez les démarrer. Je ne pense pas que le problème se représentera.

Il montra à Mike les pièces qu'il avait changées.

— Ils n'auraient jamais dû être utilisés en premier lieu.

— Mettez-les de côté, je m'assurerai que le message soit passé.

Mike remonta sur le pont, appela Philippe, et, dès que les réparations furent terminées, il démarra les moteurs. Bien qu'il ne puisse pas les pousser à la vitesse maximale, car ils étaient toujours à quai, les joints tenaient bien, sans fuite. Mike coupa les moteurs et serra la main de Granger, qui s'apprêtait à partir.

— Merci pour votre aide.

— De rien. J'aime travailler sur des beautés comme celui-ci, répondit-il en souriant avant de rejoindre le quai.

Mike se tourna et regagna le pont afin de prendre ses dispositions pour qu'ils puissent sortir tester les réparations à la première heure le lendemain. Si tout se passait bien, ils seraient en mer le jour suivant.

William le rejoignit alors que Mike quittait le pont, aussi stressé qu'il l'était lorsque Mike était monté à bord un peu plus tôt.

— Quel est le problème ?

— Rien de spécial, répondit William en serrant les poings. Ils se sont installés, peu importe ce que ça signifie. Pour ma mère, cela veut sûrement dire terrifier Anna et Antoinette un certain temps. Elle ne va pas renoncer. Ma mère doit commander, et ça me rend fou.

— Il semblerait que ce soit quelque chose que tu aies hérité d'elle.

William le fusilla du regard.

— Je ne suis pas ma mère.

Ses mots sonnèrent comme des cristaux de glace. Heureusement, Mike savait comment le réchauffer.

— Je n'ai pas dit que tu l'étais. Mais tu aimes commander la plupart du temps.

Mike jeta un œil autour de lui afin d'être sûr qu'il n'y avait personne, puis s'approcha, attirant William à lui.

— Pense à la nuit dernière, poursuivit Mike en souriant et William acquiesça en grognant. C'est bon. Tu es un cadre et tu as des centaines de personnes qui comptent sur toi. Ça commence à devenir naturel et je me doute que c'est la même chose pour ta mère. Tu as dit qu'elle assumait de nombreuses fonctions caritatives, elle est probablement la leader que tout le monde regarde.

— Oui, et son ego fait des kilomètres, répondit William avant de faire une pause. Tu es en train de défendre ma mère ?

— Non. Je dis juste que, peut-être, tu pourrais te servir de son autoritarisme à ton avantage. Donne-lui quelque chose à faire.

William ricana.

— Elle se contenterait de ton travail.

Mike sourit. C'était probablement vrai.

— Nous devrions aller voir ce qui se passe et je dois aller voir comment va Carrie.

Sa main se referma instinctivement sur celle de William. Ce geste lui sembla si naturel et facile. À la fin de ce voyage, il allait être difficile de s'habituer à ne plus l'avoir. Mike savait que ces démonstrations d'affection devenaient normales à bord et il aimait cela. Cependant, il allait devoir gérer l'après… et ce qu'il allait faire une fois rentré chez lui.

XI

LES TESTS moteurs furent un énorme succès et, dès qu'ils furent en mer, le yacht fonctionna à merveille. William passait ses journées à se prélasser et tenter de se détendre tandis que Mike était dans son élément, naviguant vers le sud en direction de Bonaire, qui était, en fait, un paradis pour les plongeurs. Ils avaient pris quelques jours pour visiter tous les sites, William s'émerveillant sur les coraux vierges, les éponges, des kilomètres de couleurs arc-en-ciel recouvrant le fond de l'océan. Des poissons de toutes sortes, des tortues de mer, des hippocampes, des oursins, des anémones – cela dépassait l'imagination, mais ce n'était rien comparé au sourire sur les lèvres de Mike et à l'émerveillement dans ses yeux lorsqu'ils remontaient à la surface. Un simple regard valait tout le stress d'avoir ses parents à bord.

Au moins, sa mère s'était calmée et le laissait tranquille la majeure partie du temps. William se doutait que la carte de crédit de son père se prenait une claque lorsqu'ils étaient au port, mais ça ne le regardait pas.

— Je pense que c'est assez pour aujourd'hui, dit Antoinette et ils embarquèrent sur le hors-bord, arrimant leur équipement en vue du trajet retour jusqu'au port.

Carrie s'assit près de Mike, sous le regard de William. La proximité était magique. Quelques minutes plus tard, Carrie se déplaça un peu, lui souriant. William lui rendit son sourire, se demandant ce qui allait se passer lorsque tout sera fini. Dès le lendemain matin, ils reprendraient la direction du nord, se rapprochant de la réalité. Il devait toujours parler à son père, ce qu'il redoutait. Celui-ci avait fait des insinuations, pas très subtiles, indiquant qu'il voulait prendre sa retraite le plus tôt possible.

Lorsqu'ils rejoignirent le yacht, William aida Antoinette à s'occuper du matériel, envoyant Mike et Carrie se changer.

— Fils, l'appela son père alors qu'ils étaient sur le point de finir.

— Je peux terminer seule, proposa Antoinette. Nous avons presque fini et il faut que je remplisse les bouteilles avant que nous quittions l'île.

— Merci, répondit William, puis il se tourna vers son père. Laisse-moi me changer.

Il se rendit dans sa cabine, ôta ses habits humides et enfila un short, un polo léger et des tongs. Il se dit qu'il devait les porter tant qu'il le pouvait.

— Que se passe-t-il, Père ? demanda-t-il avant de se rendre compte que leur cabine était vide.

Il se dirigea alors vers le salon. L'expression sérieuse sur le visage de son père lui dit que quelque chose n'allait pas.

— Tu étais dans ton élément cette semaine.

— J'aime à le penser. C'était l'occasion de faire un break.

Il ne parla pas de leur irruption avec sa mère. Il avait géré.

— Je sais que tu n'étais pas content que ta mère et moi soyons venus. Mais nous ne savions pas que tu avais quelqu'un dans ta vie. Deux en fait, dit-il en souriant. Mike est un sacré homme et Carrie est adorable, elle en donne à ta mère pour son argent.

À l'occasion, Carrie les appelait Grandma et Grandpa, ce qui était complètement désarmant, surtout pour le père de William.

— Tu sais que je pensais à prendre ma retraite… mais pas avant quelques années.

— Père, je ne veux pas prendre votre place, bredouilla William avant que son père puisse ajouter quoi que ce soit. Ce n'est pas ce que mon cœur me dicte, ce que je veux faire pour le reste de ma vie.

Il s'assit face à lui.

— C'est pour cela que tu étais si abrupte avec tout le monde ?

— Je pense. Je n'aime pas être assis dans un bureau toute la journée. Les murs se referment sur moi et laisse-moi te dire que les feuilles de calcul et les livres de compte ne sont pas mon idée d'un bon moment. Je veux être en extérieur…

Il baissa les yeux au sol, réalisant combien il devait paraître stupide.

— Pourquoi n'as-tu jamais rien dit ? demanda son père en agrippant les bras du fauteuil et en se penchant en avant.

— Parce que je pensais que c'était ce que vous vouliez que je fasse et parce que j'étais stupide. J'ai suivi vos projets et ce que vous souhaitiez. J'aurais pu vivre avec cela. Je partais en voyage et me défoulais, je passais un bon moment plusieurs fois par an et ça me convenait.

Son père hocha la tête.

— Jusqu'à ce que tu rencontres Mike… Il y a un certain temps que nous avons eu la conversation « mon fils est gay », mais ta mère et moi ne l'avons pas pris aussi sérieusement que nous l'aurions dû. Je sais que ce n'est pas comme si tu allais te marier et avoir des enfants, du moins, pas dans le sens traditionnel. Mais si tu es heureux, au moins raisonnablement, alors…

— Oui. Je connais Mike depuis quatre ans maintenant, mais les choses ont changé durant mon dernier voyage. Je l'ai toujours apprécié, il m'attirait, mais ça n'avait jamais été plus loin, jusqu'à ce que l'ouragan nous réunisse et que…

Il n'arrivait pas à croire qu'il avait cette conversation avec son père… et que ce dernier l'écoutait.

— Après ça, j'ai dû rentrer à la maison.

— Et tu es devenu un ours mal léché.

Son père s'adossa à son fauteuil, son pantalon parfaitement repassé tombant sur ses jambes croisées.

— Tu aurais dû en parler. Tu es mon fils, je veux que tu sois heureux. Au bureau, nous courons dans tous les sens pour rester en avance sur la concurrence et le marché. C'est comme ça que je vis depuis toutes ces années. C'est un défi de rester au top.

— Je sais. Vous vous épanouissez. Moi, non.

C'était la première fois que son père et lui s'asseyaient et discutaient de choses importantes. Cela aurait dû se produire des années auparavant, mais William n'avait pas voulu faire de vagues, alors, au lieu de cela, il avait failli dériver.

— Alors, que veux-tu faire ? demanda son père.

— Peut-être pourrions-nous accroître notre présence en Floride. Ouvrir une succursale sur la côte. Je pourrais la diriger et voir comment ça se passe. Voir pour augmenter notre part de marché.

— Mais Westmoreland Motors est une entreprise familiale. Je ne veux pas perdre cela.

— Moi non plus. Mais je ne veux pas non plus la diriger jour après jour. Alors, pourquoi ne trouverions-nous pas quelqu'un pour la gérer ? Je serais toujours impliqué et, quand le moment sera venu, j'occuperais un siège au conseil, ou vous et moi pourrions travailler ensemble au conseil d'administration. Mais je veux avoir la chance de laisser ma propre trace dans le monde.

— Tu as raison, vraiment, et ton idée est bonne, mais je ne vais pas te mettre dans une succursale de ventes. Au lieu de cela, tu seras responsable du développement des futurs produits. Tu veux déménager dans le sud ? Fais-le et trouve ce que sera la prochaine génération de produits. Travaille avec les plaisanciers afin de découvrir ce dont ils auront besoin dans cinq ou dix ans. Je pense que Mike sera une excellente ressource pour toi.

William eut envie de prendre son père dans ses bras, mais il se retint. Ils n'avaient jamais eu ce genre de relation.

— Oh, au diable tout ça.

Il se leva, se pencha sur la chaise de son père et l'étreignit. Son père lui rendit son étreinte.

— Mais tu dois me promettre de venir nous rendre visite pendant les vacances de temps en temps. Même si je peux voir pourquoi tu aimes autant être ici.

— Merci, Père. Nous aurions probablement dû en parler il y a un moment.

— Oui. Mais toi et moi n'avons jamais été sur la même longueur d'onde. Je ne sais pas pourquoi, mais nous discutons plus souvent des autres que l'un avec l'autre.

Avec un peu de chance, ils pourraient continuer à l'avenir.

— Je me dois de te poser la question, car il semblerait que ce soit notre schéma. Est-ce ce que tu fais avec Mike ?

— Je vous demande pardon ? demanda William.

— Nous avons de fortes personnalités. Regarde, je suis une force sur laquelle il faut compter, je le sais. Je ne suis pas dans les affaires depuis tout ce temps, sans obtenir ce que je veux en général et si quelqu'un ou quelque chose se met en travers de mon chemin, je trouve un moyen de contourner les obstacles. Tu es passé au second plan à cause de ce que je suis, mais tu as tendance à faire la même chose. Tu es mon fils, après tout.

— Je ne comprends pas où vous voulez en venir.

William avait la tête qui tournait un peu.

— Tu dois découvrir ce que Mike souhaite. Il tient clairement à toi – c'était évident ces derniers jours. Et Carrie est la plus gentille des petites filles.

Mike mangeait manifestement dans la main de sa fille.

— Je sais que toi et moi avons discuté de ton nouveau poste, car tu veux déménager dans le sud et c'est super. Je suppose que ça a beaucoup à voir avec Mike, mais t'es-tu assis avec lui, comme nous l'avons fait, pour parler de ce dont il avait envie ?

— Oui.

Son père secoua la tête.

— Penses-y. As-tu parlé *avec* lui ou *lui* as-tu parlé ? Toi et moi sommes très doués pour cela. Mike est un homme bon. Lui et moi avons eu l'occasion de discuter à plusieurs reprises et le retour à la maison lui cause une peur de tous les diables.

— C'est ce qu'il t'a dit ?

William n'arrivait pas à imaginer son père et Mike avoir une conversation sur leurs sentiments.

— Il n'a pas eu à le faire. Il vit dans une petite ville, son entreprise et son moyen de subsistance dépendent de la volonté et de la parole des autres. Évidemment qu'il a peur. Tu as un fonds de pension avec lequel tu pourras vivre pour le restant de tes jours si tu en as envie. Il n'a que son dur labeur. J'admire la détermination de Mike à faire ce qu'il faut pour sa famille.

— Tout comme moi, Père, protesta William. Sa mère est incroyable.

— Alors, asseyez-vous et voyez ce que vous voulez tous les deux, dit son père en se levant et lui tapotant l'épaule. Je vais m'allonger un moment avant le dîner.

— Où est Mère ?

— Elle est sur l'île. Anna est partie faire des courses pour Rodrigo et ta mère est allée avec elle faire des achats.

Les surprises ne semblaient jamais s'arrêter sur cette croisière. Sa mère et Anna. La pensée des deux femmes faisant des courses ensemble était suffisante pour le méduser.

— Ta mère est une femme complexe et quand elle comprend qu'elle n'a pas à être la dame du manoir, la constante hôtesse de la moitié du monde, c'est vraiment une femme d'enfer.

Son père lui fit un clin d'œil et mon Dieu, William ne voulait pas savoir ce que cela signifiait.

— Je comprends la partie d'enfer. Elle m'en a fait vivre un toute ma vie.

— Ta mère a passé trop d'années en société, expliqua son père en s'arrêtant à la porte. Elle n'a pas eu autant d'argent que moi, elle n'a pas été élevée avec les avantages que tu as eus. Son père était pasteur, tu le sais. Mais...

Il s'interrompit en soupirant.

— Elle n'a jamais voulu en parler à personne. Seigneur, elle m'a fait jurer de garder le secret, il y a quelques années. Ton grand-père l'a reniée lorsqu'elle m'a épousé, car elle n'épousait pas l'homme avec qui il voulait que sa petite fille se marie. Il voulait l'unir à l'un des hommes de sa petite congrégation et qu'ils se reproduisent comme des lapins pour agrandir son troupeau. En ce qui me concerne, son père était barjot. Il l'est toujours, même s'il est raide mort et repose en enfer, là où il appartient.

C'était une première pour son père.

— Je suis tombé amoureux de ta mère la première fois que je l'ai vue et j'étais déterminé à l'épouser. Mais, comme je l'ai dit, son père avait d'autres idées et ça a été difficile pour elle de partir. Je devais la laisser se faire sa propre opinion, peu importe combien je voulais l'attraper et l'arracher à lui.

Son père serra et desserra les poings à plusieurs reprises.

— Elle n'a jamais eu la vie facile. Après le mariage, elle n'a pas été acceptée dans la société et ça lui a fait du mal. Ta mère a travaillé toute sa vie pour se conformer à mon monde, maintenant, elle est la reine du bal et la chef de file de la société. Parfois, je pense qu'elle ne sait plus comment se déconnecter de tout cela. Mais elle l'a fait ces derniers jours et elle est plus heureuse. Tout comme moi. Alors, donne-lui une chance.

William hocha la tête, d'un air absent.

— Pourquoi personne ne me l'a-t-il jamais dit… hormis Mère te faisant jurer de garder le secret ?

— Lorsque nous nous sommes mariés, ta mère était une personne différente. C'était la gentille petite fille de pasteur. Lorsqu'elle est tombée amoureuse de moi, elle a trouvé sa voix intérieure, ça n'a jamais cessé depuis. J'aime la femme à l'intérieur de ta mère – seulement, elle ne la dévoile plus.

— Mais je suis son fils. Est-ce que je ne mérite pas de la voir ?

— Si. Elle est toujours là. Parfois, il faut la chercher.

Son père ouvrit la porte et sortit du salon, laissant William se demander comment il était supposé faire ça.

Quelques minutes plus tard, il y eut un coup sur la porte et Mike et Carrie entrèrent.

— Ton père et toi avez fini de parler ? demanda Mike.

— Oui, acquiesça-t-il en se grattant la tête.

— Est-ce que Granpa Max et vous vous êtes disputés ? demanda Carrie.

— Non. Nous ne nous sommes pas disputés. Pourquoi ?

— Vous le faites beaucoup, déclara Carrie en s'asseyant à table.

William savait qu'elle avait raison. Il se disputait beaucoup avec ses parents, plus qu'il ne le devrait.

— Tu vas bien ? s'enquit Mike qui se tenait près de lui, un bras solide enroulé autour de sa taille.

Ce simple contact fut exactement ce dont il avait besoin.

— Père m'a donné exactement ce que je désirais.

À cet instant, il se rendit compte qu'il devait être prudent avec ses souhaits, car ils pouvaient se réaliser. Oui, il avait voulu se libérer du bureau et c'était génial, mais tout était arrivé grâce à Mike et il ne savait même si, à ce stade, il y avait un « Mike et lui ». Il leur restait quatre jours sur le yacht et ils reviendraient à St Martin. Après cela, Mike retournerait à Apalachicola et William repartirait à Providence, afin de comprendre comment commencer ce nouveau chapitre de sa vie.

Il avait parlé à Mike, lui avait dit ce qu'il voulait, mais ce dernier ne lui avait pas donné de réponse. Il n'en avait pas vraiment attendu une, mais il l'avait espérée. Il avait déclaré ses sentiments pour Mike devant sa famille. Il avait prononcé les mots, les mots magiques, mais ce dernier ne les lui avait pas dits en retour. Oui, il se comportait probablement comme une fillette, il devait être patient et permettre à Mike de faire ce qu'il lui avait demandé. Réfléchir à ce qu'il souhaitait. Mais il n'arrêtait pas de se demander ; et si Mike ne voulait pas de lui près de lui à temps complet ? Ils s'entendaient bien au lit et bon sang, lui voulait de Mike tout le temps ! Seigneur, ils étaient dans le salon avec Carrie et tout ce sur quoi il arrivait à se concentrer, c'était le regard profond de Mike et la manière dont ses cheveux bouclaient aux pointes quand ils étaient mouillés. Et pour ajouter à sa préoccupation, Mike lui rendait son regard, envoyant une vague de chaleur en lui. Parfois, ce yacht n'était pas assez grand.

— William, l'appela doucement Mike, ce qui le fit revenir au présent.

— Désolé, j'étais ailleurs.

Au plus profond de sa tête, à s'inquiéter de choses qui étaient hors de sa portée.

— Je t'ai demandé ce qui s'était passé avec ton père. Tu as dit qu'il t'avait donné ce que tu désirais.

— Oui. Il va former ou engager un cadre pour diriger l'entreprise au quotidien et lui et moi siégerons au conseil d'administration, expliqua William en faisant les cent pas. Il veut que je m'installe dans le sud, près de la mer et que je développe les futurs nouveaux produits. Il veut que je regarde vers l'avenir et que je trouve ce qui pourrait être fait dans les prochaines décennies.

— C'est facile. Développer des moteurs nautiques avec assez de puissance et d'efficacité afin de pouvoir être électrique et fonctionner sur batteries au lieu de ces énormes moteurs diesel. Le carburant est coûteux, sale et combustible. Imagine des moteurs et des bateaux sans voiles qui ne seraient pas chargés de diesel qui peut brûler ou exploser en mer. Ce yacht transporte des milliers de litres de carburant – c'est nécessaire si nous voulons aller n'importe où. Peut-être qu'il serait plus facile de commencer avec des moteurs plus petits et de continuer sur des plus grands, mais ce serait une grande innovation qui vaudrait son pesant d'or pour le premier qui la mettrait sur le marché.

Son père avait dit que Mike l'aiderait dans sa tâche et il avait raison. Mike connaissait le futur, car il savait ce que les plaisanciers voulaient vraiment.

— J'aime ça. C'est une excellente idée !

Comment allait-il y parvenir, c'était autre chose, mais cette idée était solide. Il entendait déjà tout le monde dans l'entreprise dire que c'était impossible. Mais il y avait des voitures propulsées par moteurs électriques alors, pourquoi pas des bateaux ? Il se pencha vers Mike et ils regardèrent Carrie dessiner dans son carnet, les ignorant totalement.

— Qu'est-ce que tu fais ma chérie ? demanda William et Carrie sourit, lui montrant son dessin qui, de toute évidence, le représentait avec Mike.

— Tu es vraiment d'accord avec ça ? demanda Mike.

Carrie leva les yeux au ciel.

— Mr William te fait sourire. Je le vois tout le temps. Tu ne le faisais pas très souvent quand tu étais à la maison. Mais avec lui, oui. J'aime quand tu souris.

— Et pourquoi ça ?

Mike lâcha William et se rua sur Carrie pour la chatouiller, son rire aigu et joyeux emplissant la pièce.

— Alors ?

— Papa ! s'écria Carrie en riant tandis que Mike la libérait. Je ne suis plus une petite fille. Grandma Élise dit que je suis une jeune fille et que je dois me comporter comme telle.

Elle retourna dessiner et William ricana.

— J'imagine que c'est ce qu'on vient de me dire.

William les observa tous les deux puis, il alla jusqu'au bar, se prépara un Martini et le rapporta, ainsi qu'un soda pour Carrie et une bière pour Mike. Il s'installa et entendit la voix de sa mère dans le couloir, suivie par un rire. Il essaya de se souvenir de la dernière fois où il avait entendu ce son. Elle entra avec ses sacs de courses.

— Avez-vous passé un bon moment ? demanda-t-il en se levant pour l'aider avec ses sacs.

— Oui.

Elle se tourna et remercia Anna pour son aide.

— De rien, répondit cette dernière, ses bras également chargés de sacs, puis elle s'éloigna, probablement vers la cuisine.

— Qu'avez-vous acheté ?

— Quelques affaires pour ton père et une robe pour cette petite.

Elle tendit un paquet à Carrie, qui le déchira.

— Merci ! s'écria Carrie en la serrant dans ses bras et William vit la reine des glaces fondre un peu plus.

Il avait espéré que Carrie pourrait communiquer avec elle, mais c'était au-delà de ses rêves les plus fous. Carrie se précipita hors de la pièce, disant qu'elle allait essayer sa robe.

— Vous lui avez fait plaisir, dit William en souriant, puis il s'assit près de Mike. Nous prévoyons de remonter vers le nord demain. Nous nous dirigerons vers les îles à l'est et ferons quelques arrêts en chemin pour accoster et nous ravitailler en carburant.

Sa mère s'avança vers lui et lui prit la main. Elle semblait détendue, les petites rides autour de ses yeux et de ses lèvres s'étaient estompées.

— Ce fut un voyage très agréable. Merci.

— De rien. Je suis content que vous vous soyez amusée.

Il jeta un coup d'œil à son père qui entrait dans le salon, se demandant l'espace d'une seconde si quelque chose avait été glissé dans le thé de sa mère au déjeuner. Ce n'était pas la femme qu'il avait appris à connaître à Providence.

— Je pensais que, peut-être, ton père et moi pourrions revenir et passer un peu de temps dans l'une de ces adorables stations que nous avions vue sur la côte. Elles avaient l'air très bien et aucune ne ressemblait à ses affreuses chaînes qu'ils importent aux États-Unis et transplantent partout où ils peuvent construire.

— Très bien. Qu'avez-vous fait de ma mère ? Je sais que vous lui ressemblez, mais c'est beaucoup trop. Vous devez être un clone ou une chose comme ça, car ma mère aime les complexes cinq étoiles et les services à l'extrême.

— Sois gentil et ne parle pas de mes extrêmes. Ils sont pour ton père.

Elle garda un visage neutre et Mike éclata de rire

— Elle était bonne. Je vais aller chercher l'aloès, parce que tu as brûlé.

William fut pris d'un fou rire et sa mère éclata de rire. C'était vraiment étrange et tellement différent de la personne qu'il connaissait.

Antoinette apporta deux plateaux de canapés et les posa sur la table basse. Les petits hors-d'œuvre au saumon et la salade de poulet avaient l'air succulents.

— Le dîner sera servi à dix-neuf heures.

— Merci, ma chère, répondit sa mère en lui tendant un paquet. J'ai un petit quelque chose pour chacun des membres de l'équipage afin de vous dire combien nous apprécions votre dur labeur. Ce n'est pas grand-chose, mais tout le monde a été si gentil.

Antoinette prit le sac, la remercia et quitta la pièce. William vida son verre d'un trait, tentant de comprendre ce qui se passait avec sa mère.

— Accepte-le et sois heureux, lui chuchota Mike.

Sa mère se tourna vers lui avant de s'asseoir.

— Peut-être suis-je plus que simplement ta mère. Je suis une personne avec les mêmes goûts que tout le monde.

— Ta mère est une femme complexe, dit son père, qui se tenait près d'elle.

Il sourit et se pencha. Sa mère gloussa – gloussa *vraiment* – et rougit. William ne voulait pas voir ça. Il n'allait jamais pouvoir se sortir de l'esprit l'image de ses parents en train de flirter.

— Je suis content que vous soyez heureuse, Mère.

Il fut reconnaissant lorsque Carrie débaula dans la pièce en tourbillonnant pour montrer sa nouvelle robe, qui était superbe sur elle.

— Merci, Élise, dit Mike.

— Oui, merci, Grandma Élise ! Elle est trop belle !

Elle était visiblement heureuse, tout comme Mike.

Maintenant, si William pouvait trouver ce dont il avait besoin afin que Mike continue à être heureux et veuille de lui comme il l'espérait.

— Capitaine, appela Antoinette depuis le pas de la porte. Philippe vous demande.

— Dites-lui que j'arrive.

Mike se leva et William observa chacun de ses gestes, tentant de ne pas paraître trop flagrant. Merde, Mike se déplaçait avec la grâce et la fluidité d'un danseur, ses épaules et son dos étaient une œuvre d'art que n'importe quel sculpteur serait ravi de reproduire.

— Excusez-moi, dit Mike en quittant le salon et William ne détourna les yeux que lorsque la porte fut fermée.

— Tu es très épris, n'est-ce pas ? fit remarquer sa mère.

— Épris de quoi ? demanda Carrie.

— Rien, mon cœur. Pourquoi n'irais-tu pas chercher les cartes, nous irions jouer sur le pont un moment ? C'est une belle soirée, nous devrions prendre un peu l'air.

Sa mère prit la main de Carrie et la conduisit vers les portes arrière et sur le pont.

— C'était intéressant, songea William en les regardant à travers la vitre. Qui l'aurait deviné ?

— Comme je le disais, ça nous a fait du bien.

Son père semblait plus détendu que William ne l'avait jamais vu.

— Je pense qu'elle et moi devrions prendre des vacances comme ça chaque hiver.

— Je pense que vous devriez en prendre aussi en été. Mère et vous avez besoin de vous éloigner. Ça faisait trop longtemps, voyez le bien que cela vous fait. Peut-être pourriez-vous venir pêcher.

Il adressa un sourire en coin à son père.

— Vois-tu ta mère faire cela ?

William haussa les épaules.

— La mère que je connaissais, probablement pas. Mais cette version de ma mère ? dit-il en indiquant le pont. Cette version de ma mère, je la crois capable de tout. Ce serait une superbe journée au soleil, en mer, et vous pourriez attraper votre dîner. Il n'y a rien de mieux et Mike est un super capitaine.

— Je parie que c'est le cas.

Son père se leva et se servit un verre avant de rejoindre sa mère et Carrie sur la poupe. Si quelqu'un lui avait dit que ses parents joueraient aux cartes avec une jeune fille de dix ans, qui les appellerait Grandpa et Grandma en moins de dix jours, il l'aurait fait interner.

— Tout va bien ? demanda-t-il à Mike quand celui-ci revint, une bière à la main.

— Oui. Philippe et moi avons revu le plan pour demain et il y a un petit changement. Nous devons partir à l'aube et faire les contrôles moteurs. La cale est indisponible après midi. Il y a eu une confusion au bureau du port. Alors nous partirons dès le lever du jour et rejoindrons Sainte Lucie, avant de nous diriger vers le nord.

Mike avait l'air si confiant, qu'il en fut excité. Merde, il avait envie de s'excuser et de l'emmener dans sa cabine. La chaleur augmenta en lui. Il avait toujours été celui qui commandait, mais il avait envie que Mike prenne les commandes pour une fois.

— Nous serons prêts.

— Aucun de vous n'a à se lever. Philippe et moi naviguerons hors du port et au-delà du récif. De là, nous rejoindrons notre destination.

— Si tu penses que c'est mieux.

— Oui. Le trajet va durer près de vingt-quatre heures, mais les prévisions météorologiques indiquent un temps clair et des vents faibles. Toutefois, après cela, le vent devrait se fortifier, ce qui signifie davantage de vagues, alors nous resterons du côté Caraïbes des îles jusqu'à ce que nous atteignions St Martin.

Il était évident que Mike allait être occupé.

— Est-ce que Philippe et toi avez prévu des roulements ?

— Oui. Philippe est déjà parti se reposer afin d'être frais et dispo lorsque nous aurons besoin de lui et je dirai bonsoir juste après le dîner.

Mike pouvait à peine rester immobile, il était si excité.

— Ne t'inquiète de rien. Mes parents et Carrie sont inséparables. Ils la surveilleront.

— Je n'en doute pas, répondit Mike en se tournant vers lui. Crois-tu vraiment qu'après cette croisière, ta famille nous acceptera ? Je sais qu'ils sont gentils parce que nous sommes sur ce yacht, mais, et si…

Il soupira.

— Je sais, c'est stupide.

— À quel sujet ?

— Écoute. Et si nous décidions de tenter le coup ? Tu peux déménager en Floride, mais tu voudras rentrer leur rendre visite et Carrie voudra venir aussi, mais que se passera-t-il quand… comment elle et moi nous pourrions nous adapter ?

William lança un regard derrière lui.

— Je ne pense pas que tu aies à t'inquiéter de cela. Je pensais que ma mère ne se souciait que de son statut social. Mais je ne crois pas que ce sera ce qui la poussera dorénavant.

— Qu'est-ce que ce sera ?

— Nous. Je crois que ma mère a fait ce qu'elle a fait pour ma sœur et moi. Elle voulait que nous ayons la chance qu'elle n'a jamais eue. Je connais des personnes influentes, de la politique ou de l'industrie. Mes parents connaissent des gens qui ont leur propre yacht et ont des amis qui prennent des décisions qui affectent tout le monde. Je n'y avais jamais pensé avant, mais ma mère voulait que ses enfants connaissent et aient accès à de telles personnes. Ce qu'elle a fait demande du courage et je pense que ça s'étendra à la personne que j'aime et à ma famille. Ça a été le cas pour ma sœur.

— Mais je ne suis pas comme ta sœur, fit remarquer Mike. Je suis…

Il leva le regard, puis se tourna vers la fenêtre extérieure.

— Excuse-moi. Je viens de me rappeler que j'ai des choses à faire avant demain.

Mike posa sa bière sur le bar et quitta la pièce sans un autre mot.

William eut envie de le suivre, que Mike lui explique ce qui se passait. Il savait que ça avait quelque chose à voir avec le fait d'être gay, il pouvait gérer cela. Il l'avait vécu, il pouvait essayer de l'aider. Mais il y avait plus que ça. Finalement, ses pieds restèrent ancrés là où ils étaient et il regarda l'endroit où Mike avait disparu un long moment, espérant qu'il reviendrait, mais la porte resta close.

William alla derrière le bar, mélangea un pichet de Martini et s'en versa un. Il était fort, sec, mordant, exactement ce dont il avait besoin. Il avait espéré que cette croisière serait l'occasion pour Mike et lui de faire évoluer les choses. Peut-être en avait-il trop attendu et que ses espoirs dépassaient la réalité.

— William, viens te joindre à nous.

Son père tenait la porte et William soupira, prenant le pichet sur le bar.

— Laisse ça ici.

L'acidité dans la voix de son père le fit suspendre son geste, puis il fit ce qu'il lui demandait.

— Boire pour stopper les doutes et les inquiétudes ne donnera rien de bon.

Il se tourna et entra, refermant la porte derrière lui.

— Laisse-lui un peu de temps.

— Père.

Discuter avec son père de sa vie amoureuse n'était pas en haut de sa liste de priorités.

— William, répliqua son père en lui rendant son regard. Il a beaucoup plus à perdre que toi. Il est difficile d'assumer, qui l'on est intérieurement, et effrayant, à plus forte raison quand sortir du placard peut coûter tout ce que l'on connaît. Tu dois lui donner la chance de prendre sa décision.

— Mais je veux aider…

— Tu ne peux pas. Tu dois le laisser démêler tout ça seul et ça va être dur. Tu n'as jamais été connu pour ta patience, fit remarquer son père en souriant. Seigneur, nous devions cacher tous tes cadeaux sinon tu te cachais sous l'arbre et secouais chaque présent pour savoir ce que c'était. Et ne crois pas que je ne savais pas que tu déballais les cadeaux pour regarder avant de les réemballer.

— Mon Dieu, Père, c'était il y a des décennies.

Ses parents ne le laisseraient jamais oublier cela.

— Non, c'était à Noël dernier, plaisanta son père, ce qui fit glousser William. Tu n'as jamais été très patient, mais là, tu ne dois pas te précipiter ou lui forcer la main. Mike doit comprendre seul et, aussi douloureux et difficile que ce soit pour toi, tu dois laisser les choses se faire. Tu as ton fonds de pension, tu es indépendant. Mike est seul, et son entreprise, sa fille et sa mère dépendent de lui. Il ne peut pas leur tourner le dos, il se rend compte que chacune des décisions qu'il prend affecte davantage que lui. Alors tu dois combattre ta nature et être patient.

— Comment le savez-vous ?

Il n'avait jamais connu ce genre de perspicacité chez son père. Peut-être parce que son père et lui n'avaient jamais pris le temps d'apprendre à se connaître en tant qu'adultes.

— Ta mère. Elle était celle qui avait tout à perdre. Élise savait que si elle décidait de m'épouser, son père serait dans tous ses états et lui tournerait probablement le dos. Alors elle a rompu avec moi, elle est retournée dans sa famille et je pensais que c'était fini. C'en était arrivé au stade où mes amis me disaient que je devrais recommencer à sortir. Un soir, la sonnette a retenti, la même que nous avons encore aujourd'hui. Je me souviens avoir ouvert la grande porte en bois, m'attendant à l'une des amies de ma mère, mais c'était Élise. Je n'oublierai jamais ce moment, aussi longtemps que je vivrai. Il pleuvait à verse, elle ressemblait à un rat mouillé, mais ta mère se tenant sur le pas de ma porte fut la plus belle vue de ma vie. Je l'ai embrassée sur les marches, devant toutes les petites vieilles du club de bridge de ma mère.

— Ça a dû être surréaliste pour elles.

— Elles s'extasiaient devant nous. Ma mère a été choquée l'espace d'un instant, puis elle a fait entrer Élise. Dès qu'elle s'est expliquée, ta grand-mère est passée en mode mère poule. Voilà. Élise était à moi et elle l'est depuis lors. Dans les bons ou les mauvais moments, les faciles ou les difficiles, elle a toujours été là et je la soutiens, car elle m'a choisi.

— Et tout ce que vous pouviez faire était d'espérer ? demanda William.

— Oui. Je devais y croire et avoir la foi qu'elle ressentait la même chose que moi. Je devais être prêt à la laisser prendre sa propre décision. Dès qu'elle l'a prise, ta mère n'a jamais regardé en arrière et je n'ai eu d'yeux que pour elle... Toutes ces années, et quand j'étais plus jeune, j'ai eu des occasions, mais ta mère était et est la seule femme pour moi. Quoi qu'il arrive.

— Parce qu'elle vous a choisi ?

Il commençait à comprendre.

— Oui. Elle m'a choisi plutôt que son père et le reste de sa famille. Ta mère était prête à prendre le pari qu'une vie avec moi serait plus belle et plus heureuse que la seule vie qu'elle avait connue. C'est une décision difficile à prendre pour n'importe qui et si tu es choisi, tu t'en souviendras pour le restant de tes jours.

Son père se tourna et quitta la pièce, rejoignant sa mère et Carrie.

Merde, Maximilian savait exactement comment faire une sortie.

LE DÎNER fut délicieux, comme d'habitude ; du poisson fraîchement pêché du jour, poêlé au beurre et légèrement assaisonné de citron. C'était le repas le plus succulent que William ait jamais mangé. Certains membres de l'équipage furent en mesure de se joindre à eux tandis que les autres préparaient leur départ, mais William s'assura que de la nourriture avait été mise de côté pour eux. Le plus grand absent à table fut Mike, qui visiblement travaillait. Du moins, c'était le message qu'il leur avait fait passer.

William avait songé à aller le chercher, mais il suivit le conseil de son père et resta à distance afin de donner du temps à Mike. Du moins, c'était ce qu'il espérait faire.

— Détends-toi, lui dit sa mère en lui tapotant la main.

William n'arrivait toujours pas à croire le changement de sa mère, mais il allait l'accepter et faire avec aussi longtemps que possible. Elle était habituellement si dure avec eux.

— Les choses s'arrangeront si elles le doivent.

— Merci.

Il s'excusa et monta sur le pont pour s'asseoir sur une chaise longue, fixant les étoiles. Elles étaient différentes dans le sud, plus claires, les constellations bougeaient et il y en avait d'autres au-dessus de l'Équateur. Pas que ça importait. William contemplait le ciel, puis il regarda la chaise près de lui, celle où Mike s'était assis presque chaque nuit durant le voyage. Mais elle était vide. La chaleur de la main de Mike dans la sienne, savoir qu'il était là lui manquait. Ils parlaient de tout et de rien ici en regardant les étoiles… De tout, sauf de ce qui était vraiment important. Ou plus probablement, William faisait la conversation au lieu d'écouter.

Une heure plus tard, il quitta le pont et rentra à sa cabine, fermant la porte. Son père avait raison – il ne pouvait rien faire à ce stade.

Le bateau était silencieux, seul le bruit des vagues et du port brisait la paix. Dommage que cette paix ne s'étendait pas aux dérives dans lesquelles son esprit ne cessait de tomber. Le réveil près du lit indiqua vingt-deux heures, puis vingt-trois. William était tourné vers lui, les yeux fermés, s'endormant un instant, mais se réveillant. Minuit, puis minuit et demi passèrent avant que la porte de la cabine s'ouvre. William était sur le point de se redresser, mais Mike posa la main sur son épaule, alors il resta immobile. Il y eut un bruissement dans la pièce tandis qu'il se déshabillait, puis se glissait près de lui sous les couvertures.

William retint son souffle jusqu'à ce que Mike se presse contre lui, son torse contre son dos, son sexe contre ses fesses, dur et insistant. Mike glissa la main sur son ventre avant de venir la poser sur son cœur. Il ne dit pas un mot, mais son contact et sa chaleur donnèrent de l'espoir à William.

Mike le retourna doucement et son poids cloua William au matelas. Il l'embrassa, la passion flambant en un instant.

— Je…

William tenta de dire à Mike qu'il serait heureux, peu importe ce qu'il voulait.

— Nous devons rester silencieux, chuchota Mike, ses doigts se posant sur les lèvres de William, lui coupant la parole.

William lécha un doigt, puis le prit entre ses lèvres et le suça. Mike frissonna et un doux gémissement s'éleva de sa gorge, William l'avalant rapidement. Le yacht était endormi, ils ne devaient pas réveiller tout le monde, mais il n'allait pas attendre le matin, lorsque Mike aurait sa courte pause durant la plus longue étape de leur route vers les îles Sous-le-Vent.

Il interrompit ses divagations d'un autre baiser et, instantanément, toute l'attention de William se focalisa sur lui et partout où il le touchait. Il aurait pu vivre éternellement pour cette énergie qui se déversait en lui à ce simple contact. Il ouvrit la bouche pour parler, mais Mike retira son doigt, au goût salé et musqué, et le glissa le long de son torse. Il eut envie de rire, mais il déglutit et ferma les yeux, tandis que Mike faisait courir ce doigt autour de chacun de ses tétons, puis le long de son ventre.

— Tu dois rester silencieux, murmura Mike.

— Pourquoi moi ?

— Parce que c'est toi qui es bruyant.

Qu'il soit damné si Mike ne lui adressa pas ce sourire qui dégageait chaleur et énergie érotique. William savait qu'il avait raison, car il n'avait jamais été silencieux au lit. Il s'était toujours imaginé que le plaisir se mesurait dans le bruit.

Il hocha la tête, n'osant pas faire un bruit tandis que Mike enroulait ses doigts autour de son érection, le caressant suffisamment lentement pour le rendre fou. Le sourire de Mike fut de retour, puis ses lèvres furent utilisées à meilleur escient. William trembla, se tenant à Mike, tentant de ne pas voler en éclats.

— Je pensais… commença-t-il entre ses dents serrées.

— Tu penses trop.

Mike se servit de ses genoux pour lui écarter les jambes, les soulevant et le surplombant, générant suffisamment de chaleur pour alimenter un four.

— Juste un moment.

Après cela, William se laissa aller, se donnant à Mike, qui joua avec lui comme d'un instrument précieux.

— J'ai envie de toi…

Mike hocha la tête et tendit la main vers la table de nuit. Il trouva rapidement ce dont il avait besoin et avec la plus minime des préparations, pourtant qui sembla durer une éternité, ils s'unirent dans une vague de passion, de brûlure et d'étirement qui embrasa le cerveau de William. Il était complet, rempli. Mike était sien. William le savait autant qu'il savait qu'il appartenait à Mike, ce qui était exactement ce qu'il désirait.

Mike bougeait lentement, prenant ce qu'il voulait à la vitesse qu'il voulait, rendant William complètement fou. Il avait besoin tout de suite, de tout à la fois, cependant Mike prenait son temps, construisant lentement, régulièrement, jusqu'à le rendre certain qu'il allait s'embraser à tout instant.

Le lit grinçait légèrement sous eux, tandis que William tentait de contenir la passion, pour laquelle il donnerait son bras droit afin de la conserver toute sa vie. Il ferma les yeux, puis les rouvrit brusquement, ne voulant pas manquer une seule seconde, car il n'y avait rien de meilleur que d'être l'objet du regard de Mike. William était toujours impressionné par l'intensité et l'excitation qui provenaient de brun profond.

— Ne cesse jamais de me regarder, haleta-t-il, pas certain d'avoir prononcé ces mots à voix haute.

— Je ne le ferai pas si je peux l'éviter.

Juste comme ça, William eut la réponse qu'il cherchait.

— Je ne suis pas le genre d'homme qui dit des mots doux. Je ne l'ai jamais été, dit Mike en calant ses hanches contre les fesses de William, puis il s'immobilisa, sa verge tressautant, envoyant des frissons dans le corps de William. Tu as toujours été l'homme le plus beau que j'aie jamais vu.

— Peut-être. Mais je ne parle pas ça.

— Je sais, et j'ai envie de te regarder chaque matin quand je me lève et chaque soir avant de faire l'amour et de nous endormir, repus et épuisés. Je veux que tu sois avec moi et Carrie, et que tu engraisses avec la cuisine de ma mère.

— Est-ce que…

William déglutit lorsque Mike recommença à se mouvoir, ondulant des hanches, l'envoyant droit en orbite.

— Quoi que ce soit, nous y arriverons.

William avait un million de questions à poser, mais elles allaient devoir attendre, car, pour le moment, réfléchir devenait de plus en plus difficile. Et se concentrer sur autre chose que l'épaisse érection de Mike qui frottait à la perfection sur cet endroit sensible en lui était impossible. Il se cramponna à Mike, reposant la tête sur l'oreiller, s'abandonnant à tout ce que Mike avait à lui donner.

— Oh mon Dieu !

William essayait de rester silencieux, mais les mots lui échappèrent. Mike l'embrassa, mordillant ses lèvres lorsqu'il les entrouvrit, lui volant son souffle afin qu'il ne puisse pas hurler son extase à pleins poumons. Leurs langues se battirent en duel tandis que Mike augmentait le rythme, poussant William encore plus haut. Merde, il devait faire tanguer tout le bateau, mais William s'en moquait. C'était tout ce qu'il désirait, Mike avec lui, eux ensemble.

— Tu es à moi, Mike.

— Ça, c'est sûr, crétin. Je le suis depuis des mois. Ça nous a juste pris sacrément longtemps pour le comprendre, répondit Mike en faisant claquer ses hanches.

— Tu as raison, acquiesça William entre ses dents serrées.

C'était tout ce qu'il avait l'intention de dire. Sa bouche était occupée ailleurs et les mots étaient surfaits.

L'intensité entre eux grimpa d'un cran, la sueur perlant sur la peau de William, ajoutant au glissement et à la chaleur de plus en plus étouffante dans la cabine. Peu importe combien de temps cela allait durer, ce ne serait pas assez. Lorsque William se masturba, Mike se cambra, son torse se pressant contre le sien. Cette seule vue fut suffisante pour l'envoyer par-dessus bord, mais il se retint aussi longtemps que possible, même si c'était comme essayer de tenir sur une vague sur le rivage. Ça n'allait pas arriver. Lorsque Mike plongea en lui et s'immobilisa, William bascula, s'envolant dans l'extase.

XII

Mike était épuisé, mais heureux comme jamais. Il venait d'accoster le *Vargo* à St Martin et ses fonctions de capitaine venaient officiellement de prendre fin. Il avait appelé et discuté avec Mr Cunningham, lui expliquant les détails des tests moteurs. Après le problème initial, ils avaient fonctionné comme des champions et Mike ne voyait aucun problème avec eux à l'avenir.

— C'est un yacht incroyable qui se manie comme dans un rêve. J'ai été honoré de le piloter.

— Merci pour votre aide. Ma famille et moi avons l'intention de passer les deux prochains mois à bord, il était impératif que tout soit en parfait état de fonctionnement. Maximilian m'a aussi envoyé des rapports dithyrambiques sur vos performances et si nous devions avoir besoin d'un capitaine, je ferai certainement appel à vous si vous êtes disponible.

Il semblait content et Mike était heureux, prenant cette proposition comme un compliment.

Après avoir raccroché, il s'assura que le pont était comme il l'avait trouvé, puis partit à la recherche des autres. Il les trouva dans le salon.

— Mère et vous devez partir dans quelques heures pour attraper votre vol, dit William lorsqu'il entra dans la pièce.

Mike avait navigué une bonne partie de la nuit afin d'arriver à la première heure. L'itinéraire revisité dont ils s'étaient servis avait rallongé le voyage de quelques heures, mais il n'avait pas voulu arriver trop tard au port pour le vol des parents de William.

— Nos bagages sont prêts, répondit Élise. Ils sont dans notre cabine et Antoinette a dit qu'elle les monterait à temps pour partir.

— As-tu fait ton sac ? demanda Mike à Carrie, qui secoua la tête. Alors, va les finir. Nous partons cet après-midi et je ne veux pas me presser.

— OK, répondit-elle en traînant les pieds.

— Rappelle-toi ce que je t'ai dit. Tu pourras venir nous rendre visite cet été. Nous nous amuserons bien. Il y a beaucoup de choses à voir et je suis sûre que nous trouverons quelqu'un pour t'emmener faire du bateau, dit Élise en la prenant dans ses bras. Tu as nos numéros de téléphone et nous avons le tien alors, appelle-nous quand tu veux.

William sembla aussi surpris que Mike. Il s'était attendu à ce qu'ils soient polis et qu'en gros, une fois la croisière finie, ils retournent à leur vie et que la distance entre eux qui s'était comblée à bord ressurgisse.

— Ce serait génial, s'exclama-t-il.

Ses parents l'avaient tellement étonné.

— Et toi, prends soin de ce petit ange, ajouta Élise en se rasseyant.

Antoinette leur apporta le petit déjeuner un peu plus tard et ils prirent leur dernier repas ensemble. Puis Carrie alla dans sa cabine pour finir ses bagages, les laissant tous les quatre s'attarder devant un café. Max et Élise continuaient d'échanger ces merveilleux regards. William semblait les ignorer. Mais ils étaient trop évidents pour être manqués et Mike fit de son mieux pour ne pas sourire dans sa tasse.

Lorsqu'ils eurent terminé, tout le monde retourna à ses affaires afin de se rendre à l'aéroport. Le transport avait été organisé et les parents de William débarquèrent, lorsque sa mère eut étreint un William et une Carrie ébahis. Mais la plus grande surprise fut quand elle serra Mike dans ses bras. Bien que pas préparé à cela, il lui rendit son étreinte, puis recula, les aidant à charger leurs bagages dans le coffre du véhicule qui avait été loué pour les emmener à l'aéroport. Ils firent leurs adieux, regardant la voiture s'éloigner de la jetée.

— Va préparer tes affaires, dit Mike à Carrie. Une voiture arrivera dans une heure pour nous.

— Est-ce que Mr William vient avec nous ? demanda-t-elle.

— Non, je rentre demain.

William lui fit un câlin, mais surprit le regard de Mike par-dessus son épaule.

— Va préparer tes affaires, répéta gentiment Mike et elle s'éloigna avec son excitation habituelle. Quand reviendras-tu ?

— Je ne sais pas. Je dois emballer mes affaires à la maison, prendre mes dispositions pour mon déménagement et trouver un endroit où vivre. Je ne pense pas que ce sera trop difficile. C'est juste une question de localisation et de logistique.

— Tu pourrais vivre avec nous…

— Je sais à quoi tu penses et c'est très gentil de ta part. Mais nous avons encore tellement de choses à résoudre et tu… J'aime ta mère, c'est une femme géniale, mais je ne crois pas vouloir vivre avec elle à plein temps, si tu vois ce que je veux dire.

Mike était un peu blessé, mais ce que William disait avait du sens.

— Je dois avouer que je n'ai pas réfléchi aussi loin.

— Moi non plus. Mais nous trouverons comment faire, il n'y a pas de précipitation.

William n'arrêtait pas de dire ça et Mike se demanda s'il n'était pas aussi intéressé qu'il le pensait.

— Je…

William sourit et se lova dans ses bras.

— Je veux revenir à Apalachicola dès que possible. Je veux parler à tous les pêcheurs et capitaines de bateaux là-bas. Je veux trouver une maison près de chez toi assez grande pour nous et Carrie, suffisamment proche afin que tu puisses rester près de ta mère, mais pour qu'elle ait sa propre vie.

Merde, Mike n'avait jamais pensé à cela. Bonté divine, sa mère voulait-elle recommencer à sortir ? Elle n'était pas si âgée.

— Cesse de t'en faire. Je reviendrai dès que possible et nous démêlerons tout cela, dit William en lui caressant la joue. Il m'a fallu suffisamment longtemps pour te trouver et comprendre ce que je voulais. Bon sang, il a fallu un foutu ouragan pour nous réunir et ce vilain garçon, continua-t-il en indiquant le yacht. Je n'ai pas l'intention de te laisser partir. Je t'ai dit la nuit dernière que tu étais à moi, je le pensais. Je vais emballer ce dont j'ai besoin et prendre un nouveau départ avec toi. Si c'est ce que tu veux.

Mike pensait qu'il avait été suffisamment clair cette nuit.

— Oui. Ça m'a pris trop de temps pour comprendre. Je me dois d'être fidèle à moi-même et à ce que je veux. Je ne l'ai pas fait jusque-là. Je me suis caché, il est temps que ça cesse. Ma mère le gérera et si Bubba ne peut pas le supporter… alors je devrai trouver un nouveau second.

— Je n'ai pas envie que ça se produise.

— Moi non plus. Cependant, je sais que je ne laisserai pas Bubba ou qui que ce soit, m'empêcher de t'avoir. Tu as dit que j'étais à toi – eh bien, tu es à moi, tu es l'homme que je veux. Je suis désolé qu'il m'ait fallu tant de temps pour le comprendre.

William posa sa tête sur l'épaule de Mike. Cela lui semblait si juste, comme si c'était l'endroit auquel il appartenait.

— Maintenant, il ne nous reste plus qu'à rentrer et faire ce que nous avons à faire.

Mike soupira.

— Parfois, j'aimerais que les choses arrivent plus facilement.

— Rien ne vaut la peine si c'est facile.

Mike serra William dans ses bras, ne voulant pas le laisser partir. William avait dit qu'il emballerait ses affaires et reviendrait vers lui, mais une partie de Mike était effrayée. La vie avait les moyens de ruiner les plans les mieux préparés. Avoir William dans ses bras en cet instant valait tout l'or du monde. Oui, il savait que William n'était pas un menteur et qu'il pensait ce qu'il avait dit, mais ses intentions pouvaient changer. Il voulait croire que tout allait se passer comme William l'avait dit, mais sa vie n'avait jamais été de celles où les choses se passaient bien.

— Papa… l'appela Carrie en tirant sa valise dans le salon. Je suis prête.

— Mes bagages sont prêts.

Mike essaya de se dégager des bras de William, mais celui-ci le retint, avant de finalement le libérer.

— Je devrais les monter avant que la voiture arrive, dit Mike en déglutissant péniblement.

Il fixait William du regard. Il avait besoin de cette connexion avec lui, pourtant, il allait la briser encore une fois.

— Je vais chercher mes affaires, je partirai juste après vous. J'ai réservé une chambre en ville pour la nuit.

Lorsqu'ils partirent, ils remercièrent l'équipage avant de débarquer une dernière fois. Quand ils arrivèrent au bout du quai, Mike jeta un dernier regard. Puis il rejoignit la voiture et chargea leurs bagages dans le coffre. Carrie étreignit William une fois de plus et ce dernier s'agenouilla, aucun d'eux ne prononçant un mot. Elle s'écarta avant de le reprendre dans ses bras, le serrant fort, ses épaules tressautant. Lorsqu'elle recula, elle s'essuyait les yeux, mais elle souriait. Elle monta dans la voiture, les laissant seuls.

— Je serai là dès que possible, dit William en l'étreignant, une main posée sur sa nuque.

Lorsque leur étreinte prit fin, Mike se sentit glacé. Peu importe que la température soit de trente degrés. C'était comme si, sans William, la chaleur s'était éteinte. Et il se languissait de son retour.

166

Il s'installa dans la voiture et William referma la portière. Mike regarda par la vitre jusqu'à ce que le véhicule quitte la zone portuaire et qu'il perde de vue la silhouette solitaire de William.

LE TRAJET retour se déroula sans heurts. Dieu merci, Carrie était fatiguée et avait dormi une grande partie du vol, car il n'était pas d'humeur à parler.

Lorsque Mike entra dans l'allée et se gara à sa place habituelle, il s'attendait à ce que sa mère sorte les accueillir. Ce à quoi il ne s'attendait pas fut le pick-up garé près de sa Toyota Corolla et à trouver l'homme qui dirigeait la station de ravitaillement en mer dans leur maison, ainsi que sa mère avec les cheveux ébouriffés et les lèvres rouges et légèrement gonflées. Sa mère dans une brume post-coïtale était quelque chose qu'il avait réussi à éviter toute sa vie, il aurait souhaité l'avoir fait en cet instant.

— Mamie ! s'écria Carrie, sans s'en soucier le moins du monde, et courant se jeter dans ses bras. As-tu un petit ami ?

Sa fille n'en loupait pas beaucoup.

— J'imagine que oui, rétorqua sèchement Mike. Lloyd, j'allais vous demander ce que vous faisiez ici, mais je crois que je n'ai pas besoin de poser la question.

— Tiens-toi bien, le réprimanda sa mère avant de se tourner vers Carrie. Oui, j'ai un petit ami.

— Bien. Papa aussi.

Carrie relâcha sa grand-mère et se précipita dans la maison. Mike la suivit du regard, déchiré entre l'envie de la punir jusqu'à ce qu'elle finisse le lycée et soulagé que le pansement ait été arraché, pour ainsi dire.

— Je vois. Donc, William et toi avez arrangé les choses ?

Qu'il soit maudit si sa mère ne rentra pas à l'intérieur, le laissant bouche bée et Lloyd le fixant bêtement, puis sa mère, comme s'il ne savait pas quoi faire. La vérité était que Mike non plus.

— Rentrez, tous les deux, et arrêtez de gober les mouches.

Cela sembla rompre le sort. Lloyd la suivit dans la maison et Mike alla chercher les bagages dans le haillon du pick-up et les emporta à l'intérieur avant de fermer la porte. Il ne regarda personne, rangeant la valise de Carrie dans sa chambre et ses affaires dans la sienne. Il voulait rester seul, mais repousser l'inévitable n'allait pas aider. *Quelle que soit la gravité, ressaisis-toi et fais-y face.*

— Café ? demanda sa mère quand il entra.

— Un whisky conviendrait mieux.

Seigneur, il avait besoin de quelque chose de fort pour se détendre. Sa mère le frappa sur l'épaule.

— Ce n'est la fin du monde pour personne.

— Si, grogna à moitié Lloyd. Ça l'est.

Mike prit le mug que sa mère lui avait versé et s'assit.

— Alors, depuis combien de temps ça dure entre vous ?

Bon sang, sa mère rougit comme une adolescente. C'était mignon à voir.

— Votre mère et moi nous connaissons depuis que nous sommes mômes. Nous nous sommes rapprochés il y a quelques mois et depuis, nous avons en quelque sorte…

— Lloyd avançait à pas de tortue, alors quand je l'ai vu me regarder, j'ai accéléré le processus.

— Maman !

Il n'avait pas besoin d'entendre parler de sa mère en train de draguer.

— Danser. Nous avons été danser. Ils jouent de la Country sur le littoral et nous avons été danser, expliqua-t-elle en levant les yeux au ciel. Du moins, au début.

Mike leva les mains.

— Je n'ai pas besoin d'en entendre plus. Tant que tu es heureuse, dit-il en souriant à sa mère, puis il se tourna vers Lloyd. Et vous, ne faites pas de mal à ma mère. Je serais heureux de vous frapper.

Voilà, il avait réussi à traverser cela sans trop penser à la vie amoureuse de sa mère.

— Alors, où est William ?

— Il rentre chez lui demain. Il a des choses à clarifier là-bas, puis il déménagera ici, afin de trouver quels produits son entreprise devrait développer.

Il sirota son café, la morsure lui faisant du bien. Il avait besoin de quelque chose pour ôter de son esprit le fait que William n'était pas là.

— Alors pourquoi donnez-vous l'impression que quelqu'un a frappé votre chien ? demanda Lloyd.

Mike ne savait pas s'il était plus surpris par la question ou le fait que Lloyd la pose. Il s'était attendu à ce que Lloyd tolère l'information qu'il venait d'apprendre, mais, au lieu de cela, il semblait s'en moquer complètement.

— Papa, es-tu en colère contre moi ? demanda Carrie en déboulant dans la pièce. J'ai ouvert ma grande bouche, du moins, c'est ce que Marcy a dit.

Il grogna. Évidemment, Carrie avait téléphoné à ses amies et la nouvelle allait se répandre en ville en quelques minutes.

— Non, je ne suis pas en colère.

C'était une petite ville et les ragots n'avaient nulle part où aller, sauf tourner en rond.

— Tu aurais dû me laisser parler, c'était ma nouvelle.

— Mais c'était la mienne aussi. J'aime bien Mr William. Il est vraiment cool et il te fait sourire.

Elle lui tapota la joue, comme si c'était elle l'adulte et quitta la pièce comme la princesse qu'elle était.

Mike finit son café et posa sa tasse dans l'évier, laissant Lloyd et sa mère seuls pour discuter ou se faire les yeux doux. Peu importe ce qu'ils faisaient, tant qu'ils ne le cuisinaient pas. Il n'avait pas envie de parler de ce qui l'inquiétait. Il avait des choses à faire – se trouver quelque chose à manger, aller dormir – afin de se lever tôt demain et s'occuper du charter qui avait été réservé. Oh, et il devait annoncer la nouvelle à Bubba avant que le moulin à potins n'aille trop vite et le devance. Ouais, il était de retour à la vie réelle, telle qu'elle était.

— J'ai réchauffé le dîner pour Carrie et toi. Je sais que le personnel navigant ne vous sert que des cochonneries à manger. Il sera prêt dans une demi-heure, annonça sa mère.

— Merci, maman.

Il alla dans sa chambre afin de pouvoir ranger ses affaires et faire une machine à laver. Après deux semaines à bord d'un yacht, où presque tout avait été anticipé par quelqu'un d'autre, la vie réelle lui mordait les fesses.

Il défit ses bagages, prit son repas, presque complètement effacé. Puis il dit bonne nuit à tout le monde et se rendit dans sa chambre, où il envoya un message à William pour lui dire qu'ils étaient bien rentrés et qu'il lui manquait. Puis il rampa dans son lit et s'endormit comme une masse.

LE MATIN arriva bien trop tôt, mais, au moins, il avait dormi. Il prépara son déjeuner et conduisit jusqu'à la marina. *Décisions...* était là où il l'avait laissé, ne semblant aucunement dérangé par son absence. Lorsqu'il s'approcha, Gordon sortit sur le pont.

— Je suis venu vérifier une ou deux fois par semaine et je l'ai sorti afin de m'assurer que tout était en ordre.

— Je savais que je pouvais compter sur toi, répondit Mike en montant à bord et posant sa glacière à sa place.

Tout était exactement comme il l'aimait, intérieurement et extérieurement.

— Alors, comment c'était, Mr le Capitaine de Yacht ? demanda Gordon tandis qu'ils se préparaient pour la sortie en mer.

— C'était comme piloter un rêve.

Toute cette expérience avait ressemblé à un fantasme, à présent, il était réveillé et de retour à la vie réelle.

— Tout était aussi beau et haut de gamme que possible.

Il soupira, ne sachant pas comment aborder le sujet avec Bubba.

— Écoute, je dois te dire quelque chose et je ne sais pas comment te l'annoncer.

Il s'appuya contre le dossier du fauteuil de capitaine.

— As-tu décidé d'accepter un emploi permanent sur le yacht ? Suis-je au chômage ? demanda Gordon en s'arrêtant, le regard fixé sur lui.

— Non. J'aime ça, mais c'est ici mon foyer. Et tu n'as pas à t'inquiéter pour ton travail. Mais tu sais que William m'a engagé pour piloter ce yacht pour lui.

Mike se mordit la lèvre inférieure tandis que Gordon hochait la tête.

— Crache le morceau.

— Écoute, William et moi, nous nous voyions lorsqu'il était ici et nous avons continué quand nous étions sur le yacht. Il va déménager ici pour développer de nouveaux produits pour son entreprise familiale.

Dès que les mots furent sortis, Gordon se gratta la tête.

— Qu'es-tu en train de me dire ?

Il posa la canne qu'il tenait à la main sur l'un des racks.

— Que tu… genre… sors avec ce gars ?

— Oui, et avant que, tu poses la question, non, William ne m'a pas changé. Il n'est pas le premier homme que je vois. Quand j'étais dans la Navy… eh bien, les choses étaient différentes.

— Donc, tu es en train de me dire que tu es gay ? précisa Gordon en s'avançant plus près. Après toutes ces années ensemble, à être amis, tu me dis ça maintenant ?

Il agita les bras, puis se passa les mains dans les cheveux.

— Je n'y crois pas. Pourquoi me le dire maintenant ? Pourquoi pas plus tôt ? Ce n'est pas comme si j'allais te jeter par-dessus bord parce que tu es gay ou quelque chose comme ça. Nous sommes amis depuis des années. Je ne comprends pas.

— Je n'avais aucune raison de le dire à quiconque jusqu'à maintenant. Je ne voyais personne depuis des années. Pas depuis la Navy, puis William… eh bien, il y a eu un déclic et nous sommes ensemble. Je pensais que tu devais le savoir.

— Que suis-je supposé faire de cette information ? demanda Gordon en croisant les bras sur son torse.

— De préférence rien du tout. Sache seulement que je te fais suffisamment confiance pour te le dire. Continue à faire ton job et être mon ami. En gros, n'y pense pas.

— Comment ne pas le faire ? Je veux dire, tu n'es pas celui que je pensais être.

— Seigneur, Bubba ! Pense à ce que tu dis. Tu me connais mieux que personne. Et tu ne peux pas me dire que tu n'as pas de secrets. Parce que tu en as – nous en avons tous. Alors, crois-tu que nous pouvons travailler ensemble ?

Mike ne savait pas à quoi s'attendre, mais, au moins, Gordon ne jurait pas et ne menaçait pas de le frapper. C'était mieux que le pire qu'il s'était imaginé.

— Oui. Pourquoi ça changerait ?

— Parce que les gens ont des idées étranges quand il s'agit de ce genre de choses. Tu sais comment tu as réagi face à ce groupe d'hommes lorsque William était là.

— Merde, je me suis excusé pour ça ! Il m'avait accroché avec un hameçon. Et l'un des autres l'a décroché. Je ne pense pas avoir de problème avec les gays… j'imagine. Juste une grande bouche connectée à un cerveau de trou du cul, dit Gordon en se remettant au travail. Je me demande comment je ne l'ai pas remarqué.

— Tu ne l'as pas fait. Est-ce que ça compte ?

— Je suppose que non. Tant que tu ne commences pas à m'appeler chéri ou mon cœur.

Mike leva les yeux au ciel.

— Il est plus probable que je t'appelle connard.

Gordon ricana. Tout était à peu près revenu à la normale.

171

— Qui sortons-nous en mer aujourd'hui ? Ta mère m'a appelé et m'a demandé de venir, c'est elle qui a pris le rendez-vous.

— Je ne sais pas. C'était sur le calendrier quand je suis rentré hier, alors nous voilà.

Il avait été trop fatigué pour poser une tonne de questions ou même y penser.

— Préparons-nous et nous pourrons terminer la mise en place lorsqu'ils seront arrivés.

Ils se mirent au travail sous les lumières, Mike installant le matériel électronique et sortant la glace du pick-up pour remplir les glacières.

— Ça me va, répondit Gordon en rangeant les appâts, puis ils s'assirent et patientèrent.

Une voiture se gara sur le parking, les phares balayant la marina avant de s'éteindre. Des bruits de pas approchèrent et une voix appela :

— Il y a quelqu'un à bord ?

Mike se redressa instantanément, pivotant alors que William grimpait sur le bateau en souriant.

— Content de te voir, Bubba.

Gordon lui fit un signe de tête.

— Je pense que je ferais mieux de vérifier le… oh, bon sang, il faut… Seigneur… Quinze minutes…

Il sauta sur le quai et disparut avant que Mike puisse l'arrêter.

— Qu'est-ce qu'il lui arrive ? ricana William en posant sa glacière.

— Je viens de lui parler et il l'a plutôt bien pris.

— Alors pourquoi cette fuite ?

— Parce que je crois qu'il ne veut pas me voir faire ça.

Mike sauta par-dessus la glacière, atterrissant sur le pont, et attira William à lui, l'embrassant passionnément, pleinement, son corps désirant ardemment ce premier contact. William enroula ses bras autour de son cou, le serrant contre lui, approfondissant le baiser. Les jambes de Mike commencèrent à trembler, alors il se retint à William, espérant qu'il était plus stable sur ses pieds, sinon ils passeraient par-dessus bord.

— Je croyais que tu rentrais chez toi ?

— Changement de plan. J'ai appelé ta mère et j'ai réservé cette sortie dès que j'ai su quand nous serions de retour. Je ne pouvais pas repartir aussi vite. Ça ne me paraissait pas juste. J'ai quelques jours, je pensais que nous pourrions aller pêcher, peut-être faire une petite chasse aux maisons.

Appâter quelques hameçons et voir ce que nous attrapons. La dernière fois que je suis venu pêcher, j'ai fait une grosse prise.

— Vraiment ?

— Oh oui. Je suis venu pour les mérous et je suis reparti avec le capitaine. La plus grosse et la plus belle prise de l'année – peut-être même de la décennie.

Mike se dit que c'était lui qui avait fait la prise du siècle. Non pas qu'il avait l'intention de faire valoir ce point de vue, surtout pas lorsque William le priva de sa capacité de réflexion pour les quinze minutes suivantes.

ÉPILOGUE

— L'ÉTÉ EN Floride, tu dois adorer, dit Mike, comme ils quittaient la maison à l'aube.

— Ou le quitter, rouspéta William. Après aujourd'hui, tu n'as plus de charters durant deux semaines. Il fait bien trop chaud. Je pensais que nous pourrions partir un peu. Mes parents ont demandé à voir Carrie, ça nous couperait un peu de cette chaleur.

Il s'essuya le front, qui perlait de transpiration même dans la cabine climatisée du pick-up de Mike.

— Carrie n'a pas école, ce serait une belle escapade.

— D'accord.

Mike se gara à la marina et ils sortirent du véhicule, la chaleur frappant William comme un mur de briques. Elle était légèrement rafraîchie par l'eau et il espéra que ce serait encore mieux lorsqu'ils seraient en mer.

— Marché conclu. Nous partirons après-demain, j'ai déjà organisé le transport de l'aéroport jusqu'à chez mes parents.

Mike secoua la tête tout en sortant une glacière de l'arrière de son pick-up.

— Depuis combien de temps planifies-tu ça ?

— J'ai acheté les billets hier après avoir regardé ton planning, répondit William en repoussant les cheveux du front de Mike. Je pensais que tu n'aurais pas d'objection et tu étais si fatigué, je ne voulais pas te réveiller.

Mike travaillait trop dur parfois, déterminé à contribuer.

— Lorsque Carrie et toi avez emménagé avec moi, le but était de te faciliter la tâche.

— Je sais. Mais les affaires reprennent, je ne peux pas refuser la chance de gagner ma vie.

William souleva l'autre glacière et suivit Mike sur le bateau.

— Je le sais. Mais j'ai envie que tu y prennes du plaisir, dit-il en la posant sur le pont. Est-ce toujours un plaisir pour toi ?

Depuis un moment, il s'inquiétait que ce ne soit plus le cas.

Mike s'arrêta et soupira, ses épaules se soulevant puis s'affaissant une fois de plus.

— Non. C'est le travail.

— Alors, tu as besoin de t'éloigner un temps. Ce doit être de l'amusement, quelque chose que tu aimes, ou tes clients ne passeront pas un bon moment.

Il faisait trop chaud, mais il prit tout de même Mike dans ses bras.

— Nous lézarderons sur la plage, irons faire du bateau, naviguerons, quelqu'un d'autre peut faire le travail. Mes parents nous dorloteront avec de la bonne nourriture et tu pourras vraiment te reposer.

— Mais je dois apporter ma contribution et…

— Tu le fais. Tu l'as toujours fait.

— Mais cette maison sur la plage…

— Est payée. Tu n'as pas à te tuer à la tâche. Je ne veux pas que tu le fasses.

Il ne bougea pas jusqu'à ce que la chaleur devienne insupportable, alors, il recula.

— Je t'aime trop pour ça, dit-il en posant la main sur la joue de Mike. Tu signifies beaucoup pour moi, le temps que nous passons ensemble est plus important que le fait que tu travailles six jours par semaine pour essayer d'être à la hauteur d'une attente que toi seul as.

— Très bien. C'est la dernière fois.

— Bien, pas plus de cinq jours de travail par semaine et je vais limiter mes déplacements afin d'être plus souvent à la maison.

Il avait longé la côte du Golfe pour se positionner sur une nouvelle gamme de moteurs marins et de produits que Westmoreland pourrait fabriquer, et il était très près d'une recommandation majeure. Ensuite, il devrait travailler avec les ingénieurs pour en faire une réalité.

— Tu pourrais aller dans ta famille sans moi et…

— Non, le coupa William en lui prenant la main. Tu en as plus besoin que n'importe lequel d'entre nous.

— D'accord alors, répondit Mike avec ce qui était probablement le début d'un sourire.

— Tu viendras.

— Oui, et je te promets même de passer du bon temps.

La voix de Mike était plus légère à présent.

Les six derniers mois avaient été difficiles. Certaines personnes lui avaient tourné le dos, à tous les deux, tandis que d'autres avaient été gentilles, d'autres encore les avaient adoptés et s'étaient donné du mal pour leur montrer leur soutien. Ils avaient des détracteurs, ce qui était la raison pour laquelle leur maison était hautement sécurisée. Maintenant qu'il avait trouvé Mike et avait harponné cet homme incroyable, il n'avait pas l'intention qu'il lui arrive du mal s'il pouvait l'empêcher. Et il avait besoin de faire un break et de s'amuser. William voulait voir ça. Mike l'avait toujours soutenu, peu importe comment, et William était déterminé à lui retourner la pareille.

— Salut, les garçons ! s'écria Skippy tandis qu'il embarquait avec Kyle, Jerry et Steven juste derrière lui. Je crois que ça va être une belle journée.

— J'en suis sûr, répondit Mike en souriant et William vit la tension s'estomper. Êtes-vous prêts à pêcher de gros poissons ?

— J'ai entendu dire que William était celui qui avait attrapé le gros lot, fit remarquer Jerry et William glissa ses bras autour de la taille de Mike.

— Tu peux le croire, répondit-il en se penchant. Maintenant, amusons-nous. Et toi, mon cœur, amuse-toi. Je suis là si tu as besoin de moi, tout comme je sais que tu es là pour moi.

— Toujours, répliqua Mike en posant sa main sur celle de William. C'est pour ça que je t'aime.

William déposa un baiser sur son oreille et sourit tandis que Gordon et lui allèrent larguer les amarres. Mike n'était pas très loquace sur ses sentiments, mais quand il disait quelque chose, il le pensait.

Dès qu'il eut sécurisé les lignes et qu'ils eurent quitté le port, il alla se tenir derrière Mike, regardant la mer devant eux par le hublot. Leur avenir était aussi étincelant et vaste que l'étendue d'eau. Mike plaça sa main dans celle de William et, ensemble, ils se dirigèrent vers l'avenir qui les attendait.

ANDREW GREY a grandi dans l'ouest du Michigan, entouré d'un père qui adorait lui raconter des histoires et d'une mère qui adorait lui en lire. Depuis, il a vécu un peu partout aux États-Unis et voyagé à travers le monde. Diplômé de l'Université du Wisconsin à Milwaukee, il se consacre désormais à l'écriture à plein temps. Pour se détendre, il aime collectionner les objets anciens, jardiner et laisser sa vaisselle sale n'importe où sauf dans l'évier, et ce en particulier lorsqu'il écrit. Il se considère extrêmement chanceux d'avoir une famille tolérante, des amis fantastiques et le soutien du mari le plus aimant du monde. Andrew vit actuellement dans la charmante ville historique de Carlisle en Pennsylvanie.

E-mail : andrewgrey@comcast.net
Site Internet : www.andrewgreybooks.com

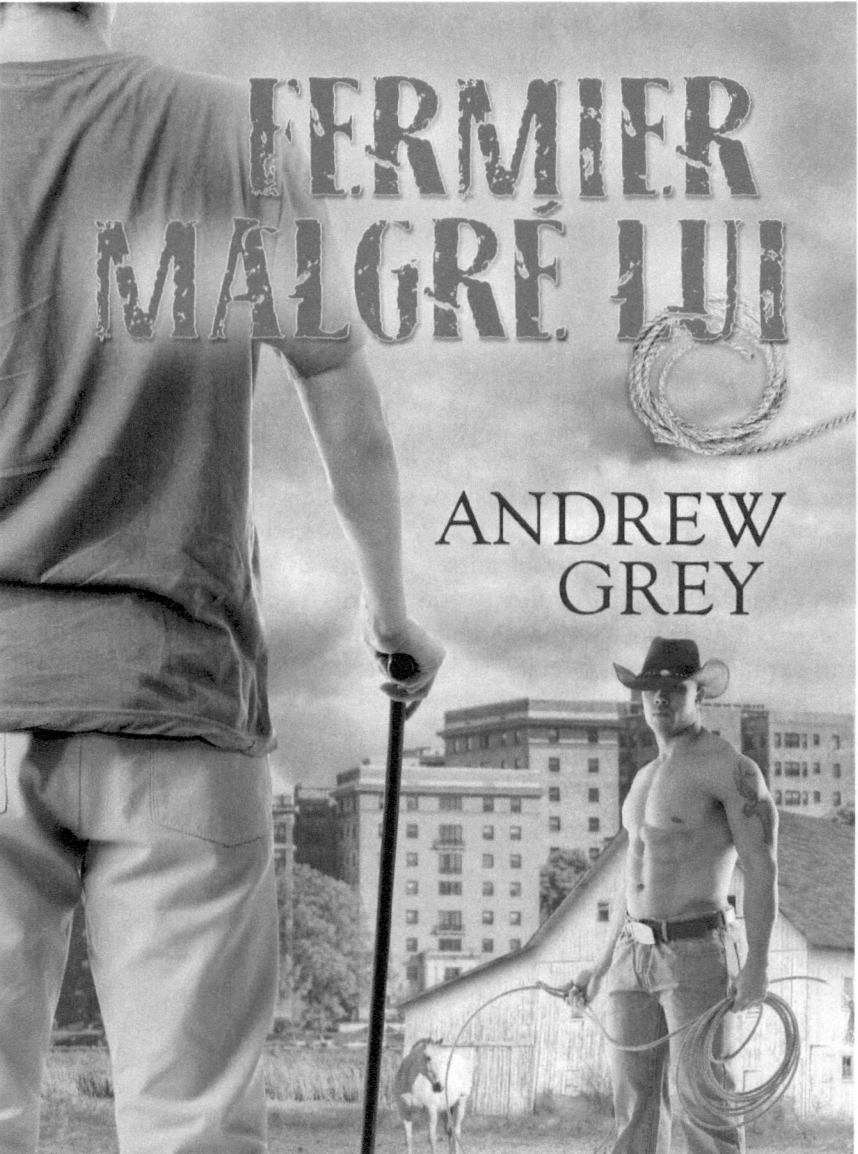

FERMIER MALGRÉ LUI

ANDREW GREY

Brighton McKenzie vient d'hériter d'un des derniers domaines agricoles de la banlieue de Baltimore. Cette petite ferme du Maryland a été dans sa famille depuis le temps des premiers colons. La vendre à des développeurs immobiliers serait la solution de facilité, mais Brighton veut honorer les dernières volontés de son grand-père et la travailler à nouveau. Malheureusement, depuis quelques mois, un accident l'oblige à utiliser une canne au quotidien : il a donc besoin d'aide. Tanner Houghton avait l'habitude de travailler dans un ranch du Montana jusqu'à ce que son ex le fasse virer à cause de sa sexualité. Invité par son cousin, il débarque dans le Maryland, où il est ravi de se voir offrir une nouvelle opportunité de travail.

Immédiatement, Brighton se trouve attiré par la beauté sauvage de Tanner, qui est tout ce qu'il cherche chez un homme, mais il se retient, car Tanner est un employé… Et aussi parce qu'il ne comprend pas pourquoi un homme aussi viril serait intéressé par lui. Mais ce n'est pas le pire de leurs problèmes. Ils vont devoir faire face aux machinations d'une tante, au retour inattendu d'un ex et à la nécessité de trouver un moyen de rentabiliser la ferme, s'ils ne veulent pas perdre l'héritage familial pour toujours.

www.dreamspinner-fr.com

DREAMSPUN
DESIRES

LE RANCHER
SOLITAIRE
Andrew Grey

Il est prêt à tout dévoiler
pour sauver le ranch.

Il est prêt à tout dévoiler pour sauver le ranch.

Aubrey Klein a de gros ennuis : il a besoin d'argent au plus vite pour sauver le ranch familial. La solution ? Travailler comme strip-teaseur le week-end dans un club de Dallas. Chaque samedi soir, le temps de deux spectacles, il est le Rancher Solitaire. Il est la star.

Un jour, il fait une découverte inattendue : à l'issue d'un spectacle, Garrett Lamston, un vieil ami d'enfance, l'aborde alors qu'il est toujours masqué, pour lui proposer de s'amuser… Aubrey n'avait jamais soupçonné que ce garçon était gay. Confrontés à des mères envahissantes qui veulent à tout prix leur trouver des épouses, les deux amis se rapprochent et deviennent de plus en plus intimes.

Aubrey sait bien qu'entre le ranch et le club, sa vie n'est qu'un château de cartes. Il espère seulement tenir le coup suffisamment longtemps pour mettre l'exploitation familiale hors de danger, bâtir la vie à laquelle il aspire et trouver l'amour.

www.dreamspinner-fr.com

FEU ET
Eau

ANDREW GREY

Les flics de Carlisle, tome 1

L'agent de police Red Markham sait bien à quel point la vie peut être moche depuis qu'un accident de voiture l'a privé de ses parents et l'a laissé défiguré. Son métier, qui l'amène à sillonner les rues de Carlisle, en Pennsylvanie, ne fait qu'ajouter à l'horreur, d'autant plus que le nombre des overdoses a dernièrement considérablement augmenté. Puis, un après-midi, il est appelé au centre de loisirs pour une noyade impliquant un enfant. Arrivé sur les lieux, il découvre que le petit garçon a été sauvé par un jeune maître-nageur du nom de Terry Baumgartner. Red n'est guère surpris lorsque cet homme magnifique fait tout son possible pour ne pas avoir à regarder son visage couturé de cicatrices.

Quand Terry surprend un jour un commentaire de Red le décrivant comme un homme superficiel, il en vient à se dire qu'il n'est pas vraiment aussi généreux qu'il veut bien le croire. Son amie Julie lui suggère alors d'aider les plus démunis en livrant des repas aux personnes âgées. Cette action de bénévolat lui permet de faire la connaissance de Margie, une vieille dame au franc-parler, qui s'avère être par ailleurs la tante de l'agent de police.

Les mondes de Terry et de Red entrent en collision alors que Red s'efforce de découvrir la source du trafic de drogue et de protéger Terry d'un ex qui refuse leur séparation. S'ils parviennent à voir au-delà des apparences, il se pourrait que les bénéfices qu'ils retirent de l'aventure dépassent leurs plus grandes espérances.

www.dreamspinner-fr.com

ALCHIMIE ORGANIQUE

ANDREW GREY

Brendon Marcus ne vit que pour son travail. C'est un génie qui a sauté des classes jusqu'à devenir professeur à l'université à ses vingt ans et quelques, et qui ne connaît rien d'autre. Les interactions avec d'autres personnes le rendent confus. Alors quand Josh Horton, l'assistant du coach de football, le poursuit de ses assiduités, Brendon n'est pas sûr de la démarche à adopter.

Josh a ses propres problèmes. Ses parents, à qui tout réussi, ne sont pas particulièrement heureux de son choix de carrière, et certains joueurs n'aiment pas avoir un assistant gay. Il commence à avoir des doutes, mais Brendon rend son monde meilleur.

Mais quand le chef du département de Brendon commence à causer des problèmes, Josh et Brendon découvrent que se défendre l'un et l'autre est la première étape pour pouvoir faire face au reste du monde.

www.dreamspinner-fr.com

UNE
JUSTE
CAUSE

ANDREW GREY

Une juste cause, numéro hors série

Jerry Lincoln est bien ennuyé : son entreprise d'expertise en informatique située à Sioux Falls procure plus de travail qu'un seul homme peut en gérer. Heureusement, cela signifie qu'il peut recruter quelqu'un pour l'aider. Il espère seulement qu'au final, son nouvel employé, John Black Raven, sera davantage pour lui une source d'aide que de distraction – sauf que les yeux profonds et les longs cheveux de John l'empêchent de se concentrer.

John est venu en ville pour faire des études et obtenir la chance de sa vie, ce qu'il n'aurait jamais eu à la réserve. Cependant, ce qui compte dorénavant le plus pour lui est de trouver un emploi et de le garder. Sa sœur est décédée six mois plus tôt et ses enfants sont désormais en famille d'accueil. Bien que la loi soit de son côté, John ne peut en obtenir la garde – il ne peut même pas voir son neveu et sa nièce.

Alors que Jerry et John se rapprochent, John comprend qu'il n'est pas obligé de lutter seul. Jerry l'aide à obtenir le droit de visite et lui apporte un soutien indispensable. Pourtant leurs victoires ne sont pas sans déboires. Les services de l'aide pour l'enfance sont impliqués dans des histoires d'argent, de politique et de tracasseries administratives, et les enfants amérindiens sont leur moyen de subsistance. Or, John et Jerry sont bien décidés à se battre pour la bonne cause et à en sortir victorieux – à plus d'un titre.

www.dreamspinner-fr.com

Par ANDREW GREY

Alchimie organique
Destinés l'un à l'autre
Fermier malgré lui
Ferrer le poisson
Feu et eau
Une juste cause
Le rancher solitaire

AMOUR…
Amour… sans honte
Amour… et courage
Amour… sans limite
Amour… et liberté
Amour… sans peur

LES ARÔMES DE L'AMOUR
La saveur de l'amour
Une portion d'amour

HISTOIRES DE CŒUR
Cœur de loup
Cœur à prendre
À cœur ouvert
À cœur perdu

PAR LE FEU
Le baptême du feu
Tout feu, tout flamme

Publié par DREAMSPINNER PRESS
www.dreamspinner-fr.com